Diogenes Taschenbuch 24384

de
te
be

BENEDICT WELLS wurde 1984 in München geboren, zog nach dem Abitur nach Berlin und entschied sich gegen ein Studium, um zu schreiben. Seinen Lebensunterhalt bestritt er mit diversen Nebenjobs. Sein vierter Roman, *Vom Ende der Einsamkeit*, stand mehr als anderthalb Jahre auf der Bestsellerliste, er wurde u.a. mit dem European Union Prize for Literature (EUPL) 2016 ausgezeichnet und bislang in 37 Sprachen veröffentlicht. Nach Jahren in Barcelona lebt Benedict Wells in Zürich.

Spinner ist sein ursprünglich erster Roman, er schrieb ihn mit neunzehn.

Benedict Wells

Spinner

ROMAN

Diogenes

Die Erstausgabe erschien 2009 im Diogenes Verlag
Der Text wurde für die vorliegende Ausgabe
vom Autor durchgesehen und überarbeitet
Covermotiv: Radierung von Elizabeth Peyton, ›Marc‹, 2003
Rosa kaschierte Seide
37,5 × 29,8 cm (14.75 × 11.75 inches)
Two Palms Artists Studio, New York

Veröffentlicht als Diogenes Taschenbuch, 2010, 2016 und 2020

www.diogenes.ch
100/21/44/12
ISBN 978 3 257 24384 0

Für Dieter Klose, den ehemaligen Leiter
des Grundschulheims Grunertshofen.
Einer der wichtigsten und liebenswürdigsten Menschen
in meinem Leben, ich werde ihm immer dankbar sein.

Ich ist ein anderer.
Arthur Rimbaud

Montag

Gelächter im Dunkeln

Ich habe diese eiskalten Hände. Menschen schrecken immer zurück, wenn sie mir die Hand geben. Und dann starren sie auf meine langen, weißen Finger, die einem gerade verstorbenen Pianisten gehören könnten, und nachdem sie auf meine toten Finger gestarrt haben, schauen sie mir ins Gesicht und wirken für einen Augenblick überrascht, dass ich noch lebe. Deshalb bekam ich schon früh einen Komplex. Immer wieder holte ich meine Hände aus ihrem Lieblingsversteck, den Hosentaschen, hervor und betrachtete sie minutenlang. Vor allem, wenn ich nervös war. Und vor einigen Jahren, als der ganze Wahnsinn geschah, war ich oft nervös.

Ich fuhr damals mit der S5 Richtung Ostbahnhof. Es ruckelte, doch die Frau mir gegenüber hielt die Augen geschlossen. Ich musste gähnen und legte den Kopf in den Nacken. Dann ruckelte es zum zweiten Mal, und mein Koffer fiel auf den Boden. Ich stand auf und stellte ihn wieder hin.

Ein Blick auf die Uhr: kurz nach halb elf abends. Es war wenig los, niemand stieg ein außer einem angetrunkenen Obdachlosen, der vergeblich versuchte, seine Zeitungen und seine Lebensgeschichte loszuwerden. »Alles Wichser!«, rief er in meine Richtung, als er ausstieg.

Ich sagte nichts, betrachtete nur meine Hände mit den dünnen langen Fingern. Dann ruckelte es erneut, und mein Koffer fiel wieder um. Diesmal ließ ich ihn liegen.

Wir hielten am Ostbahnhof. Ich dachte an meine Rückkehr nach München. Meine Mutter zog mit meinem Bruder in eine kleinere Wohnung, und ich hatte versprochen, ihnen zu helfen und meinen Kram auszumisten. Seit der Sache mit meinem Vater und meinem Umzug nach Berlin hatte ich mich zu Hause nicht mehr blicken lassen. Das war über ein Jahr her. Nach München zurückzukehren war das Letzte, was ich wollte. Wahrscheinlich war ich eine Woche früher aufgebrochen als geplant, um es schneller hinter mich zu bringen. Vielleicht vermisste ich aber auch nur das, was von meiner Familie übriggeblieben war. Vielleicht.

Ich betrat die Bahnhofshalle. Während ich meinen schwarzen Samsonite-Trolley hinter mir herzog, kam mir ein blondes Mädchen entgegen, das genau den gleichen Koffer im Schlepptau hatte.

»Schichtwechsel«, sagte ich zu ihr, dann war sie auch schon an mir vorbeigegangen.

Ich musste lächeln, da ich mir einbildete, sie hätte mir einen intensiven Blick zugeworfen. Träumer, dachte ich. Nach ein paar Schritten drehte ich mich noch mal um. Das Mädchen war weg.

Mein Nachtzug traf erst in dreißig Minuten ein. Ich kaufte mir einen Kaffee, nippte daran und verbrannte mir die Zunge. Während ich zum Gleis ging, versuchte ich mir die Wohnung in München vorzustellen, den Geruch, mein altes

Zimmer, die gemütliche Küche. Dort hatten wir, als mein Bruder und ich noch Kinder gewesen waren, oft Mensch-ärgere-dich-nicht gespielt. Ich hatte es geliebt, wenn es draußen regnete und wir drinnen im Warmen saßen und würfelten. Lange her. Jetzt kam es mir so vor wie die Erinnerungen eines anderen.

Es war kalt am Bahnhof, ich knöpfte meinen Mantel zu und setzte mich. Eine Familie kam an mir vorbei. Der Vater schob einen Gepäckwagen, auf dem ein kleiner Junge saß. Die Mutter strich ihm liebevoll über den Kopf. Der Kleine murmelte etwas, und dann lachten alle. Deprimierend, wie glücklich die waren. Das passierte mir immer. Wenn ich schlecht drauf war, tauchten auf einmal von irgendwoher so scheißfröhliche Menschen auf. Ich schmiss den Kaffeebecher weg.

Plötzlich fuhr ich hoch. Die Kerze! Ich hatte beim Verlassen der Wohnung bestimmt wieder vergessen, die Kerze auf meinem Schreibtisch auszublasen. Vielleicht brannte schon das ganze Zimmer! Sicher war ich mir zwar nicht, aber besser kein Risiko eingehen. Ich stand auf und umklammerte den Griff des Koffers. München muss erst mal warten, dachte ich. Dann verließ ich den Bahnhof und fuhr wieder zu meiner Wohnung zurück. Immerhin hatte ich es diesmal bis zum Gleis geschafft.

Die letzten dreimal war ich bereits vorher umgekehrt.

Das Schrillen des Telefons riss mich aus dem Schlaf. Auf der Suche nach dem Hörer stießen meine Hände gegen leergetrunkene Bierflaschen. Es musste früher Montagnachmittag sein.

»Ja … bei Lier«, sagte ich. Mit dem »bei Lier« ließ ich mir, obwohl ich allein lebte, immer alle Optionen offen. So konnte ich notfalls die Identität eines fiktiven Mitbewohners annehmen und sagen, dass Jesper nicht da sei, ich ihm aber gern etwas ausrichten könne. »Wer ist da?«

»Jesper, bist du das?«

Die Stimme kam mir vertraut vor. Ich beschloss, mich zu erkennen zu geben. »Ja …«, sagte ich, um dann viel zu laut hinzuzufügen: »Ich bin Jesper Lier!«

Da ich mich im Halbschlaf befand, war ich froh, mich an die Dinge klammern zu können, die ich mit Sicherheit wusste. Ich hätte zwar auch sagen können: Ich heiße Jesper Lier, aber mich beschleicht schon länger das Gefühl, dass ich es auch tatsächlich bin. Obwohl ich mich früher schwer damit tat, denn Jesper klingt irgendwie nach einem scheiß Knusperfrühstück oder einem Biomüsliriegel aus Dänemark.

»Und Sie sind …«, fragte ich.

»Die Andrea natürlich.«

»Ah, ja … toll, dass Sie anrufen!« Ich hatte keinen Schimmer, mit wem ich da sprach.

»Siezt du mich etwa? Jesper, du erinnerst dich doch noch an mich, ich bin's, deine Tante Andrea.«

Ich wühlte in meinen Erinnerungen herum und sah mich in unscharfen Bildern vor ungefähr drei Millionen Jahren als kleines Kind auf ihrem Schoß sitzen.

»Hab ich dich geweckt, Jesper? Schläfst du um diese Zeit etwa noch?«

»Wieso, welche Zeit haben wir denn?«

Das schien nicht die richtige Antwort gewesen zu sein.

Eine Pause trat ein. Ich überlegte, wie sie eigentlich an meine Nummer gekommen war. Die hatte doch niemand! Dann erinnerte ich mich, wie ich vor ein paar Wochen zufällig ihren Mann auf der Straße getroffen und sie ihm gegeben hatte.

»Tja … sag mal, wie geht's dir denn so?«, fragte sie mich. »Ich wollte mich schon längst mal bei dir melden, auch wegen deinem Vater. Es tut mir …«

»Mir geht's gut«, unterbrach ich sofort.

»Schön.« Sie schien nun intensiv nachzudenken, was sie mich noch fragen könnte. »Und sonst? Was machst du, schreibst du eigentlich immer noch an deinem Buch, diesem … *Gesellen*?«

»Du meinst, *Der Leidensgenosse*.«

»Ja, richtig. *Der Leidensgenosse*, wie konnte ich das vergessen.« Sie lachte, was mich doch ein wenig ärgerte. »Und, wie läuft es, bist du fertig, hast du schon einen Verleger? Ich hab ja neulich gelesen, dass es für junge Autoren immer schwieriger wird, etwas zu veröffentlichen.«

»Ach, da brauchst du dir keine Sorgen zu machen. Erstens ist das Ding schon lange fertig, und zweitens habe ich auch schon einen Verlag, also alles bestens.«

Das war mehr oder weniger gelogen.

»Na, das ist doch super. Aber mal was anderes. Ich wollte dich, falls du noch nichts vorhast, für heute Abend einladen. Ich hab Geburtstag. Willst du nicht bei uns vorbeischauen?«

Ich wollte natürlich nicht, auf keinen Fall. Doch leider war das nicht meine Entscheidung, da ich an der Langschläfer-Krankheit litt: Ich war fröhlichen Frühaufstehern hilflos ausgesetzt, denn im Halbschlaf versuchte ich es aus mir unverständlichen Gründen immer allen recht zu machen und nickte dann jeden Wunsch oder jede Bitte einfach ab. Und noch bevor ich etwas dagegen unternehmen konnte, hörte ich mich freudig in den Hörer plärren: »Geht klar, Andrea, heute Abend, ja? Natürlich bin ich dabei, das wird sicher lustig … Also, schon mal alles Gute, und bis später, ich freu mich.«

Nachdem ich aufgelegt hatte, schlurfte ich in den Flur. Die Dusche stand, wie bei Arbeiterwohnungen am Prenzlauer Berg damals üblich, in der Küche. Warmes Wasser gab es nur anderthalb Minuten lang. Danach kam der eiskalte Guss, der durch die verkalkten Rohre des Hauses rauschte. Ich hatte mich im vergangenen Jahr, was die Duschgeschwindigkeit anging, sehr gesteigert. Wenn ich gut drauf war, konnte ich in etwa zwei Minuten mit allem fertig sein. Doch da war nichts zu machen. Das Mistding ließ nicht mit sich feilschen und beharrte stur auf exakt anderthalb Minuten.

Vorsichtig schob ich den Plastikvorhang beiseite. Ich nannte ihn »die zweite Haut«, denn das Teil klebte immer sofort an mir. Ich drehte den Hahn auf und rieb mir Shampoo in die Haare. Vielleicht schaff ich's ja heute rechtzeitig, dachte ich.

Ich war ein Idiot. Der polarkalte Strahl lähmte meinen Verstand und entlockte mir tiefe und dumpfe Laute des Entsetzens. Irgendwie vergaß ich jeden Tag aufs Neue, wie grausam das eigentlich war. Ich schrie auf und musste dabei vor Schreck fast lachen, als auch schon der Duschvorhang angeflogen kam und an mir klebte.

Einige Sekunden hielt ich es noch unter dem eisigen Wasser aus, dann war ich endlich fertig und warf mich wieder ins Bett. Ich wollte nie mehr aufstehen.

Kurze Zeit später stapfte ich mit einem schlechten Gefühl durchs Zimmer. Was sollte das eigentlich heißen, junge Autoren hätten es immer schwerer, etwas zu veröffentlichen? Das ist doch Quatsch, dachte ich.

»Das ist doch Quatsch!«, sagte ich laut. »Das ist doch verdammter *Quatsch*!«, schrie ich und lachte. Auf einmal war ich gut gelaunt. Ich legte Musik auf, spielte Luftgitarre und sprang im Zimmer umher.

Irgendwann schnappte ich mir beim Rumzappeln einige Blätter meines Romans und las sie durch. Absolut phantastisch. Das Buch hieß, wie schon erwähnt, *Der Leidensgenosse*, und ich hatte Großes damit vor. Als ich nach Berlin kam, hatte ich erst zweihundert Seiten gehabt, aber danach hatte ich richtig losgelegt. Es sollte schließlich nicht irgendein Roman werden, nein, es sollte *der* Roman werden. Allein die Verfilmung würde vermutlich mal zehn Oscars gewinnen oder so. Dann konnte ich diese ganze Scheiße hier endlich hinter mir lassen.

Ehrlich gesagt war das vergangene Jahr nämlich ein einziger Alptraum gewesen, bestehend aus dem Drang, bis in den frühen Morgen hinein zu schreiben, Schwindelanfällen, Alkohol und jeder Menge Schlaftabletten. In letzter Zeit hatte ich mich auch immer öfter übergeben müssen.

»Du bist echt krank, du Arsch!«, sagte Gustav immer zu mir. »Ich meine, keine Frauen, keine Kohle, kein Essen. Ständig hockst du allein in deinem Kellerloch und tippst in deinen Computer. Irgendwann wirst du noch durchdrehen, und da brauchst du gar nicht so blöd zu grinsen, das ist nämlich nicht lustig.«

Gustav hatte natürlich recht. Und mir war auch klar, dass die Leute jemanden wie mich für einen Spinner hielten, weil ich noch immer an meine Träume glaubte. Aber lustig fand ich's irgendwie trotzdem. Ich lachte nämlich oft, auch wenn es in meiner Situation eigentlich nichts zu lachen gab. Manche fanden das seltsam, aber dafür wusste ich, wie man überlebte.

Im Flur schaute ich in den Spiegel. Ein eigenartiger Typ stand mir gegenüber. Er sah ungesund und ausgezehrt aus, als wäre er binnen kürzester Zeit ungewöhnlich schnell gewachsen. Er trug Jeans, T-Shirt und eine dunkle Schiebermütze. Seine braunen Haare glichen einem Vogelnest, und das bleiche Gesicht blickte mir verpennt entgegen …

Eindeutig, so gut hatte ich schon lange nicht mehr ausgesehen, heute war einer meiner besseren Tage. Zufrieden wendete ich mich ab. Im Gehen schnappte ich mir noch meinen Ian-Curtis-Mantel, ein schwarzes und zerknittertes altes Teil, das ich mal zu Hause auf dem Dachboden gefunden hatte, dann verließ ich meine Wohnung, um mich wieder ein wenig zu verlieben.

Das Mädchen mit dem Koffer

Im Hausflur grüßte ich den alten Türken, der einige Stockwerke über mir wohnte und Tüten schleppte. Dann tanzte ich ein wenig, als wär ich irgendein bescheuerter Musicalstar. Keine Ahnung, das machte ich öfter, einfach ein bisschen rumkaspern. Ich drehte mich ein paarmal im Kreis und machte Discobewegungen wie in *Saturday Night Fever*.

Ich trat ins Freie. Das Tageslicht blendete mich, so was war ich von meinem Kellerloch nicht gewohnt. Meine Wohnung verließ ich normalerweise nur aus zwei Gründen: Der eine war mein Praktikum beim *Berliner Merkur*, einer kleinen Zeitung. Der andere war: um mir etwas zu essen zu kaufen. Ansonsten blieb ich daheim und schrieb. Mich beschlich das dunkle Gefühl, dass ich mich in den letzten Monaten in meine alte Katze Whiskey verwandelt hatte – ich schlief den ganzen Tag, aß schlechtes Futter aus der Dose und war krankhaft nachtaktiv.

Inzwischen steuerte ich auf die nächste U-Bahn-Station zu, um zur Freien Universität zu fahren. Ehrlich gesagt hatte ich noch nie einen Vorlesungssaal von innen gesehen. Ich studierte nur zum Schein, damit ich jeden Monat Kindergeld bekam und kostenlos U-Bahn fahren konnte. Und jetzt war es Zeit, sich für das nächste Semester einzuschreiben. Da ich das letzte Mal nicht alle Unterlagen dabeigehabt hatte, musste ich persönlich erscheinen. Mein Name auf irgendeiner Immatrikulationsliste – das würde mein einziges Zugeständnis an die Gesellschaft sein, die einzige Spur, die ich da draußen hinterließ. Ich besaß kein Handy, ging nicht wählen und stand nicht im Telefonbuch, ich hatte in meiner Wohnung kein Internet und schrieb keine Mails mehr, und von Facebook hatte damals selbst Mark Zuckerberg noch nichts gehört. Niemand konnte mich mehr finden. Weder diese Idioten aus meiner alten Klasse mit ihren tollen Studienplänen und Lebensentwürfen noch all die Leute, die mir erzählen wollten, was ich machen sollte. Die konnten mich alle mal. Ich war keiner von ihnen. Das sagte ich mir jeden Tag. *Ich war keiner von ihnen.*

Auf dem Weg zur U-Bahn bog ich in die Schönhauser Allee ein. Überall Menschen, sie redeten, lachten und strömten die Straße entlang, am Obststand neben mir wurde auf Vietnamesisch diskutiert, ich sah dicht an mir vorbeisausende Fahrradfahrer, Bettler, Typen mit Einkaufstüten und eine Horde Kinder mit Schulranzen. Ein paar Sekunden blieb ich stehen und saugte diesen Anblick auf.

Als ich weiterging, fing ich auf offener Straße an, vor mich hin zu singen: *»Tried to run, tried to hide, break on through to the other side!«*

Ich hörte hinter mir jemanden lachen und drehte mich um. Für einen Moment war ich sprachlos.

»Wart' mal, das gibt's nicht!«, sagte ich, als ich mich gefasst hatte. »Du warst doch gestern Nacht am Bahnhof, oder? Wir haben die gleichen Koffer, weißt du noch? Samsonite!«, rief ich, als wäre *Samsonite* ihr Name oder was.

»Und hast du mir nicht ›Schichtwechsel‹ oder so nachgerufen?«, fragte sie prompt.

Ich nickte, während ich sie mir genauer ansah. Sie war mittelgroß, blond, trug einen beigefarbenen Mantel und eine olivgrüne Strickmütze, die ihr etwas Niedliches verlieh. Ihre Lippen waren blass, ungeschminkt, seltsam verführerisch. Und dann noch diese großen grauen Augen, mit denen sie mich gerade neugierig ansah.

Doch irgendetwas an ihr störte mich. Sie war zu glatt, zu makellos. Vielleicht zu kalt. Ich weiß nicht, ob mich jemand versteht. Wir standen uns noch immer gegenüber. Ich wollte mich schon wieder von ihr verabschieden, da lächelte sie mich an.

»Na, was ist … Krieg ich keine Zugabe?«, fragte sie.

Ihr Lächeln! Die wenigen Buchstaben meiner Tastatur reichen leider nicht aus, um das Gefühl zu beschreiben, das mich in dieser Sekunde erfüllte. Auf einmal schien alle Kälte aus ihrem Gesicht verbannt, und ich spürte, wie ich sofort rot wurde. Armer Jesper. Das passierte mir immer. Wenn mir eine Frau ihr schönstes Lächeln zuwarf, war es um mich geschehen.

»Was?« Ich versuchte mich zusammenzureißen. »Ach so, wegen der Zugabe … Also, tut mir echt leid, aber mein Agent hat mir so was verboten, und er ist ziemlich streng.«

»Wo hast du eigentlich so schief singen gelernt?«

»In der Dusche … Aber ein bisschen angeborenes Talent ist schon auch dabei, sonst hätte ich's nicht so weit gebracht.« Was redete ich da nur? Ich sah sie flüchtig an. »Aber wie gesagt, eigentlich darf ich gar nicht in der Öffentlichkeit auftreten, nichts zu machen.«

»Schade, ein andermal vielleicht.«

»Gern.«

»Na dann«, sagte sie. »Ich muss jetzt noch raus zur Uni, nach Dahlem.«

Na also. Hatte mein Scheinstudium endlich einen Sinn.

»Ich auch«, sagte ich. »Wir können ja zusammen fahren.«

Wir gingen beide die U-Bahn-Treppen hinauf und setzten uns in die U2. Während wir Richtung Westen fuhren, versuchte ich mir Fragen auszudenken. Fiel mir aber nicht leicht, denn immer, wenn ich an einer Frau interessiert war und ein richtiges Gespräch mit ihr führen musste, verwandelte ich mich in mein pubertierendes fünfzehnjähriges Ich zurück. Das Problem dabei war, dass ich als Fünfzehnjähriger bei den Mädchen ein totaler Versager gewesen war. Nie bekam ich den Mund auf.

»Was studierst du?«, fragte ich nach einer halben Ewigkeit. Nicht zu fassen, selbst so was Einfaches musste ich mir schon krampfhaft abringen.

»Philosophie«, sagte sie. »Na ja, heute ist mein letzter Tag. Ich wechsle mein Hauptfach … Und du?«

»Politikwissenschaft.«

»Und, ist es gut?«

»Keine Ahnung«, sagte ich grinsend, »ich bin noch nie hingegangen.«

Pause. Das schien nicht so gut anzukommen, wie ich gedacht hatte. Ich überlegte, welchen Eindruck ich eigentlich auf sie machen musste: ein komischer Typ, der auf der Straße rumsingt und mit ihr zur Uni fährt, obwohl er gar nicht studiert. Na spitze, dachte ich, auf so was stehen die Frauen.

Wir schwiegen nun beide wieder. Ich betrachtete meine toten Finger und überlegte, was ich ihr sagen konnte. In einem Paralleluniversum, in dem Woody Allen Wimbledon gewann und Hitchcock kleine Pornofilme drehte, wären mir bestimmt tausend Gesprächsthemen in den Sinn gekommen. In dieser Welt dagegen fiel mir ums Verrecken nichts ein … Eine Haltestation nach der anderen zog an uns vorbei, die reinste Folter.

»Kaugummi!«, sagte ich zu mir selbst. Natürlich, ich konnte ihr wenigstens einen Kaugummi anbieten. Ich kramte in der Manteltasche und reichte ihr einen.

»Danke.« Sie griff zu, dann musterte sie mich. »Ich hab noch nie jemanden getroffen, der sich so für einen Kaugummi begeistern kann.«

»Na ja, ich bin eben außergewöhnlich.«

»Das glaub ich dir gern«, sie reichte mir die Hand, »ich bin übrigens die ganz gewöhnliche Miriam. Kannst mich Miri nennen.«

Ich nahm ihre Hand. »Und ich bin der singende Jesper.«

»Freut mich, singender Jesper.«

Für einen kurzen Moment sahen wir uns in die Augen, dann ließen wir voneinander ab. Wir kamen an.

Als wir das Campusgelände betraten, wurde ich beinahe erschlagen. Die letzten beiden Monate hatte ich einsam verbracht, und nun sah ich hier überall junge Menschen, die an mir vorbeidrängten, mit ihren Rucksäcken auf dem Boden hockten und sich unterhielten oder zu ihren Vorlesungen gingen. Dabei wirkten sie alle so sicher und erwachsen, als gehörten sie hierher, als täten sie das Richtige. Ich kam mir vor wie ein Zwölfjähriger, der sich zufällig aufs Unigelände verirrt hatte.

»Miri, hier bin ich!«, rief jemand.

Ich drehte mich um. Ein leicht untersetzter, aber nicht schlecht aussehender Student kam auf uns zugelaufen, er hatte einen Kinnbart und grinste irgendwie dümmlich vor sich hin. Der Typ schien Miri gut zu kennen, sie umarmten sich. Ich wurde natürlich sofort eifersüchtig und trat einen Schritt näher, wollte hören, was dieser Idiot mit Miri redete. Was konnte er ihr denn schon sagen?

»Hey, was machst du nachher noch?«, fragte er sie.

Mist, nicht übel, so etwas wäre mir jedenfalls nie eingefallen.

Dann kam noch eine weitere junge Frau auf uns zugetrabt, die ich aber sofort in die Ökoschublade steckte. Sie trug eine dieser gestrickten Inka-Jacken und schleppte eine bunte Wolltasche mit sich herum, und in ihren roten Locken steckten Perlen und Knöpfe.

»Wer ist denn der nette junge Mann hier?«, fragte sie Miri und deutete auf mich. Nun war sie mir natürlich sofort sympathisch, denn mit diesen Worten hatte sie mich wieder ins Spiel gebracht.

»Das ist Jesper, er ist Sänger.«

Miri stellte mich den anderen vor. Wir sprachen gerade darüber, was wir in den Semesterferien gemacht hatten – ich erfand irgendeine abstruse Geschichte von einem Rucksacktrip durch Norwegen, die ich mir selbst nicht ganz abkaufte –, als der Typ mit dem Bart auf seine Uhr sah. »Wir müssen los, der Kurs fängt gleich an, und ich will nicht schon wieder zu spät kommen.«

Sie wollten aufbrechen, aber das durfte ich nicht zulassen.

»Ach, ich muss mich ja auch noch einschreiben, für Politikwissenschaft«, sagte ich schnell in die Runde.

»Ich dachte, du studierst gar nicht«, sagte Miri.

Erwischt. Hatte ich ganz vergessen. »Tue ich auch nicht.«

Sie sah mich eindringlich an, dann schüttelte sie den Kopf, so dass ihr die hellblonden Haare ins Gesicht schlugen. »Du bist seltsam«, sagte sie, und ich wusste nicht genau, wie sie das meinte. Bei manchen Frauen weiß man wirklich nie genau, wie sie so was meinen.

Ihre Freunde hatten sich in der Zwischenzeit einen kleinen Vorsprung erarbeitet und riefen nach ihr. Die Zeit drängte.

»Miri …«, sagte ich und klaubte das letzte bisschen Mut zusammen. Und für einen Moment schien ich tatsächlich zu wachsen und mich zu wahrer Größe aufzurichten. »Miri, ich, ich wollte dich … nur … es ist nur …«

»Ist nur was?«

»Ist nur …« Ich sah sie lange an.

»Ja?«

»Ach egal«, sagte ich schließlich und schrumpfte wieder zusammen. »Viel Spaß in deinem Kurs!«

Kläglich, absolut kläglich.

»Danke, dir auch bei … was auch immer du hier als Nichtstudent machst.« Sie fuhr sich noch mal durchs Haar. »Also … vielleicht sieht man sich ja mal wieder?«

Ich nickte nur. Einen Moment wartete Miri darauf, ob

ich nicht doch noch etwas sagen würde, aber natürlich tat ich das nicht, und sie ging. Jesper sein bedeutet, im entscheidenden Moment zu verstummen.

Das Einschreiben war deprimierend. Ich hielt die Unterlagen und mein lausiges Abiturzeugnis in der Hand und wartete auf einem Plastikstuhl. Auch von meinen Kommilitonen machte keiner den Eindruck, dass er gern hier war. Nur hinten standen ein paar Erstsemester, die sich angeregt unterhielten und sich offenbar noch auf ihr Studium freuten.

Als ich nach einer Stunde fertig war, setzte ich mich draußen auf eine Bank und versuchte, mich an die bisherigen, enttäuschend verlaufenen Akte aus dem Trauerspiel »Jesper und die Frauen« zu erinnern. Meine Feigheit von vorhin nagte an mir. Miri, dachte ich. Je öfter ich mir den Namen vorsagte, desto seltsamer klang er. *Miri, Miri, Miri.*

Ich fragte mich, wie ich sie einladen konnte – natürlich möglichst gewitzt –, und sprach dabei vor mich hin: »Hey, Miri, ich hab's mir anders überlegt, ich würde dir doch eine kleine Zugabe meiner Gesangskunst geben, vielleicht im Kino, obwohl, das ist ja totaler Unsinn, da muss man ja eigentlich still sein, hehe …«

Ich drückte auf die Repeat-Taste und war fassungslos.

Noch mal: »Du, Miri, also, na ja, ich wollte dich fragen, wo wir schon mal zusammen U-Bahn gefahren sind, da könnten wir ja auch zusammen essen gehen, oder … haha … wir könnten zusammen …«

So ging das noch einige Minuten. In immer lässigeren Posen sagte ich Sätze wie: »Hallo Miri, ich wollte dir nur etwas Wichtiges sagen, ich äh … ich bin eine ziemliche Niete!«

Ich schüttelte den Kopf, das war ja nicht zum Aushalten. Dann schreckte ich hoch und rannte zur Uni zurück. Ich sah auf den Plan für Philosophie. Doch als ich ankam, war Miri schon weg. Der verlassene Vorlesungsraum erinnerte mich an das Ende meiner Schulzeit. Diese Leere, als alles vorbei war.

Auf dem Rückweg musste ich husten. Kam sicher vom Rennen. Ich war nämlich der totale Antisportler, wenn ihr's genau wissen wollt. Ich hatte mal einen Lehrer gehabt, Herr Möller-Weiden, der war so ein Ex-Bundeswehr-Sadist und ließ alle dauernd Runden um den Sportplatz laufen. In der Hand hielt er einen Haufen Kieselsteine, und nach jeder Runde ließ er einen fallen, bis keiner mehr da war. Nur ich lief nie mit. Ich hatte ein Attest, dass ich Asthma habe, und lag im Gras und winkte oder so. Herr Möller-Weiden hatte dann immer gesagt, ich sei nur ein Simulant und würde es später noch bereuen, meine »Kameraden« so im Stich gelassen zu haben. Echter Pädagoge, der Typ.

In der S-Bahn nach Hause döste ich dann ein, bis mein Magen knurrte. Mal wieder. Okay, vielleicht hätte ein vernünftiger Mensch mehr auf seinen Schlaf und seine Ernährung geachtet, nur: Ich war eben nicht vernünftig. Ich wühlte in meinen Taschen nach Geld, doch ich fand bloß noch einen Euro. Davon konnte ich mir gerade mal drei Semmeln kaufen. Oder zwei Käsesemmeln. Oder eine Käsestange. Ja, das klang gut. Ich fing sogar an zu grinsen, vor blöder Vorfreude auf die Käsestange, und betrachtete die

Bettlerin, die stumm von einem Fahrgast zum nächsten ging. Niemand gab ihr etwas. An ihrer Seite ein kleines Mädchen, mit klugen, hellblauen Augen, die alles in sich aufnahmen. Solche Augen hatte ich überhaupt noch nie gesehen. Immer wieder starrte ich hin, wandte jedoch jedes Mal das Gesicht ab, wenn das Mädchen zurücksah. Dann stand es plötzlich mit seiner Mutter vor mir. Ich versuchte wegzusehen, doch ich spürte, dass das Mädchen mich noch immer ansah, mit diesen ruhigen, wachen Augen, und da hatte ich ihm den Euro schon gegeben.

Ich stieg aus und lief hungrig durch die Straßen. Der Himmel war wie schon seit Tagen grau, richtiges Mistwetter. *Miriam* … Erst jetzt wurde mir klar, dass ich gar nicht wusste, wie sie mit Nachnamen hieß oder welches ihr neues Fach war. Wie sollte ich sie wiederfinden? Jeden Tag vor der Uni campieren und Zettel aufhängen, dass ich nach ihr suchte?

Während ich die Haustür aufschloss, biss ich mir auf die Unterlippe. Auf einmal war ich wütend auf mich selbst, ich zitterte sogar. Wieso hatte ich den ersten Menschen, den ich seit zwei Monaten kennengelernt hatte, so einfach ziehenlassen? Wie sie mich angesehen hatte … Wieso hatte ich nichts gemacht?

Im Treppenhaus kam mir eine ältere Frau entgegen. Ich grüßte sie und hielt einen kurzen, heiteren Schwatz mit ihr, alles falsch, alles Fassade, denn kaum war ich unten in der Wohnung angekommen, knallte ich die Tür zu. Ich trat mit dem Fuß gegen ein Regal.

»Du scheiß Versager, du bist selbst schuld, dass du einsam bist!«, schrie ich und schmiss mehrere Bücher und einen Stuhl durch den Raum, ehe ich an der Zimmerwand zusammensank.

Nur langsam beruhigte ich mich. Diese plötzlichen Stimmungsschwankungen waren neu, als wäre in meinem Inneren ein defektes, flackerndes Licht. Auf Momente unerklärlicher Euphorie folgten oft lange Phasen von Dunkelheit und Wut.

Ich saß noch ewig so an der Wand, bis mir einfiel, dass mich meine Tante Andrea zu ihrem Geburtstag eingeladen hatte. Als Ausrede würde ich wohl irgendeine Krankheit erfinden müssen, Lepra oder so, aber das war kein Problem. Wenn ich etwas beherrschte, dann war es Schwindeln, immerhin steckt in meinem Nachnamen »Lier« das englische Wort für Lüge.

Inzwischen war mir vor Hunger fast schlecht, doch der Kühlschrank war leer. Und auch der Haufen Orangen und Bananen, den ich mir vor Tagen gekauft hatte, war fast komplett aufgegessen. Die beiden Ausdrucke meines Buchs hatten mich ruiniert. Aber hatte ich nicht irgendwo noch einen Zwanziger?

Ich wühlte in Schubladen, durchsuchte meinen Schrank und die Kommode im Gang. Nichts. In meiner Verzweiflung kroch ich sogar hinter den verdammten Schreibtisch – und fand ihn dort tatsächlich staubbedeckt am Boden. Ich wollte gerade zu einem Freudenschrei ansetzen, da klingelte es an der Tür.

»Hey, du Penner!« Gustav von Wertheim stand im fahlen Licht meines Hausflurs und grinste mich an. »Ich bin wieder da!«

Über den Dächern der Stadt

Ich könnte euch jetzt über fünf Seiten damit langweilen, wie ich Gustav kennengelernt habe, wie seine Kindheit verlief und welche Farbe die Wände in seiner Wohnung haben, oder mit diesem ganzen anderen Mist, der niemanden interessiert. Ihr braucht aber nur zu wissen, dass er zu den Menschen gehört, die sich unbemerkt in dein Leben schleichen und es fortan bestimmen. Gustav war zwei Jahre älter als ich, schwul und mein einziger Freund in der Stadt. Ich bewunderte ihn sehr, vor allem, weil es mit ihm nie langweilig war. Ich kannte ihn zwar erst seit einem Jahr, trotzdem hatte ich mit ihm bereits mehr verrückte Dinge erlebt als in den vergangenen neunzehn Jahren davor. Die letzten beiden Monate war er in Spanien gewesen, nun stand er in meiner Tür und wollte umarmt werden.

»Jesp!«, brüllte er mit seiner Bassstimme. Ihr müsst wissen, dass er nie etwas nur sagte, er schrie einen immer gleich an.

Ich umarmte ihn, dann schob ich ihn weg von mir, um ihn anzusehen. Er glich ein wenig diesem amerikanischen Schauspieler, dieser eine mit der gebrochenen Nase, der … ach, egal, ich komm gerade nicht auf den Namen. Gustavs Gestalt begann jedenfalls verheißungsvoll: Mit einem klaren, markanten Gesicht, gerahmt von langen blonden Haaren, und einem gestählten Oberkörper, der in einem Shirt und einer schwarzen Lederjacke steckte; der Rest von ihm endete dann in einer löchrigen Jeans und zwei alten Chucks ohne Schnürsenkel. Gustav ging ziemlich oft ins Fitness-Studio. Er aß auch gesund, Müsli und Obst und so Kram. Obwohl er die Nächte durchmachte, sah er deshalb immer frisch und vital aus, wie so ein verdammter Naturbursche.

»Das hast du ja noch immer nicht ausgewechselt.« Er tippte auf mein Türschild. TUBLUK stand darauf in verblassten Lettern. Das Schild stammte noch von meinem Vormieter, Radoslaw oder Rademir Tubluk, sensationeller Gangstertyp. »Hast du jetzt also doch seine Identität angenommen?«

»Keine schlechte Idee«, sagte ich. »Hin und wieder klingeln Leute bei mir und fragen nach ihm. Deutsche, Russen, Afghanen, Polen … was weiß ich. Dieser Tubluk muss ziemlich wichtig sein.«

»Na, wie auch immer, Jesp, ändere endlich mal das Schild. Wer weiß, was sonst passiert.«

Ich nickte, änderte das Schild aber nicht.

»Und was hast du die letzten Wochen so gemacht?«, fragte Gustav, als er die Wohnung betrat.

Ich dachte nach und versuchte, die spärliche Fackel des Wissens, das ich von meiner Existenz hatte, an ihn weiterzugeben. »Ein wenig geschrieben, ein wenig gelebt, du weißt schon, das Übliche.«

»So, so, das Übliche.«

Wir betraten mein Zimmer. Außer ein paar Postern und den wenigen Möbeln war es leer. Wortlos betrachtete Gustav die unzähligen, überall herumliegenden Seiten von *Der Leidensgenosse.* Jeder sollte mich für so ein kleines Außenseiter-Genie bei der Arbeit halten, deshalb hatte ich die Wohnung damit übersät. Auf so was achtete ich penibel. Es sollte so aussehen, als wäre ich einfach nur unordentlich, dabei verwendete ich wahnsinnig viel Zeit darauf, bis alle auf dem Boden verstreuten Blätter, Kaffeetassen und das an einer schönen Stelle aufgeschlagene Buch von Nabokov an ihrem richtigen Platz waren.

»Und, wie war's in Barcelona?«, fragte ich, um davon abzulenken.

Gustav erzählte von seinen Urlaubsbekanntschaften. Wiedersehensgequassel. Schließlich hob er ein einzelnes Blatt vom Boden auf und sah es sich an. Seite fünfhundertdreiundsiebzig. »Na, wie geht's so mit deinem Buch voran?«

Vor dieser Frage hatte ich mich gefürchtet. Ich nahm ihm das Blatt wieder weg.

»Du bist aber inzwischen fertig?«, fragte er, während er mir beim Einsammeln der restlichen Seiten half. »Hast du schon jemanden gefunden, der es liest?«

»Ja, natürlich bin ich fertig. Und ich hab's vor einigen Tagen Born gegeben.«

»Born? Diesem alten Sack, mit dem du immer Schach spielst?«

»Hey, hör auf, so über ihn zu reden. Er ist wie ein Vater für mich.«

»*Er ist wie ein Vater für mich* – o Mann.« Gustav stöhnte auf. Er stöhnte sowieso immer auf, wenn jemand nicht über seine Sticheleien und Scherze lachte. »Sorry, ich hab nichts gesagt. Der heilige Born, schon verstanden. Aber erzähl mir jetzt bitte nicht zum hundertsten Mal die Geschichte, wie er sich immer um dich gekümmert hat.«

»Fick dich, okay?«

»Was ist denn los, Jesp? Es war nicht ernst gemeint, das weißt du doch.«

»Schon okay. Es ist nur gerade alles irgendwie ... *schwierig*. Und wenn ich in einer Woche wieder nach Hause fahre, dann ...« An dieser Stelle brach ich ab und sagte nichts mehr.

Ja, was ist dann, dachte ich.

Lange war es still, bis Gustav in die Hände klatschte.

»Besaufen!«

Ich blickte ihn ungläubig an.

»Ach komm, schau nicht so doof«, sagte er. »Ich hab recht. Wir gehen was trinken. Und dann brauchst du mal wieder eine Frau, deswegen bist du auch so ätzend. Na los, Jesp, ich weiß, wo jetzt 'ne gute Party steigt.«

Wir traten auf die Straße. Der Osten der Stadt vibrierte, es war, als ob die Menschen erst in der Dunkelheit aus ihren Häusern herausgekrochen kamen. Bars füllten sich, vor den Clubs erste Schlangen, erwartungsvolle Gesichter im Laternenlicht. Jede Sekunde schien etwas Großes passieren zu können.

»Die Nacht ist keine Zeit. Die Nacht ist ein Ort!«

Gustav fasste mich am Arm und warf mir dabei einen gutgelaunten Blick zu, was oft vorkam, denn er zählte, grob geschätzt, zu den fünf fröhlichsten Menschen in Berlin.

»Wo gehen wir eigentlich hin?« Wir standen an einer

Kreuzung und sahen einen mit Senioren beladenen Reisebus an uns vorbeifahren.

»Kennst du noch Niko Papadopoulos?«

»Der schwule Grieche?«, fragte ich. »Das meinst du doch nicht ernst, oder? Wir gehen doch jetzt nicht auf eine Schwulenparty?!«

»Ganz ruhig, ich hab dir doch versprochen, dass da auch Frauen sind. Niko hat Geburtstag. Und eine ziemlich coole Wohnung. Komm schon, es wird dir gefallen.«

Wir zogen weiter durch die Stadt. Eine Gruppe Araber kam an uns vorbei, dann eine Schar Jugendlicher, und eine Minute später standen wir auch schon im Treppenhaus eines unverputzten Altbaus. Auf dem Weg nach oben konnten wir bereits laute Musik hören. Kurz darauf klingelte Gustav an einer Tür. Ein Mann mit wirren schwarzen Haaren öffnete, in der linken Hand ein Bier, im Mundwinkel einen Joint. Der Gastgeber persönlich.

»Alles Gute zum Geburtstag!«, sagte ich und reichte ihm die Hand.

Niko ließ sie nicht gleich wieder los und sah mich an. »Jesper, oder?«, fragte er mich. »Du bist doch dieser Schriftsteller.«

Ich machte den Mund auf, wollte etwas Witziges darauf antworten, aber mir fiel genau gar nichts ein.

Gustav trat an mir vorbei. *»Nikoletto!«*, sagte er laut. Er hatte für all seine Freunde und Kumpels bescheuerte Spitznamen, ich war noch vergleichsweise glimpflich davongekommen.

Er und Niko umarmten sich und küssten sich auf die Wangen, dann ließen sie mich am Eingang stehen. Ich hörte, wie Gustav drinnen sofort von jedem überschwänglich begrüßt und willkommen geheißen wurde.

Zögerlich betrat nun auch ich die Altbauwohnung und gelangte in einen langen Flur mit unzähligen Zimmern. Eine angelehnte Tür gab den Blick auf eine Badewanne frei, in der Hunderte von Kassetten und CDs lagen. Daneben das große Wohnzimmer. Auf dem Sofa am Eingang saßen zwei knutschende Männer, vor mir stand eine Gruppe Frauen, die fröhlich auf Englisch darüber diskutierten, ob sie sich noch Ketamin organisieren sollten.

Ich trat ans Büfett. Bier, Wodka, Käsecracker und Salzstangen. Das bewährte Programm. Ich nahm mir zwei Flaschen Beck's und setzte mich auf ein Sofa am anderen Ende des Raums. Das Bier kippte ich rasch herunter. Ich fuhr mit den Fingern über die Raufasertapete, die sich von der Wand löste, und sah mich um. Die einen tanzten, die anderen redeten, manche standen auch allein rum. Ich hatte das Gefühl, dass man das alles mit ein paar Kniffen deutlich vereinfachen konnte. Fast jeder hier wollte Sex. Sofort und auf der Stelle. Das Ganze musste doch eigentlich recht simpel sein, aber von wegen. Denn wir waren alle Menschen, und da gab's eben Regeln und Konversation. Und Alkohol, immerhin.

Auch der Typ neben mir, der sich gerade mit einer angetrunkenen Brünetten gesetzt hatte, hatte klare Absichten. Dennoch redete er mit ihr über Michael Jackson. »Kennst du diese Zeichentrickserie von früher, in der sich ein Junge nach einem missglückten wissenschaftlichen Experiment in ein Auto verwandeln konnte?«, fragte er sie.

»Ja, schon.«

»Ich hab gehört, dass Michael Jackson das jetzt mit sich selbst in der Hauptrolle als Menschenauto verfilmen will. Stell dir mal vor, dass dann in dem Film Kinder *in* ausgerechnet Michael Jackson *einsteigen*. Das ist doch voll gruselig, oder?«

»Krass!«

»Soll ich dir noch was zu trinken holen?« Er legte seine Hand auf ihr Bein.

Sie nickte.

Ich schüttelte den Kopf. War das Leben tatsächlich so einfach, und ich hatte es nur nicht gemerkt?

Ich stand auf und ließ die beiden allein. Bis jetzt hatte ich, seit ich auf der Party war, noch kein Wort gesagt. Stattdessen trabte ich wieder durch den endlosen Flur von Niko Papadopoulos' Wohnung.

»Bist du Malte?«, fragte mich eine Frau mit einem raffiniert geschnittenen Undercut. Sie roch nach Parfum und irgendwie auch aufregend nach frischer Anstrengung. Sie musste getanzt haben.

»Nein, ich bin nicht Malte. Ich bin Jesper.«

»Wenn du Malte siehst, sag ihm, dass er ein blödes Arschloch ist!«

»Ist gut, wenn ich einen Malte sehe, sag ich ihm, dass er ein Arschloch ist.«

»Das ist echt lieb von dir, Jens!« Sie umarmte mich.

»Hey, ich heiße …« Doch da war sie längst den Gang entlanggetaumelt und kreischte entzückt, da sie gerade eine Freundin entdeckt hatte.

Als ich in die Küche kam, bot sich mir das übliche Bild.

Einige Typen klebten im grellen Licht der Deckenbeleuchtung wie die Schmeißfliegen an aufgerissenen Keks- und Chipstüten und betranken sich hoffnungslos. Es waren Küchenmenschen, Leute, die sich auf jeder Party immer sofort in die Küche hockten, sich dort gemütlich einrichteten, den Kühlschrank leer fraßen und dabei ausschließlich darüber diskutierten, was in den anderen Zimmern geschah.

»Habt ihr Amy gesehen?«, fragte ein Typ mit Dreadlocks seine beiden Freunde. »Hab gehört, die macht gerade mit drei Spaniern auf einmal rum!«

»*Woah,* das hätte ich der gar nicht zugetraut«, sagten die anderen verblüfft.

Ich fragte mich, wie diese Typen eigentlich an solche Informationen kamen, da sie die Küche wahrscheinlich seit Monaten nicht mehr verlassen hatten. Sie lebten nur von Leuten, die sich zufällig hierher verirrten oder etwas essen wollten und von denen sie in Sekundenbruchteilen wichtige Details aufschnappen konnten. Von Leuten wie mir.

Ich ging zum Kühlschrank. Ein einzelner Joghurt stand inmitten einer großen kalten Leere. Ich griff zu und aß ihn auf. Dann trat ich ans Fenster. Dort standen Fotos von Niko Papadopoulos und seiner Mutter oder einer älteren Freundin. Und auch eins mit ihm und Gustav. Wo war der überhaupt?

»Weißt du, wo Gustav ist?«, fragte ich den einen mit den Dreadlocks.

Er sah mich nicht an. »Oben«, nuschelte er gelangweilt. Ich bemerkte, dass er einen großen Pickel an der Nase hatte.

»Wo oben?«, fragte ich.

»Hmf«, grunzte er. Ihm schien sein Pickel jetzt auch aufgefallen zu sein, denn er fing an, ihn ausführlich zu untersuchen, und beachtete mich nicht mehr.

»Hey, ich hab dich was gefragt!«

Diesmal sah er zu mir hoch. »Auf dem Dach natürlich. Mann, nerv nicht!«, murmelte er. Irrsinnig sympathischer Typ.

»Danke!«, sagte ich, froh, diesen traurigen Ort wieder verlassen zu können. Als ich bereits an der Tür stand, drehte ich mich noch mal um. »Heißt du zufällig Malte?«, fragte ich ihn.

»Ja, wieso?«, fragte er, während er gerade eine Packung Russischbrot öffnete.

»Bist 'n Arschloch!«, sagte ich und zog die Tür hinter mir zu.

Ich irrte durch die Wohnung. Das schnell getrunkene Bier führte zu leichten Schwankungen. Ich ging versehentlich in ein falsches Zimmer und musste feststellen, dass Amy und die drei Spanier sowohl das Küssen als auch ihre Kleidung bereits hinter sich gelassen hatten.

»'tschuldigung!«, sagte ich und grinste.

Amy erklärte mir nun in aller Freundlichkeit, dass ich das Zimmer wieder verlassen solle, und ich machte schnell die Tür hinter mir zu. »Verpiss dich, du Wichser!«, schrie sie mir noch nach.

Endlich fand ich die Wohnungstür und ging nach oben. Durch eine Luke im Speicher gelangte ich aufs Dach. Als sich die Öffnung wieder schloss, war aus der lauten Musik von unten nur noch ein dumpfes Pochen geworden.

Nachdem ich einige Schritte auf dem Kies des Dachs

gegangen war, entdeckte ich Gustav. Er, Niko Papadopoulos, ein langhaariges männliches Model namens Johnny und Burhan, ein türkischer Fotograf, den ich von früheren Partys her kannte, saßen auf Plastikstühlen und diskutierten lautstark.

Gustav kam auf mich zu. »Wo hast 'n so lange gesteckt?« Er schleifte mich zu den Stühlen. »Setz dich!«

Als ich Platz genommen hatte, nickte ich Niko, Johnny und Burhan zu, die drei unterhielten sich jedoch weiter und nickten nur flüchtig zurück. Ich sah mich um. Das Dach von Nikos Haus bot einen weiten Ausblick über die Stadt. Hell erleuchtete Straßen und umherirrende Menschen wechselten sich mit dunklen Parks und Baugruben ab. Über uns nur der schwarze, wolkenverhangene Himmel. Es war kalt, und ich war froh, meinen Mantel nicht auf den Haufen Kleidung am Eingang der Wohnung geschmissen zu haben.

»Schön, oder?«, fragte mich Gustav.

Ich nickte.

Und wie wir so dasaßen und auf Berlin hinuntersahen, fühlte ich ein besonders starkes Gefühl der Nähe zu Gustav von Wertheim. Mir wurde klar, wie sehr ich ihn vermisst hatte, er war wie ein älterer Bruder für mich.

Ich musste an die Anfänge unserer Freundschaft zurückdenken. Als wir uns kennengelernt hatten, hatte ich ihn noch für einen dieser reichen, pseudolinken und überheblichen Schwulen gehalten, die nur über ihre neuesten Ficks sprachen. Er hingegen hielt mich für einen sarkastischen, ständig rumjammernden Feigling, der sich nie seinen Problemen stellte.

Wir hatten natürlich beide recht.

»Jesp, du siehst echt aus wie eine Leiche«, sagte er nun in seiner gewohnt subtilen Art. »Die ganze Schreiberei hat dich total verkorkst … Ich meine, wann hattest du das letzte Mal Sex?«

»Sex?«, wiederholte ich. »Ist das nicht diese Sache, bei der zwei Menschen miteinander schlafen und ich am Ende immer gewinne und Erster werde?«

»Ich dachte eher an diese Sache, bei der zwei Menschen miteinander schlafen und du es schaffst, für drei Minuten nicht von deinem scheiß Buch zu reden.« Gustav trank einen Schluck Wodka. Ich sah wütend zu ihm hinüber. Er missverstand das und füllte mir auch ein Glas. Wir stießen an und tranken in einem Zug. Ich musste husten.

»Jedenfalls brauchst du endlich mal eine Freundin.« Er dachte nach. »Ich könnte dich Nia vorstellen, wenn du willst. Sie ist unten und steht auf Künstler.«

Der Rauch seiner Zigarette zog an mir vorbei.

»Nia? Ist das ’ne Freundin von dir?« Eine überflüssige Frage. Die halbe Stadt war mit ihm befreundet.

»Ja, sie studiert Mode und ist wirklich klug, auch ziemlich hübsch. Ich glaube, sie würde dir gefallen.«

»Vielleicht, mal schauen«, sagte ich nur. Ich war mir zwar sicher, dass ich diese Nia tatsächlich interessant gefunden hätte, aber es gefiel Gustav einfach zu sehr, seine Umwelt zu manipulieren. Er hatte manchmal etwas Selbstgefälliges und Berechnendes. Außerdem dachte ich lieber an Miriam von der Uni und quälte mich mit einer Endlosschleife ihres Lächelns.

Ich beobachtete die Menschen, die unten auf der Straße

aus einer Tram stiegen. »Ich hab vorgestern Lars gesehen«, sagte ich irgendwann.

»Lars? Welcher Lars?«

»Na, der aus der Behindertengruppe. Um den ich mich immer gekümmert habe. Der saß einfach nur in seinem Rollstuhl, mit offenem Mund, wie tot, dann hat er angefangen zu schreien, und der Pfleger hat versucht, ihn zu beruhigen. Ich glaub nicht, dass er mich erkannt hat.«

Gustav sah mich an. Ich streckte den Hals und tat so, als hätte ich Kieferschmerzen, ich weiß auch nicht, warum.

»Es ist so deprimierend, wenn man sieht, dass nichts vorangeht«, sagte ich. »Ich meine, ich hab fast ein Jahr lang alles für ihn getan, und es war völlig bedeutungslos. Es gibt keine Hilfe oder Besserung für ihn, es … ach egal.«

Ich warf Kieselsteine runter auf die Straße. Die Erinnerung an meinen Zivildienst in einem Neuköllner Behindertenheim tat weh. Ich hatte das alles verdrängt, so wie diese Erlebnisse alles davor verdrängt hatten. Ich wusste kaum noch, wie euphorisch ich mal gewesen war, als ich nach dem Abitur meinen Umzug nach Berlin hinter mich gebracht hatte. Ich erinnerte mich nur noch an das Gefühl, als ich auf dem Linoleumboden der Station B2 aufgeprallt war. Schon komisch. Vor ein paar Jahren hatte ich noch das Gefühl gehabt, durchs Leben zu gleiten oder zu schweben, aber das war vorbei. Alles, was mal einfach schien, war plötzlich fremd und schwierig. Als hätte ich das Schweben verlernt. Ich weiß nicht, ob mich jemand versteht.

»Bist du dabei?«, fragte Gustav.

»Wo dabei?«

Er deutete auf den Joint, den er sich gerade drehte.

»Nee, lass mal, heut nicht.«

»Aber es macht dich locker«, sagte er. »Vertrau mir.«

»Ja, das sagst du immer.«

»Komm schon. Tu's für mich.«

Ich tat ihm den Gefallen. Und ich weiß nicht, ob es am Joint lag, doch auf einmal erinnerte ich mich wieder an den Geburtstag meiner Tante Andrea, die mich zu ihrer Feier eingeladen hatte. Andrea war eine erfolgreiche Anwältin, Ende dreißig, verheiratet und hatte drei süße Kinder. Ich war ein erfolgloser Schriftsteller, zwanzig, einsam und dazu bekifft und betrunken.

»Ich hab 'ne Idee!«, sagte ich.

Der Partyschreck

»Wer sind Sie?«

Im hellen Lichtschein des Flures blinzelte ich in das Gesicht einer schwarzhaarigen Frau, das ich vage meiner Tante Andrea zuordnete.

»Hi, ich bin's doch, der Jesper, und das ist mein Kumpel Gustav«, sagte ich euphorisch. Wie so oft in letzter Zeit war meine Stimmung plötzlich gekippt, und ich war nun in einem eigenartigen Rauschzustand. »Du hast mich doch eingeladen, weißte noch? Also, alles, alles Gute, liebe Andrea. Du siehst phantastisch aus, wow. Und hey, Geburtstag – das ist so cool!«

Ich klopfte ihr wie einem alten Kneipenkumpel ein paarmal auf die Schulter und fand mich echt spitze, jedenfalls sehr herzlich und sympathisch. Dann umarmte ich sie lange. Es tat irgendwie gut, ich wollte gar nicht mehr loslassen.

Andrea blickte mich erstaunt an und schien sich zu fragen, was aus dem süßen kleinen Kind, das ich mal gewesen sein muss, geworden war. »Meine Güte, jetzt bereue ich es, dich eingeladen zu haben«, sagte sie. »Tut mir leid, aber ich konnte ja nicht wissen, in was für einen abartigen Typen du dich verwandelt hast. Du kannst wieder gehen.«

Das sagte sie natürlich nicht, sondern: »Schön, dass du es noch geschafft hast.«

Als sie wieder im Getümmel der Party verschwunden war, ließen Gustav und ich uns auf zwei Stühle fallen und sahen uns um. Wo waren wir hier eigentlich gelandet? Andrea wohnte in einer riesigen Wohnung in Charlottenburg mit unzähligen Zimmern und teuren Möbeln, und dementsprechend waren auch die Gäste. Männer in Anzügen, Karrierefrauen in Abendkleidern und eine Million kleine Kinder, die brüllend durch die Zimmer rannten.

»Wo hast du mich hingebracht?«, flüsterte Gustav.

Es war klar, dass wir hier sofort wieder abhauen würden, auch wenn das natürlich sehr unhöflich meiner Tante gegenüber war. Gerade liefen wieder zwei lärmende Kinder an uns vorbei und fielen hin.

Nachdem ich die Toilette aufgesucht hatte, musste ich jedoch feststellen, dass Gustav mit einer der Mütter sprach. Minuten später war er bereits Mittelpunkt einer lebhaften Unterhaltung geworden. Ein Nicken, ein hintergründiges Lächeln oder auch nur ein Blick: Binnen kürzester Zeit konnte Gustav mit jedem ein Gespräch beginnen. Er hatte einfach dieses Charisma, das ich gern gehabt hätte. Jeder Satz von ihm schien unglaublich wichtig zu sein. Ich beobachtete die anderen Gäste, sah, wie sie an seinen Lippen hingen.

Ich hingegen wurde zur Seite gedrängt. Normalerweise hätte ich mich abgewendet und wäre gegangen, aber der Alkohol in meinem Blut flüsterte mir zu, dass auch ich etwas Wichtiges sagen sollte. Die anderen unterhielten sich gerade über ein Kaninchen, das eine Tochter als Haustier bekommen hatte, als ich laut dazwischenredete: »Wir hatten auch mal ein Haustier, eine Katze namens Whiskey, aber die hat sich umgebracht!«, sagte ich.

Betretene Stille. Draußen jaulte ein Hund. Alle schauten weg, nur Gustav deutete einen Scheibenwischer an, und vor Scham wurde ich rot.

Das Gespräch wurde nach einigen Augenblicken unbeschadet fortgesetzt. Opern, Politik und Sport. Ich stand völlig im Abseits und war seit einer Ewigkeit stumm. Beinahe wehmütig dachte ich manchmal an meine Katzengeschichte zurück, die mir aus einem anderen, goldenen Zeitalter der Konversation zu stammen schien. Ich hätte die Bemerkung sogar gern noch einmal gebracht, doch es ergab sich leider kein günstiger Moment dafür, und so ging ich einfach weg. Ich streifte umher. Auf dem Balkon angekommen, hatte ich erneut dieses Gefühl, das mich schon seit einiger Zeit umtrieb, diese Sehnsucht nach einem Ort, irgendwo da draußen, hinter dem Horizont dieser Stadt, einem Ort, an dem ich wieder glücklich sein konnte. Dort in der Ferne waren meine Träume und warteten auf mich. Sie schienen nach mir zu rufen, und alles wäre möglich, wenn ich mich nur in ihre Richtung treiben lassen würde …

Ich fuhr mit der Hand über das kalte Balkongitter. Die seltsame Hochstimmung von vorhin war verschwunden, ich fühlte mich uralt.

Als ich wieder reinging, kam ein Mann auf mich zu. Er wirkte wie eine aus der Zeit gefallene Respektsperson und verströmte den typischen Altmännergeruch, also eine Mischung aus Rasierwasser, Tabak und einem getrockneten Räucherschinken.

»Na, Jesper …«, sagte er gutgelaunt. »Weißt du noch, wer ich bin?«

»Nee!« Ich zuckte mit den Schultern. Der Typ sah aus wie jemand, der immer gewann. Ein Hüne im Anzug, mit schwarzen Gelhaaren und riesigen Oberarmen.

»Aber ich bin's doch, Pauli«, sagte er enttäuscht. »Dein Onkel Pauli!«

»Ach, der Pauli, klar«, sagte ich wissend und deutete einige heitere Erinnerungen an, hatte aber noch immer keine Ahnung.

Wir plauderten ein wenig, das heißt, er redete auf mich ein, was für ein Spitzentyp er sei. Dann aber kam er näher und wurde sehr, sehr ernst, als ob er mir gleich von seinem baldigen Ableben erzählen würde. »Hör mal, Jesper. Du bist doch schon seit längerem mit der Schule fertig, oder?«

Ich nickte. Mir fielen jetzt doch noch einige Dinge über meinen Onkel Pauli ein. Er hatte eine sehr erfolgreiche Versicherungsfirma. Und er war zweimal geschieden. Außerdem engagierte er sich politisch, er war irgend so ein Parteiarsch.

Pauli nahm mich beiseite und legte mir seinen Arm auf die Schultern. Das Teil wog eine Tonne, mindestens. »Ja, nach der Schule kommt irgendwann einmal der Moment, wo ein Mann sich entscheiden muss, was er aus sich macht«, sagte er *tatsächlich,* als hätte noch nie zuvor jemand diese Worte benutzt. »Ich hab gehört, du schreibst. Das ist mutig, aber davon kann ja eigentlich niemand leben, nicht wahr?«

Er zwinkerte mir zu.

»Nein …«, fuhr er fort, »Träume sind natürlich wichtig, aber das kannst du später immer noch in Angriff nehmen.

Jetzt geht es darum, erst mal was Sicheres zu machen. Deine Chancen zu nutzen. Ich will auch gar nicht lange reden. Ich will dir nur eine Frage stellen, okay? Also, Jesper, pass gut auf. Was braucht jeder Mensch?« Er sah mich fragend an.

Ich gab auf. »Keine Ahnung. Was?«

»Versicherungen!« Pauli schnippte mit dem Finger. »Ja, Jesper, jeder Mensch braucht Versicherungen. Merk dir das. *Ver-sich-er-ung-en,* das hat immer Zukunft. Vertrau mir, das wäre genau das Richtige für dich. Wenn du willst, kannst du schon nächsten Monat bei mir in der Firma anfangen. Zunächst neben deinem Studium, und dann schauen wir einfach.«

Der gute Pauli wollte gar nicht mehr aufhören und quatschte noch munter weiter solchen Mist wie »Du musst jetzt den Stier bei den Hörnern packen!« und so.

Während er auf mich einredete, fing ich den Blick einer Frau in einem weißen Kleid auf. Ich verdrehte die Augen, und sie lächelte.

Irgendwann war Pauli mit seinen Vertretersprüchen durch. »Du brauchst jetzt nicht zu antworten«, sagte er. »Ich will nur, dass du darüber nachdenkst … Also, abgemacht?«

Er sah mich erwartungsvoll an und hielt mir die ausgestreckte Hand hin. Ich stellte mir vor, wie ich jetzt unter den Blicken von ihm und allen Anwesenden einfach mit Anlauf über das Gitter des Balkons vom vierten Stock in die Nacht hinaussprang. Das wär mal eine coole Aktion gewesen. Ich hätte meinen Onkel auch einfach stehenlassen können, das wär zur Not auch noch gegangen. Aber nein, seht mich alten Waschlappen an, ich nicke nur.

»Abgemacht.« Ich schüttelte seine Legohand.

Pauli warf mir einen begeisterten Blick zu. »Sehr gut! So, Jesper, ich muss dann mal gehen. Überleg's dir. Und, hey, genieß die Feier …«

Als ich seine Hand wieder losließ, hatte ich einen Hunderter zwischen den Fingern. Ein Lächeln trat in das Gesicht meines Onkels, er liebte sich für diesen Trick. Als ich mich bedanken wollte, winkte er ab. Er ließ mich stehen und stürzte sich auf eine hübsche junge Frau. Ich sah ihm nach. Schleimiges Aas. Den Geldschein steckte ich natürlich sofort ein.

Die nächste halbe Stunde tat sich nicht viel. Ich saß auf einem roten Sessel und soff. Da ich in solchen Sachen relativ geschickt war, reparierte ich noch, obschon angetrunken, die kaputte Kamera eines Kindes. Ansonsten sah ich den Bälgern beim Spielen zu. Noch vor ein paar Jahren hatte ich einen prima Draht zu Kindern gehabt, Zaubertricks mit Karten vorgeführt und war so etwas wie ihr Held gewesen. An diesem Abend saß ich, von ihnen unbeachtet, nur rum und trauerte den vergangenen Heldentagen nach. Von den Unterhaltungen der Erwachsenen blieb ich ohnehin ausgeschlossen. Ich verabscheute diese oberflächlichen, dekadenten Leute, schielte aber trotzdem neidisch zu Gustav rüber, der gerade mit einer Anekdote alle zum Lachen brachte. Wieso fiel ihm das nur so leicht?

Ich stand auf und ging in eines der vielen Kinderzimmer. Es war stockdunkel und verlassen. Ich machte das Licht an. Eine Zeitlang betrachtete ich die Weltkarte an der Wand und sah mir verschiedene Märchenbücher an. Dann setzte ich mich auf das Bett und vergrub den Kopf in meinen Händen. Und plötzlich stellte sich mir eine Frage, auf die ich einfach keine Antwort fand: Wer war eigentlich dieser langweilige und traurige Typ, zu dem ich geworden war?

Endlich war es so weit: Ich fing mit dem fortgeschrittenen Saufen an, obwohl ich wusste, zu welch furchtbaren Taten der betrunkene Jesper fähig war. Nach zwei selbstgemixten, viel zu starken Drinks bekam ich Hunger. Ich ging in die Küche. Anders als auf Niko Papadopoulos' Party war sie menschenleer, dafür der Kühlschrank gefüllt. Ich machte mich sofort über Andreas Wurstvorräte her. »Fleisch«, das dachte ich, mehr nicht. Nur dieses Wort: »Fleisch«. Ich aß, so viel ich konnte, und spülte es mit einem angebrochenen Rotwein runter.

»Schenkst du mir ein?«

Ich fuhr herum. Es war die Frau von vorhin in dem weißen Kleid, die mich jetzt auffordernd ansah. Sie war wahrscheinlich schon Mitte dreißig, wirkte aber deutlich jünger.

Ich schnappte mir ein Glas aus der Spüle, trocknete es ab und füllte es mit dem Wein. Sie bedankte sich mit einem Lächeln, und ich errötete mal wieder sofort. Herrgott, dachte ich, wieso verlieb ich mich bloß in jede Frau, die mich nur flüchtig anlächelt?

»Und, welche Entschuldigung hast du dafür, dass du auf dieser Party bist?«, fragte sie mich.

Dass sie mich so spontan duzte, traf mich. Ich wollte irgendwie möglichst reif und erwachsen sein, der Herr Lier oder so.

»Nun, ich nehme stark an, es liegt an meiner Trunkenheit«, sagte ich mit übertrieben ernster Stimme, ehe ich meine gespielte Erwachsenheit wieder aufgab. »Aber vielleicht ja auch nicht. Ich meine, ich war heute schon auf einer anderen Party, aber die war genauso beschissen. Ich glaube, Partys sind einfach nichts für mich.«

»Ich hab dich vorhin beobachtet, wie du allein rumgelaufen bist. Du warst so stumm.«

»Kann schon sein. Ich schätze, ich hab nicht so viel zu sagen.«

»Sollte man in deinem Alter nicht ein bisschen fröhlicher sein?«

»Seh ich nicht fröhlich aus?«

»Du siehst traurig aus. Alles in Ordnung?«

Ich dachte darüber nach. Dann zuckte ich nur mit den Schultern. »Ordnung wird überschätzt.«

Mir fiel auf, dass ihre Lippen glänzten. Es machte mich an.

»Aber vielleicht haben Sie recht«, sagte ich, »wenn nicht noch ein Wunder passiert, geht mein Leben wohl den Bach runter ... das Einzige, was ich jetzt noch tun kann, ist, es wie einen Unfall aussehen zu lassen.«

Sie lachte und strich mit ihrer Hand kurz über meinen Mantel.

»Und welche Entschuldigung haben Sie, dass Sie hier sind?«, fragte ich.

»Mein Freund ist Andreas Bruder«, erwiderte sie, und ich merkte gleich, dass in dieser Beziehung nicht mehr viel los war. Dann wurde mir klar, *wer* ihr Freund war. Ich hatte ihr etwas mehr Klasse zugetraut.

»Pauli«, fragte ich, »ist *Ihr* Freund?«

Sie seufzte und winkte ab.

»Entschuldigen Sie ...«, sagte ich, »vielleicht irre ich mich ja, aber ist der nicht ein ziemlicher Idiot?«

»Du bist ganz schön frech!«, sagte sie, fast anerkennend. »Aber du hast wahrscheinlich recht.«

Sie warf mir einen undurchsichtigen Blick zu, ehe sie sich noch ein Glas nachschenkte und dann einfach aus der Flasche trank. »Er hat nicht ein Mal mit mir gesprochen, seit wir hier sind!«, sagte sie, als sie die Flasche absetzte. »Nicht ein Mal hat er ...«

Sie brach ab und trank noch einen Schluck. »Sag mal, hast du eine Kreditkarte oder so was?«

Eine Kreditkarte hatte ich zwar nicht, aber dafür wagte ich es, meine alte Mitgliedskarte vom Nintendo-Club in ihre schlanke Hand zu legen. Ich hatte sie damals als Zehnjähriger bekommen und bewahrte sie aus Nostalgiegründen noch immer auf. Von der Vorderseite grüßte ein winkender Super Mario.

Die Frau im weißen Kleid schaute mitleidig. Dann griff sie in ihre Handtasche und kramte ein kleines Silberdöschen hervor, dessen Inhalt wie Mehl aussah. »Willst du auch?«

»Ist das Kokain?«

»Es ist eher meine Rettung für diesen Abend.«

»Äh, tut mir leid, ich ... ich kann das nicht, so was nehme ich nicht.«

Es schien sie nicht wirklich zu interessieren. Inzwischen hatte sie mit meiner Nintendo-Mitgliedskarte eine saubere Linie gezogen.

»Mach mal die Tür zu«, sagte sie.

Als ich die Tür geschlossen hatte, hörte ich bereits ein lautes Schnupfgeräusch, dann ein befreites Atmen, danach noch mal das Gleiche. Ich hatte keine Lust gehabt, mir das anzusehen, und drehte mich erst um, als es vorbei war. Die Frau stand nun auf dem Küchenbalkon. Ich stellte mich neben sie.

»Wie alt bist du?«, fragte sie mich.

»Ich werde fünfundzwanzig«, log ich.

Sie zog ihre rechte Augenbraue hoch, aber ich hielt ihrem Blick stand.

»Du siehst jung aus für dein Alter. Ich hätte dich auf achtzehn geschätzt, höchstens. Na ja, obwohl, du hast so etwas Ernstes an dir. Wie heißt du?«

»Gustav«, sagte ich.

Die Frau in Weiß hatte sich in der Zwischenzeit eine Zigarette angezündet. Den Rauch blies sie kunstvoll in die Nacht. Innerhalb weniger Minuten hatte sie drei verschiedene und mehr oder weniger legale Substanzen zu sich genommen.

»Ich hau jetzt ab. Willst du mitkommen?«

»Was?«

Mir wurde heiß, dann kalt, dann beides. Sie war dicht an mich herangerückt, und ich spürte ihre Brüste an meinem Arm. Sie roch nach Rauch.

»Du hast mich schon verstanden … *Gustav*. Mein Gott, was für ein ausgestorbener Name.«

»Ich … ich weiß nicht.«

Es verging eine Sekunde, die die Qualen einer ganzen Ewigkeit enthielt. Dann schüttelte die Frau den Kopf, drehte sich weg und nahm wütend ihre Handtasche, um zu gehen. Sie tat mir leid. Und ich war geil. Schwierige Kombination.

Ich ging ihr nach. »Warten Sie, hey, warten Sie kurz, ich hab's mir anders überlegt. Okay, ja, ich komm doch mit.«

Sie lachte bitter. »Vergiss es!«, sagte sie. »Glaubst du, ich hab es nötig, um einen dreizehnjährigen Jungen zu kämpfen? Du kannst mich mal!«

Die Tür war vor meiner Nase geschlossen worden. Ich ging zum Küchentisch zurück. Mit zitternden Fingern griff ich nach meiner Nintendo-Mitgliedskarte und steckte sie ein.

Nichts wie raus hier! Ich hatte noch ein weiteres schnelles Frustbier getrunken und wollte gerade Gustav am Ärmel zerren und ihn anflehen, mit mir die Party zu verlassen, als ich von dem Plan der umstehenden Eltern hörte, dass die Kinder nun zum Schlafen nach oben, in eine andere Wohnung gebracht werden sollten. Ich musste handeln. Auf einmal hatte ich eine Vision! Es war an der Zeit, die Sympathie der kleinen Racker zurückzugewinnen. Ich wollte wieder der Held aller Kinder sein, der Star auf den Geburtstagspartys. So wie früher, da konnte ich doch auch alle begeistern.

Etwas schwerfällig wankte ich durchs Zimmer und ließ mich neben den Karten spielenden Kindern auf den Boden plumpsen.

»Hallo, ich bin der Jesper«, sagte ich leicht lallend und gab einem kleinen Mädchen die Hand, das erschrocken zurückzuckte, als es die Kälte meiner toten Finger spürte.

»Ich bin euer Onkel Jesper«, sagte ich noch mal und

lachte doof, wurde aber schnell wieder still, weil mich die Kinder mit großen Augen ansahen.

»Mama!«, rief ein Junge, halb ängstlich, halb genervt.

»Ja, hier, nix Mama«, antwortete ich, und er verstummte.

Gerade jetzt, im unpassendsten Moment, entfaltete der Alkohol seine teuflische Wirkung. Alles fing an, sich zu drehen. Quasi ins Nichts hinein sagte ich: »Ihr brauch' keine Angst zu haben. Ich kenn da 'nen tollen Zaubertrick«, und nahm mir den Stoß Karten, mit dem die Kinder gespielt hatten. Ich versuchte mich zusammenzureißen, aber es war mir unmöglich, einen klaren Gedanken zu fassen.

»Hier, zieh!«, sagte ich und hoffte, jemand würde es machen.

Vorsichtig streckte sich das Händchen eines Mädchens aus, krabbelte den Boden entlang und ergriff eine Karte.

»So, die merkst' dir jetzt«, sagte ich und war froh, diese Wörter unfallfrei über die Bühne gebracht zu haben.

Als das Mädchen die Karte wieder in den Stoß gesteckt hatte, begann die eigentliche Aufgabe. Ich hatte nämlich keinen blassen Schimmer, was jetzt kommen würde. Wie ging dieser Trick noch mal? Irgendwas mit dem Herzkönig und … Ach, Scheiße, ich hatte wirklich nicht die geringste Ahnung, was ich jetzt machen sollte. Die Kinder warteten neugierig auf meine Zauberkunst.

Während mir vom Alkohol inzwischen richtig schlecht war, versuchte ich erst mal auf Zeit zu spielen und begann die Karten in Häufchen zu verteilen. Hier fünf Karten, dort sieben. Ich wusste überhaupt nicht, was das bringen sollte, aber ich konnte mich daran erinnern, dass so etwas bei solchen Tricks häufig gemacht wurde.

»Das is' ein ganz toller Zaubertrick, gleich geht's los«, sagte ich beschwörend und schnippte dazu – warum auch immer – mit den Fingern.

Und dann musste ich aufgeben.

Alles drehte und drehte sich, im Hintergrund spielte diese scheußliche Musik, es wurde laut und schrill gelacht, und dann kotzte ich einem Jungen voll auf die Hand, der Rest ergoss sich über meinen Mantel und die fein säuberlich gestapelten Kartenhäufchen. Es ertönte Geschrei, und die Kinder liefen zu ihren Eltern, während ich erschöpft auf dem Fußboden liegen blieb. Ich war am Ende.

Ich weiß nicht mehr genau, was danach passierte, ich habe nur vereinzelte Augenpaare im Gedächtnis, die mich vorwurfsvoll ansahen, Kopfschütteln, Gemurmel und das besorgte Gesicht meiner Tante. Ich schämte mich ein wenig, was ja wohl auch das mindeste war.

Meine letzte Erinnerung an diese Party ist, wie ich am Waschbecken stehe und versuche, meinen Mantel zu säubern.

Draußen auf der Straße sagte keiner ein Wort. Doch mit zunehmendem Schweigen schien Gustav eine Entschuldigung von mir zu fordern.

»Also gut«, sagte ich und blieb stehen. »Das, was da gerade passiert ist, ist bei uns ganz normal. So läuft in meiner Familie jeder Geburtstag ab, okay? Immerhin ist niemand gestorben, und außerdem …«

Mir war plötzlich schwindlig geworden, und ich musste innehalten. Ich blinzelte und wartete darauf, dass die Linien der Pflasterfugen wieder scharf wurden.

Als der kleine Anfall vorbei war, gingen wir die Treppen zur U-Bahn-Station hinunter und setzten uns auf eine Bank. Gustav steckte sich eine Zigarette in den Mund. »War jedenfalls ’n echt schöner Abgang«, sagte er. *»Well done.«*

Ich stieß ihn an, wir grinsten beide.

Dann blinkte die Anzeigetafel, seine Bahn kam. Wir verabschiedeten uns.

»Hör zu, das hab ich noch vergessen, dir zu sagen. Du musst mir etwas versprechen, Jesp …«, sagte Gustav. »Schau auf dich und verlieb dich nicht gleich in die erste Frau, die du brauchst, verstehst du?«

Ich verstand nicht. Noch nicht.

»Du wirst mich schon verstehen«, sagte er, als ob er meine Gedanken gelesen hätte. »Manchmal braucht man einfach ein bisschen Liebe, und dann erzwingt man sie bei der erstbesten Person, die einem über den Weg läuft, und das endet oft in einer Katastrophe.« Er stieg in den Waggon. »Also, pass auf dich auf …«, rief er mir noch zu, ehe ihn die Bahn verschluckte.

Ich fragte mich noch immer, was er meinte. Doch wie so oft, wenn Gustav etwas zu mir sagte, was ich nicht verstand, war er mir einfach nur voraus.

Dienstag

Der Totgesagte

Ich öffnete den Briefkasten: Pizzaprospekte und Mahnungen. Ich schmiss alles weg und stieg hinab zu meiner Kellerwohnung, dieser dreckigen alten Streichholzschachtel. Dass ich für die paar Euro Miete nicht im Ritz-Carlton logierte, leuchtete mir ein, trotzdem widerte mich mein Einzimmerapartment an. Es lag unter der Straße, ein finsteres Souterrain-Loch, in das nur durch das oberste Drittel der Fenster Licht fiel. Ich musste mich also auf einen verdammten Stuhl stellen, um von unten durch ein Gitter nach draußen schauen zu können. Manchmal kam ich mir vor wie ein Gefangener, der unter der Erde hauste und mit sehnsuchtsvollen Blicken das Treiben der Menschen oben auf der Straße beobachtete.

Das Erste, was mir auffiel, als ich meine Schreibhöhle betrat, waren die beiden riesigen ausgedruckten Exemplare von *Der Leidensgenosse,* die, turmhoch gestapelt, wie zwei alte müde Brüder auf mich wirkten. Sie schienen mich vom Schreibtisch aus misstrauisch zu beäugen. »Oje, wie konntest du nur so viel schreiben!«, jammerten sie.

Aber das war leider nicht das einzige Problem bei meinem Manuskript, denn es enthielt zudem noch zwei oder drei recht ausschweifende Sexszenen, vielleicht auch ein paar mehr. Ein Grund mag sein, dass ich mir wohl einfach meine einsame Geilheit von der Seele geschrieben hatte. Ein anderer Grund war, dass ich beim nächtlichen Schreiben inzwischen fast immer besoffen oder zumindest stark angetrunken war. Denn in Anbetracht der Tatsache, dass mir in nüchternem Zustand keine Ideen mehr kamen, wollte ich meinem Erfolg ein wenig nachhelfen. Ich brauchte nämlich langsam mal was Zählbares. Schon seit zwei Jahren schrieb ich an diesem Roman, und weder meine Familie noch meine Freunde oder Bekannten glaubten an mich, die warteten nur noch auf mein Scheitern …

Ich war allein in der Wüste, über mir flogen die Geier, und alle Wetten standen gegen mich. Ich war der Totgesagte.

Immerhin las gerade der alte Born mein Buch. Der vielleicht einzige Mensch, der noch zu mir hielt und mir riet, mutig zu sein.

Er hieß Anton mit Vornamen, war einundsiebzig, wahnsinnig schlau und mit einem unerschöpflichen Arsenal an Anekdoten gesegnet. Ich fand ihn großartig. Er war unser Nachbar in München, ein pensionierter Germanistikprofessor, riesengroß und mit einem gemütlichen Bauch. Als meine Eltern damals in die Wohnung nebenan gezogen waren und händeringend nach einem Babysitter suchten, hatten seine Frau und er angeboten, hin und wieder auf uns Kinder aufzupassen. Ich glaube, gerade seine Frau war vorher ein bisschen einsam gewesen. Meine Eltern hatten dankbar zugestimmt, und so waren die Borns über die Jahre wie Familienmitglieder geworden.

Ich kannte Born jedenfalls, seit ich acht war. Er hatte mir

Schach beigebracht und meine ersten Geschichten gelesen (und circa einmal im Jahr verlangte er auch von mir, dass ich ihn endlich duzte, aber anders als bei seiner Frau schaffte ich es einfach nicht). Allerdings hatte er immer noch nicht auf meinen Roman geantwortet, dabei brauchte ich seinen Rat jetzt mehr denn je. Schließlich war er der Einzige, dem ich nie was vormachen konnte.

Ich vermisste ihn – und unsere Schachpartien. Früher hatte er mich noch immer gewinnen lassen, aber als ich dann älter wurde, hatte er Ernst gemacht. Seitdem hatte ich keine Chance mehr.

»Glauben Sie, dass ich irgendwann noch mal gegen Sie gewinne?«, hatte ich ihn einmal gefragt.

»Du meinst, wenn du täglich übst und endlich beginnst, aus deinen Fehlern zu lernen, und wenn du dir wirklich Mühe gibst und auch noch das Glück auf deiner Seite steht?«

»Ja.«

Er überlegte. *»Nein.«*

Der Gedanke, bald nach Hause zu fahren, ließ mich wieder schaudern. Ich holte einen Karton mit alten Fotos vom Schrank. Bei einem Bild von meinem Vater blieb ich hängen. Es zeigte ihn als jungen Mann, er trug eine Schiebermütze und schaute verwegen in die Kamera. Er war vorletztes Jahr gestorben, und es schmerzte, ihn jetzt so hoffnungsvoll zu sehen, noch unwissend, was alles passieren würde.

Erinnerungen kamen hoch: wie ich als Kind nicht einschlafen konnte; der tröstliche Lichtspalt in der Tür; das Gesicht meines Vaters, wenn er nach langem Betteln doch noch mal zu mir reinkam und mir Geschichten von seiner Irlandreise erzählte. Eine Weile betrachtete ich noch das Bild, dann stellte ich es auf meinem Schreibtisch auf.

Hätte ich diesen verdammten Brief doch noch, dachte ich plötzlich. *Hätte ich ihn doch nur nicht weggeschmissen.*

Ich wühlte weiter im Karton und stieß auf eine Aufnahme, die mich mit einem dunkelhaarigen Jungen zeigte, der auf einer Geige spielte: Frank, mein bester Freund während der Schulzeit. Auf dem nächsten Foto stand ich dagegen allein vor dem Fernsehturm am Münchner Olympiastadion. In der Hand eine Urkunde für den zweiten Platz, den ich mit meiner Kurzgeschichte in einem landesweiten Schulwettbewerb gewonnen hatte. Auch mit anderen Kurzgeschichten hatte ich ein paar Jugendpreise und sogar mal eine Fahrt nach Schweden gewonnen. Keine Ahnung, was das damals sollte, mit Schweden, es war wirklich wahnsinnig langweilig da, und von wegen hübsche Frauen. Aber immerhin, es gab mal eine Zeit, in der ich mit dem Schreiben Erfolg gehabt hatte.

Ich betrachtete mein fröhliches jugendliches Ich. Das war wohl der Höhepunkt meines Lebens gewesen, mit sechzehn Jahren. Leider hatte mir das damals keiner gesagt, deshalb hatte ich es noch nicht mal auskosten können.

Das Foto deprimierte mich. Ich legte mich todmüde ins Bett, blieb aber wach. Vor ein paar Tagen, als ich mit dem Roman fertig geworden war, hatte ich die Schlaftabletten endlich abgesetzt. Ich wollte von dem Dreck nicht mehr abhängig sein. Das Ergebnis war, dass ich fast überhaupt nicht mehr schlief. Entweder lag ich nachts ewig wach oder ich wachte zu früh auf.

Draußen wurde es bereits hell. Obwohl ich dafür noch immer zu betrunken und zu müde war, versuchte ich zweimal erfolglos, mir zu der Frau in dem weißen Kleid einen runterzuholen. Beim dritten Fehlversuch schlief ich dann endlich ein, immer darauf bedacht, ja keine Körperteile über den Rand der Matratze ragen zu lassen. Ich hatte schon seit meiner Kindheit die quälende Vorstellung, unter meinem Bett könnten kleine Knabbertiere leben, die nur darauf warteten, dass sie in Zehen oder Finger beißen konnten, die aus dem Bett hingen.

Eine gefühlte Stunde später wurde ich wieder von einem Anruf geweckt. Ich zog mir die Bettdecke über die Ohren, aber es läutete immer weiter. Schließlich griff ich nach dem Hörer. »Bei Lier, wer ist da?«

»Hier ist Frank. Jesper, bist du dran?«

Ich legte auf.

Ein, zwei Minuten war es still. Gerade als ich wieder die Augen schloss, klingelte es erneut.

»Herrgott, Frank, was ist denn los mit dir, es ist mitten in der Nacht, verdammt.«

»Es ist doch schon zwölf Uhr mittags.«

»Meinetwegen. Fahr fort.«

»Du, hör mal, Jesper, ich brauch deine Hilfe.«

Ich stöhnte auf. Das waren eindeutig zu viele schlechte Nachrichten in zu kurzer Zeit. Der Name Frank war schon immer mit großen Anstrengungen verbunden gewesen.

»Bist du noch dran?«

»Ja, ich bin noch dran.« Wieso hatte ich ihm vor einem Jahr nur meine Nummer gegeben? »Also, worum geht's?«

»Ich bin gerade in Potsdam, meine Oma feiert ihren siebzigsten Geburtstag, die ganze Familie ist noch die nächsten Tage hier.«

»Und? Wo ist das Problem?«

»*Alles* ist das Problem«, sagte Frank mit sich überschlagender Stimme. »Meine Mutter behandelt mich immer noch wie ein Kind, meine Oma beschimpft mich die ganze Zeit, ich bin hier irgendwie eingesperrt und … Du bist doch bestimmt noch die nächsten Tage in Berlin, oder?«

»Wieso …« Ich musste jetzt vorsichtig sein. Eine falsche Antwort, und ich sah ihn schon in meine Küche einziehen.

»Na ja, Jesper, also ich hab mir gedacht, ich könnte dich besuchen, bis die Familienfeier bei mir zu Ende ist.«

Auf keinen Fall. Das konnte er vergessen. Nichts gegen Frank, aber ich wollte mich nicht um ihn kümmern, der Typ war ein verdammtes Muttersöhnchen. Außerdem war ich müde. Ich kuschelte mich in das warme Bett, die Vorstellung aufzustehen erschien mir geradezu lächerlich. »Tut mir leid, Frank, es geht nicht«, sagte ich, ganz weit weg, schon fast im Tiefschlaf.

»Wieso nicht? Tu mir das nicht an, Jesper, du musst mich da rausholen, bitte.«

»Ich kann dir wirklich nicht helfen, wegen … wegen Dings«, sagte ich grausam. Und es musste endlich damit vorbei sein, dass ich im Halbschlaf den Menschen am Telefon jeden Wunsch erfüllte. Aber andererseits, dachte ich, andererseits war das hier mein ältester und bester Freund, der mich jetzt brauchte. Ich würde Frank nicht im Stich lassen, einfach auflegen und wieder einschlafen. Auf keinen

Fall würde ich Frank im Stich lassen, einfach auflegen und wieder einschlafen, ich würde es einfach nicht tun …

Ich ließ Frank im Stich, legte einfach auf und schlief wieder ein.

Als ich Stunden später erwachte, hatte ich von Isabel geträumt, einem überschätzten Mädchen, dem ich während der Schulzeit jahrelang und erfolglos hinterhergelaufen war. Okay, vielleicht ist das mit dem »überschätzt« unfair, aber das ist man immer gegenüber jemandem, in den man mal verliebt war. Es war jedenfalls nur ein Beisammensein-Traum, nichts Sexuelles. Ich ging mit ihr spazieren, sie lehnte ihren Kopf an meine Schulter, wir redeten. Nur solches Zeugs. Einmal wollte ich sie küssen, aber sie sagte nein, und das war's dann auch schon in dieser Richtung. Nicht einmal in meinen Träumen lief was mit ihr, auch dort durfte ich nur mit ihr reden. Nur reden, nur Freunde sein, Herrgott, mehr war für Typen wie mich anscheinend nicht drin.

Ich ärgerte mich und stand auf. Da es in meinem Kellerloch auch tagsüber dunkel war, machte ich alle Lichter an. Dann ging ich in die Küche. Ein wüster Anblick: links die Dusche, rechts die Spüle voll dreckigem Geschirr und daneben der kaputte Gasherd. Das Gas hatten sie mir bereits in der ersten Woche weggenommen, wegen einer defekten Leitung, es hatte schon gerochen. Die Typen vom Gaswerk hatten mir stattdessen eine Elektrokochplatte gegeben und gesagt, ich solle erst mal damit kochen, bis sie in Kürze erneut bei mir hier unten vorbeischauen würden.

Sie kamen nie wieder.

Hungrig schaute ich mich um. Notiz an mich selbst: Ich musste dringend wieder Orangen und Bananen kaufen. Jetzt, wo ich hundert Euro hatte, vielleicht auch richtige Sachen wie Wurst, Käse, Gemüse, Nudeln ... Immerhin fand ich im Schrank noch eine letzte Scheibe Toastbrot und tröpfelte etwas Rapsöl drauf. Als ich das Zeug runtergeschlungen hatte, merkte ich, wie das Zittern von meinem gestrigen Alkoholrausch nachließ. Dennoch fühlte ich mich unbehaglich. Weil ich Frank am Telefon so abgewürgt hatte? Nein, es war etwas Schlimmeres. Aber was?

Und dann kam es mir in den Sinn. Es war Dienstag, es war Mittag, und ich musste meine Mutter anrufen.

Die Familie des Lügners

Ich duschte mich. Tatsächlich hatte ich Idiot schon wieder verdrängt, was das bedeutete, als auch schon das kalte Wasser angerauscht kam. Ich schrie wie verrückt und machte, dass ich da rauskam. Nachdem ich mich angezogen hatte, schnappte ich mir die leeren Bierflaschen, die im Gang gestanden hatten, und entsorgte sie in der Tonne im Hof.

Als ich auf die Straße trat, geschah etwas Eigenartiges. Am Horizont sah ich einen Wolf. Er stand allein an einer Kreuzung und beobachtete mich, schien sogar nur auf mich gewartet zu haben. Mir war, als könnte ich sein drohendes Knurren hören.

Ich blinzelte, und im nächsten Moment war der Wolf verschwunden. Seltsam, dachte ich. Dann ging ich telefonieren.

Vor Gesprächen mit meiner Mutter grauste es mir schon seit einiger Zeit, aber richtig schlimm wurde es, seit ich ausgezogen war. Lag vielleicht auch daran, dass wir uns einfach nicht so viel zu sagen hatten. Wie immer rief ich sie von der Telefonzelle aus an. Sie hatte eines dieser Telefone, auf denen man erkennen konnte, wer gerade anrief, und meine Nummer konnte ich ihr unmöglich geben. Sie sorgte sich um *alles* und hätte sich dauernd gemeldet, ich hätte nie mehr ruhig schlafen können, ehrlich. Es tut mir übrigens leid, dass ich jetzt doch ein bisschen was über meine Familie erzählen werde. Ich hasse das immer, wenn einer was von seiner Familie erzählt, über den alten Opa in Sibirien und diesen Kram, aber jetzt muss es einfach sein.

Meine Mutter war jedenfalls Erzieherin in einem Kindergarten. Sie trug eine Intellektuellenbrille, war ziemlich dünn und immer einen Tick zu hektisch. Und sie schummelte oft beim Scrabble-Spielen. Ich weiß nicht, ob das mit dem Scrabble jemanden interessiert, aber ich finde es wichtig. Früher war meine Mutter auch mal wahnsinnig hübsch. Ihr würdet es nicht glauben, wenn ich euch alte Fotos von ihr zeigen würde. Alle Typen waren hinter ihr her. Und dann noch die Brille und die roten Haare, der Wahnsinn. Mein Vater hat immer gesagt, dass sie mit ihren roten Haaren so aussah, als käme sie aus Irland. Aber dann schlug das Leben zu, und das Leben kann selbst die hübschesten Menschen kleinkriegen. Plötzlich hast du nur noch Angst und bekommst einen harten Zug um die Nase, oder einen nervösen Mund und Stirnfalten und so, und dann blickst du eines Tages in den Spiegel und siehst jemand Fremdes.

Ich hielt mir das linke Ohr zu, das Haus hinter mir wurde gerade renoviert. Eine Kreissäge schrie sich heiser, ich hatte Mühe, das Freizeichen zu hören.

Endlich ging mein Bruder Jonas an den Apparat. Er war Ende siebzehn und mitten in der Phase größtmöglicher Coolness. »Ja, was ist?«, fragte er gelangweilt und kaugummikauend in den Hörer.

»Hey, man sagt zuerst den Namen, du Affe. Gib mir mal die Mama.«

»Ach, du bist's nur, Jesper. Beeil dich, Yannick ruft gleich an.«

»Du, sei mal nicht so frech …«

Doch er war schon weg. Nun übernahm meine Mutter.

»Mama? Kannst du Jonas mal bitte sagen, dass er ein Vollidiot ist?«

Meine Mutter lachte. »Man könnte ja fast das Gefühl haben, dass du deinen eigenen Bruder hasst.«

»Klar hasse ich ihn.«

Okay, ich hasste meinen Bruder natürlich nicht. Aber mich störte, dass meine Mutter ihn anders als mich nie kritisierte und er ein bisschen ihr Lieblingssohn war. Dabei hatte ich mich nach dem Tod unseres Vaters zum Beispiel allein um den ganzen Verwaltungsscheiß kümmern müssen, und das war 'ne Menge Arbeit. Jonas half mir jedenfalls nicht. Das werfe ich ihm aber gar nicht so vor, denn er war erst fünfzehn. Ich werfe ihm vor, dass ihn der Tod unseres Vaters nicht aus der Bahn geworfen hat. Ich hatte immer darauf gewartet, dass er irgendwo mal scheitert, mal ein kleines bisschen Schwäche zeigt. Aber er hing nur noch mit seiner Clique rum, ein Haufen verwöhnter, sorgloser Münchner Idioten, er schrieb die gleichen guten Noten wie immer, hatte die gleichen hübschen Freundinnen und wirkte nicht im Geringsten erschüttert. Kein einziges Mal habe ich ihn weinen sehen, und so schmerzhaft es auch ist: ich verstand meinen Bruder einfach nicht mehr. Er wurde mir so fremd, als hätten wir nie jahrelang im selben Zimmer geschlafen.

Kaum sprach ich mit meiner Mutter, drehte sich alles erst mal um den bevorstehenden Umzug. Eigentlich wollte sie die große Wohnung in Schwabing nicht verlassen, doch die Miete war für sie nicht mehr zu stemmen. Oder die Einsamkeit und die leeren Zimmer. Ich sollte jedenfalls Kisten und Möbel tragen helfen und meine Sachen aussortieren. Bei der Vorstellung, mit Abfallkartons durch mein altes Kinderzimmer zu stapfen, drehte sich mir der Magen um.

»Du kommst diesen Sonntagabend, oder?«, fragte sie mich.

»Sicher«, antwortete ich so überzeugend wie möglich und dachte daran, dass ich jetzt schon ein paarmal mit meinem Koffer zum Bahnhof gefahren war und es einfach nicht hingekriegt hatte, in diesen verdammten Zug nach München zu steigen.

Inzwischen stellte mir meine Mutter die üblichen Fragen über mein Leben, und ich tat das, was ich am besten konnte: lügen. Sie sollte sich nicht auch noch um mich Sorgen machen müssen, daher log ich sie schamlos an. Ich erzählte ihr als Erstes von Sandra, meiner Freundin, die ich vor etwa einem Dreivierteljahr erfunden hatte. Sandra war klug, sehr lustig und ein echtes Jura-Ass. Sie wollte Rechtsanwältin werden, was meine Mutter sehr begeisterte. Leider hatte Sandra deshalb so gut wie nie Zeit, auch mal an den Telefonhörer zu kommen, immer stand eine neue Arbeit an, und da hieß es natürlich lernen, lernen, lernen. Ich versprach aber, sie bald mal mitzubringen. Der Trick mit Sandra funktionierte so gut, dass ich mich manchmal selbst dabei ertappte, wie ich sehnsüchtig an sie dachte und mich darauf freute, mit ihr abends ins Kino zu gehen.

Doch damit nicht genug, schwindelte ich meine arme

Mutter auch noch an, als ich ihr sagte, ich hätte zu Hause keinen Telefonanschluss, ich log umso mehr, als ich meinte, ich würde mich gesund ernähren und hätte ausreichend Geld, und ich log sogar ungeheuerlich, als ich behauptete, die letzten Studienarbeiten in Politikwissenschaft seien besonders gut gelaufen.

Dann kam meine Mutter auf das Thema, das sie jeden Dienstag anschlug, und vielleicht war das der Grund, weshalb ich sie so ungern anrief. »Ich war gestern an seinem Grab«, sagte sie.

Immer dieser anklagende Tonfall, wie ich das hasste.

»Und, soll ich mich jetzt entschuldigen, dass ich noch nie da war, oder was?«, fuhr ich sie an. »Ich lebe zufällig in Berlin, da kann ich nicht einfach vorbeischauen.«

»Das sagt ja auch niemand, dass …«

»Doch, du sagst das, jede scheiß Woche wirfst du es mir vor.«

Mein Vater war jetzt seit fast genau zwei Jahren tot, und natürlich hätte ich schon längst sein Grab besuchen sollen, das wusste ich selbst. Aber ich konnte einfach nicht. Als Kind hatte ich ihn sehr geliebt, doch als ich älter wurde, ist mir aufgefallen, dass wir nichts gemeinsam hatten und er sich gar nicht für mich interessierte. Es klingt hart, aber am Ende schien er auch nur einer dieser mutlosen Leute zu sein, die hinter dem Geld her sind und ihre Träume aufgegeben haben. Ich glaube, vor allem diese Traum- und Phantasielosigkeit konnte ich nie akzeptieren, ich fühlte mich verraten. Ich weiß nicht, ob mich jemand versteht.

Die Geldanzeige des Telefons blinkte auf. Ich hörte das Atmen meiner Mutter und kramte ein Fünfzigcentstück aus der Manteltasche, nahm es in die Hand und spielte damit. Dann steckte ich es doch wieder ein.

»Tut mir leid, Mama, das Geld ist alle. Bis Sonntagabend«, sagte ich. Das Einrasten des Hörers klang noch eine Weile in mir nach.

Geschichten

Auf dem Heimweg fiel mir ein, wie ich Frank am Morgen abserviert hatte. Das tat mir inzwischen leid, ich kannte ihn schließlich, seit ich neun war. Wir hatten damals beide einen Asthmaanfall gehabt und uns ein Zimmer im Schwabinger Krankenhaus geteilt. Ich konnte ihn von Anfang an nicht leiden. Mit der Brille und den dürren, knochigen Gelenken wirkte er linkisch auf mich, dazu machte er erst mal brav seine Hausaufgaben. In der Klinik! Danach las er auch noch stundenlang in einem Notenheft mit Geigenstücken. Ein streberhaftes Muttersöhnchen, das man nur ungern fest am Ärmel packte, da man Angst haben musste, dass dabei gleich der ganze Vogelscheuchenarm abbrach.

Da er mich nicht beachtete, fing ich an, ihn zu provozieren. Ich machte Sprüche und warf Süßigkeiten nach ihm. Keine Reaktion. Erst als ich ihm sein blödes Notenheft wegnahm, rastete er endlich aus.

Es begann ein hektischer Kampf. Frank war schwach, aber unfair. Er schien nur aus Knochen zu bestehen und kratzte, und einmal biss er mich sogar in die Hand.

Doch schließlich hatte ich ihn am Boden.

»Und, gibst du auf?«, fragte ich.

Frank wand sich unter mir und machte gurgelnde, knurrende Geräusche wie ein tollwütiger Hund.

Ich lachte. »Gibst du auf? Gibst du auf?«, fragte ich immer wieder, wie ein Irrsinniger.

In diesem Moment zog mich ein Pfleger weg, gleichzeitig schlug Frank blind vor Wut nach mir. Ich duckte mich gerade noch rechtzeitig, aber für den Pfleger kam jede Hilfe zu spät. Er ließ mich sofort los und fluchte. Und während er sich mit der einen Hand das Auge hielt, zog er Frank mit der anderen, freien Hand seltsamerweise am Ohr, bis er dafür von einer aufgebrachten Schwester angeschrien wurde.

Man brachte uns beide in einen Erste-Hilfe-Raum. Meine Lippe war aufgeplatzt, Frank hatte eine Beule am Kopf und bekam Eisumschläge. Die Schwester tadelte uns noch eine Weile, dann schickte sie uns auf unser Zimmer.

Lange schwiegen wir uns an, doch das Eingreifen des Pflegers hatte alles verändert. Plötzlich fühlten wir uns solidarisch verbunden.

»Echt guter Schlag vorhin«, sagte ich.

»Findest du?« Frank freute sich darüber, doch dann schien ihn irgendetwas zu bedrücken.

»Was ist denn?«

»Meine Mutter«, sagte er und hielt sich sein Ohr. »Sie wird mich umbringen, wenn sie das erfährt.«

»Ach was. Du wolltest den Pfleger ja nicht absichtlich treffen.«

»Nein, du verstehst nicht, sie ist so streng. Sie wird mich wirklich umbringen.«

»Aber sie ist doch deine Mutter.«

»Du kennst sie nicht, kapiert? Du würdest das nicht sagen, wenn du sie wirklich kennen würdest. Sie kontrolliert mich andauernd, dabei hasst sie mich.«

»Ja klar, als ob eine Mutter ihr eigenes Kind hasst«, sagte ich, doch sein Blick ließ mich erschauern.

Er sah beschwörend zu mir rüber, und auf einmal war nichts Kindliches mehr an ihm. »Du verstehst nicht«, hauchte er in unheilvollem Ton. »Sie ist *böse*.«

Ich sah ihn eindringlich an, aber er schien es ernst zu meinen. Seine Nase lief.

»Du musst mir glauben, ich sag die Wahrheit«, flehte er, »meine Mutter wird mich wieder in den Käfig auf dem Speicher sperren.«

»In den Käfig? Ach komm, jetzt verarschst du mich.« Ich musste wieder lachen, aber er wurde nun richtig aufgeregt.

»Tu ich nicht. Der Käfig ist so klein und rostig, dass ich mich immer an den Gittern schneide. Schau!« Er zeigte mir Schnittwunden an seinem linken Handgelenk, die jedoch viele Ursachen haben konnten.

Ich versuchte ihn zu beruhigen, und als ich seine spießige Kleidung betrachtete, die Frisur und die klobige Brille, bekam ich den Verdacht, er könnte, was seine Mutter anging, doch nicht so falsch liegen. Und selbst wenn es nicht stimmte: Es war eine Geschichte, und ich mochte Geschichten schon immer.

»Alles wieder okay?«, fragte ich schließlich.

»Ja, geht wieder.« Er zog ein paarmal die Nase hoch. »Tut mir leid, dass ich dich in die Hand gebissen habe!«

»Und mir tut's leid, dass ich dir dein Heft weggenommen habe.«

Wir blickten uns an und mussten grinsen. Ich erfuhr, dass Frank gerade erst nach München gezogen war und wir nach den Sommerferien auf dieselbe Schule gehen würden. Wir sprachen noch stundenlang weiter, und in den folgenden Jahren wurden wir die besten Freunde. Er war dabei, wenn ich Liebeskummer hatte und ausgefeilte Pläne schmiedete, wie ich meine verschiedenen Nebenbuhler ausschalten konnte. Und ich war dabei, als er als Kind eine Delle in den Wagen seiner Eltern machte und aus Angst vor einer Strafe zu uns flüchtete.

Es war damals Sommer, und wir versteckten uns im Baumhaus in unserem Innenhof. Ich sagte, dass wir zusammen hier draußen bleiben könnten, bis es für ihn wieder sicher wäre. Frank nickte trotzig, er habe dreißig Mark gespart, das würde erst mal für die nächste Zeit reichen. Wir gegen den Rest, so fühlten wir uns in jener Nacht dort oben im Baumhaus, und nur ab und zu sah meine Mutter nach uns und brachte uns Kakao und Decken. Frank und ich waren damals unzertrennlich, nichts schien das ändern zu können, und dann starb mein Vater, und es änderte sich doch.

Ich machte mich auf den Heimweg. Die Wolken hatten sich wieder vor die Sonne geschoben, auch an diesem Tag blieb es trüb und kalt. Als ich meine Wohnung betrat, roch ich Gustavs Stoff. Er musste meinen Zweitschlüssel benutzt haben und lag nun bekifft auf dem Fußboden, umgeben von einer Flasche Wodka und Hunderten Seiten von *Der Leidensgenosse*. Mit den kaputten Chucks, der löchrigen schwarzen Jeans und der abgewetzten Lederjacke wirkte er auf mich im ersten Moment wie ein Penner oder Streuner, der bei mir eingebrochen war, um an Alkohol zu kommen.

»Was machst du hier?« Erst jetzt registrierte ich, dass er tatsächlich in meinen Roman hineingelesen hatte.

»Ich wollte dich ein bisschen aufheitern.« Gustav schüttelte die Wodkaflasche. »Du warst aber nicht da, und da hab ich dein Buch auf dem Tisch gesehen und ein wenig darin gelesen.«

»Was fällt dir ein«, sagte ich, und im selben Atemzug: »Und, wie findest du es?«

Seine erste Reaktion war Gelächter. »Weiß nicht. Verrückt?«

»Aber es ist doch hoffentlich auf eine anspruchsvolle und gute Art verrückt, oder nicht?«

»Na ja, ich würde eher sagen: oder nicht.«

Das war nicht ganz das, was ich hören wollte. »Du kannst das sowieso nicht beurteilen«, sagte ich schnell. »Du hast eh keine Ahnung von Literatur.«

»Ich glaube, die muss man gar nicht haben, der gesunde Menschenverstand reicht völlig. Allein die Geschichte mit dem Wal ...«

Ich unterbrach ihn. »In meinem Buch kommt ein Wal vor?«

Gustav sah mich irritiert an.

Ich winkte ab. »Lies mal vor!«

»Hör zu, Jesp. Du weißt, ich halte dich für talentiert und so, aber das war alles ein ziemlich seltsamer Shit. Dein Leidensgenosse ist jedenfalls gerade auf seiner Südamerikareise, glaube ich, ich bin hängengeblieben, als ich ›Explosion‹ gelesen habe. Ach, und noch was, du hast dich beim Schreiben anscheinend in das Wort ›entzückend‹ verliebt, es kommt andauernd vor. Warte, hier.« Nachdem er einen kleineren Stoß durchwühlt hatte, nahm er ein Blatt und begann zu lesen:

»... Groß war die Aufregung im kleinen, aber entzückenden mexikanischen Örtchen Quilermo, als ich es besuchte. Das lag jedoch keinesfalls an mir, sondern daran, dass das dort ansässige Institut für Meereskunde den Zuschlag für Klopfer bekommen hatte. Klopfer war ein Pottwal, ein sechzig Tonnen schweres Säugetier, das eben erst an einen Strand gespült worden und dort eingegangen war. Rosita Panameno, eine entzückende und engagierte Meeresforscherin und Biologin, war bei diesem Coup eine der tragenden Säulen gewesen und mehr als stolz darauf, Klopfer stellvertretend in Empfang zu nehmen, um an ihm in dem wissenschaftlichen Institut eine Autopsie durchzuführen. Schließlich war es endlich so weit. Mit lautem Gedöns wurde auf einem riesigen Lastwagen der tote Klopfer nach Quilermo hereintransportiert, und schließlich war es endlich so weit. Mit lautem Gedöns wurde auf einem riesigen Lastwagen der tote Klopfer nach Quilermo hereintransportiert ...«

»Du wiederholst dich«, warf ich ein. »Den letzten Satz hatten wir schon mal.«

»Ich wiederhole mich nicht, er steht zweimal da.«

Ich ließ es mir zeigen und gab ihm nach einer Sekunde innerlichen Grauens ein Zeichen, dass er weiterlesen sollte.

»… Die Menschen hatten sich auf der engen Hauptstraße versammelt, manche waren ängstlich und schimpften, viele aber bestaunten das Tier wie einen Heiligen, der nun als Märtyrer wieder zurückgekehrt war, und riefen entzückt seinen Namen. Endlich hatte auch ihr entzückender Ort Berühmtheit erlangt. Sie jubelten Rosita Panameno zu, die neben Klopfers monströsem Kadaver auf der Tragefläche des Lastwagens stand und den Menschen lachend zurückwinkte, es war wie ein Festtag. Doch was niemand ahnte, war, dass die faulenden und gärenden Gase im Inneren von Klopfer anfingen, seine Organe zum Platzen zu bringen. Und mitten in den Trubel des entzückten Städtchens hinein explodierte der riesige Wal von innen heraus. Es gab einen lauten Knall, und Klopfers blutige Innereien und Eingeweide ergossen sich über die Häupter der anwesenden und klatschenden Menge. Als sich der erste Schreck verflüchtigt hatte, fand man sie. Da lag, direkt an der Detonationsquelle, Rosita Panameno, tot. Die Explosion hatte sie gegen eine Hauswand geschleudert, und dem wuchtigen Aufprall hatte ihr zartes Genick nicht standgehalten …«

»Danke, das reicht«, sagte ich. »Hör schon auf.«

»Meinetwegen«, sagte Gustav. »Aber dann erklär mir doch bitte mal, wieso diese ›entzückende‹ Rosita Panameno ein paar Zeilen später wieder quicklebendig auftaucht, als wäre nichts gewesen, und dann wild mit dem Leidensgenossen rumvögelt? Das ist doch total verrückt.«

Zugegeben, jetzt, da ich mich nicht nachts betrunken am

Schreibtisch befand, erschien mir das alles etwas seltsam. Und dass auch an dieser Stelle eine Sexszene drin war, beunruhigte mich. Mich beschlich die dunkle Ahnung, dass es vielleicht doch mehr als nur drei oder vier solcher schweinischen Szenen ins Manuskript geschafft hatten. Hätte ich beim Schreiben nur nicht so viel gesoffen! Andererseits war es ein großes Werk, da konnte es schon mal vorkommen, dass ein paar Szenen noch mal überarbeitet werden mussten. Und Hemingway hatte ja auch gesoffen.

»Sei ehrlich, wie viel hast du gelesen?«, fragte ich.

»Genug.«

»Wie viel?«

»Also gut, nicht viel mehr als das, was ich dir vorgelesen habe, drei Seiten vielleicht.«

Ein ungeheures Gefühl der Erleichterung überkam mich. Ganz sicher war das nur eine zufällig verunglückte Stelle im Buch gewesen, kein Vergleich zum Rest. Ich hatte einfach Pech gehabt, dass Gustav an diese eine ganz abscheuliche Stelle geraten war. Ich nahm die drei bösen, bösen Blätter und zerriss sie.

Gustav sah weiterhin auf den riesigen Haufen Manuskriptseiten. Einen Teil davon hielt er noch immer wie einen zwei Wochen alten Fisch in der Hand. »Tja, von mir aus war das eben eine der wenigen schlechten Szenen, aber dann gibt es noch eine andere Frage. Wie viel hast du denn da eigentlich geschrieben?«

Ich nuschelte schuldbewusst eine mir sehr bekannte Zahl und fügte sofort an, dass ich natürlich noch ein wenig kürzen müsse.

»Wie viel?«, fragte er.

»Ja, es sind *eintausendzweihundertdreiundachtzig* Seiten, bist du jetzt zufrieden?«

Ich nahm einen Schluck aus seiner Wodkaflasche und hoffte, er würde nicht allzu streng mit mir sein. Gustav behauptete nämlich immer, ein schlechter Schriftsteller könne sein Buch nicht kontrollieren, also hatte ich ihn natürlich angelogen und so getan, als käme ich mit dem Umfang klar.

»Du bist ein Lügner«, sagte er und deutete auf den *Leidensgenossen.* »Ein Lügner und ein schlechter Schriftsteller.«

»Ich habe nur gelogen, als ich sagte, ich wäre kein schlechter Schriftsteller.«

Gustav seufzte. »Gratuliere, du Penner«, sagte er nur und hob noch mal einen Stapel hoch. »Du hast dein erstes scheiß Telefonbuch geschrieben.«

Nachdem wir uns endlich auf andere Themen verständigt hatten, klingelte Gustavs Handy. »Geschäftlich«, murmelte er und ging zum Telefonieren auf den Flur. Vor ein paar Jahren hatte er mit seinen Freunden eine Firma gegründet. Soviel ich weiß, und ich weiß wenig, erstellte er Internetauftritte für Unternehmen. Aber vermutlich war es eh nur eine Beschäftigungstherapie. Gustav tat zwar immer so, als hätte er sich alles selbst erarbeitet, aber in Wahrheit lebte er vor allem von der Kohle seines Vaters, der Notar in Hamburg war. Die von Wertheims hatten so unfassbar viel Geld, dass es kaum zum Aushalten war. Und ihr Sohn wohnte in einer riesigen, frischrenovierten Wohnung in Kreuzberg. Aber ich war jetzt nicht neidisch auf Gustav, wirklich nicht.

Während er draußen war, stach mir wieder das Foto von

Frank ins Auge, das ich gestern Nacht auf dem Schreibtisch liegengelassen hatte. Ich merkte, dass ich ihn doch sehr vermisste. Den letzten Kontakt hatten wir gehabt, als Frank mir vor fünf Monaten eine wie auf einem Drogentrip verfasste mehrseitige E-Mail schrieb, die ausschließlich von seiner Begeisterung für Freddy Mercury handelte. Ich hatte ihm damals, wie allen anderen, nicht mehr geantwortet.

»Wer ist denn dieser Geigenspieler da, ein Freund von dir?« Gustav stand hinter mir. »*Sweet.* Wirklich sehr *sweet.*«

Ich hatte ihn nicht ins Zimmer kommen hören und schreckte hoch. Und als ich seinen irren Blick sah, bekam ich ein ungutes Gefühl.

Franks Befreiung

Ich erzählte Gustav von Frank und wie er mich angerufen hatte und dass er Hilfe brauche und wie schrecklich ich seine Mutter finden würde und überhaupt.

»Vielleicht muss ich ihn da rausholen«, sagte ich.

»Wie kommst du darauf?«

»Er hat so kleine Andeutungen gemacht.«

»Was für kleine Andeutungen?«

»Er sagte: Jesper, du musst mich da rausholen.«

Gustav lächelte und blickte noch mal auf das Bild von Frank. Die Art, wie er es ansah, gefiel mir nicht, und ich wurde eifersüchtig. Ich hatte aus Eitelkeitsgründen immer den Wunsch gehabt, Gustav könne sich tragisch in mich verlieben, ich kannte sogar schon den Text meiner Abweisung.

»Ich ruf ihn am besten mal an.« Ich fummelte aus einer Schublade Franks Handynummer heraus und wählte. Es läutete zweimal, dann erwischte ich die Mailbox. Nach kurzer Zeit legte ich auf. »Tja, das war's dann wohl, ich kann ja schließlich schlecht hinfahren und ihn wirklich da rausholen.«

Gustav rührte sich nicht und dachte nach. »Doch, genau das machen wir. Wir befreien ihn von seiner Familie.«

Ich lachte. »Gar nichts wird gemacht, okay? Und wieso überhaupt ›wir‹? Du hast nichts damit zu tun.«

»Na und? Du hast mir doch gerade erzählt, wie schlecht es ihm bei seiner Mutter geht. Du musst ihm da helfen, und ich begleite dich eben.«

»Ach komm. Du bist doch nur scharf auf ihn.«

»Bin ich nicht, versprochen.« Er zog sein Gustav-Grinsen. »Wir müssen ihn retten. Und du kannst meine Hilfe gebrauchen … Komm schon, Jesp, das wird super!«

Ich warf einen Blick auf die Wodkaflasche, die wir inzwischen vollständig geleert hatten. Das war alles in allem eine beachtliche Leistung gewesen. »Also gut. Wir retten ihn, und du darfst mitkommen.«

Er hatte natürlich recht. Wenn man auf der Suche nach einem völlig sinnlosen Abenteuer war, gab es keinen besseren Anführer als ihn.

Wir standen am Ostbahnhof und kauften die Tickets nach Potsdam. Gustav zahlte für uns beide, verlegen sah ich weg. Während er sich noch etwas zu essen kaufte, durchstöberte ich einen Buchladen. Zwischen all den veröffentlichten Romanen glühte in mir wieder das Gefühl auf, ein Versager zu sein, der es nie schaffen würde. Ich machte, dass ich da rauskam, doch auf dem Weg zum Bahnsteig wurden mir wie so oft in letzter Zeit die Beine schwach. Schnaufend blieb ich stehen.

Da entdeckte ich in der Menge einen Mann, der von hinten genau wie mein Vater aussah. Mir war noch immer schwindlig, als ich auf ihn zuging.

»Bist du's?«, fragte ich ihn vorsichtig.

Der Mann drehte sich um. Es war tatsächlich mein Vater. Er winkte mich mit seiner Zeitung heran.

Unsicher kam ich näher. »Hast du mir irgendwas zu sagen?«

Er musterte mich mit seinen kleinen, traurigen Augen. »Ich plane gerade eine Tour. Dublin, dann Irlands Westküste … Was meinst du, Jesper? Nur du und ich.«

Dann lächelte er. »Du trägst sie ja doch«, sagte er und deutete auf meinen Kopf.

Ich griff unbewusst nach der Schiebermütze.

Plötzlich spürte ich, wie mich jemand schüttelte. »Hey, Jesp, aufwachen, oder willst du, dass wir unseren Zug verpassen? Was ist denn los mit dir?«

Gustav stand neben mir und zerrte an meinem Mantel.

Ich blinzelte ein paarmal, dann war ich wieder klar. »Mir war nur kurz schwindlig, kein Problem.«

Gustav wirkte nicht sehr überzeugt.

»Wirklich, kein Problem«, sagte ich noch mal.

Während der Fahrt begann es zu schütten, Regentropfen huschten, vom Fahrtwind getrieben, am Fenster vorbei. Ich dachte an den Schwächeanfall von eben. Solche intensiven Tagträume waren neu, und ich war erstaunt, wie real sie wirkten. Kurz fragte ich mich, ob mein kalter Schlaftablettenentzug nicht doch zu riskant gewesen war.

Ich nahm die Mütze vom Kopf und betrachtete sie. Sie sah ein bisschen aus wie die, die Helmut Schmidt oft getragen hatte. Ich nannte sie immer die »Dublin-Mütze«, weil mein Vater sie damals auf seiner Irlandreise gekauft hatte. Die Dublin-Mütze war mein liebstes Kleidungsstück, nur passte sie mir irgendwie nicht. Sie war weder zu groß noch zu klein, und doch saß sie einfach nie richtig. Ich setzte sie wieder auf und seufzte bei dieser Gelegenheit unwillkürlich.

»Alles in Ordnung?« Gustav legte die Zeitung weg. »Denkst du wieder darüber nach, ob du am Sonntag nach München fahren sollst?«

Da ich ihm nicht sagen wollte, worüber ich wirklich nachgedacht hatte, nickte ich.

»Ich will einfach nicht, dass die wissen, wie ich hier lebe«, sagte ich. »Bei mir zu Hause halten mich sowieso schon alle für einen Loser. Und dann diese ewigen Fragen. *Wie läuft's? Was machst du?* Ich hab dauernd das Gefühl, dass ich mich ändern *muss*, dass ich vorankommen *muss*. Und in Wahrheit wollen sie alle bloß, dass ich mich endlich genau wie sie anpasse. Es kotzt mich so an.«

Gustav musterte mich amüsiert. »Und ich glaube trotzdem, du hast einfach nur Angst, dass die Sache mit deiner erfundenen Freundin auffliegt.«

»Ach, halt die Klappe.«

Als wir ankamen, war es acht Uhr abends. Wir studierten als Erstes den Busfahrplan. Franks Großmutter wohnte am Rande von Potsdam, in Gräfingen, einem kleinen Nest, in dessen beklemmender Atmosphäre man sich ständig beobachtet fühlte, als wäre dort gerade ein großer Mordprozess im Gange. Mit dem Bus fuhren wir einen Feldweg entlang, dann stiegen wir aus und gingen den Rest zu Fuß.

»Erzähl mal was von ihm«, sagte Gustav unterwegs. »Seid ihr gut befreundet?«

»Schon. Aber er steht noch immer unter der Kontrolle seiner Mutter, sie hat ihn dauernd unterdrückt und gequält.«

»Ach komm …«

»Doch, das stimmt. Frank musste früher jeden Tag drei Stunden Geige üben, und er hatte auch keinen Computer oder Fernseher oder so was, deshalb ist er nach der Schule immer zu mir gekommen. Seine Eltern hassen mich dafür, nur damit du's weißt. Könnte nämlich sein, dass das jetzt ein bisschen ungemütlich wird.«

In der Ferne sahen wir das Haus von Franks Großmutter. Der Kies knirschte, während wir die von Bäumen gesäumte Auffahrt hinaufgingen. Ich erspähte Franks Opel Kadett, der in der Garage stand und wohl nur darauf wartete, das Fluchtfahrzeug zu spielen. Das Haus selbst, von trostlosen Kiefern umschlossen, wirkte seltsam lebendig. Ich schlich mich zum hell erleuchteten Wohnzimmerfenster. Dann warf ich mich wie James Bond mit einem großen Satz auf den Boden, robbte am Sims entlang und linste hinein. Obwohl ich mich seit einiger Zeit uralt fühlte, benahm ich mich manchmal schon noch wie ein Kind, ich geb's zu.

Drinnen standen mehrere elegante Gespenster in einem großen, altmodisch eingerichteten Raum. Als Erstes entdeckte ich Franks Großmutter. Sie schlich vorne beim Büfett rum, ein dürres Reptil, das sich gerade Wein einschenken ließ. Die sah so furchtbar böse aus, das glaubt ihr nicht. Wenn die lächelte, sprang das Tor zur Hölle auf, ehrlich. Mein Blick fiel auf Franks Eltern, die sich mit einem anderen Paar unterhielten, und schließlich sah ich ihn selbst. Er trug einen scheußlichen Anzug mit Goldknöpfen und Krawatte und klammerte sich schüchtern an sein Champagnerglas.

Keiner sprach ein Wort mit ihm, er wirkte wie ein Gefangener. Dann schien aus der CD-Anlage ein Song zu kommen, den er kannte, denn man sah, wie Frank die Lippen bewegte und mit dem Fuß wippte.

»Ist er das?« Gustav stieß mir begeistert den Ellenbogen in die Rippen. »Er sieht ja noch süßer aus als auf den Fotos.«

»Schwachsinn«, sagte ich nur, denn ich mochte es nicht, dass er so von Frank sprach.

In diesem Moment stand der auf und verließ den Raum. Einige Sekunden später ging in einem der oberen Zimmer das Licht an.

»Und jetzt?«, fragte ich.

Doch Gustav hatte sich bereits ein paar Kieselsteine geschnappt und warf sie gegen Franks Fensterscheibe. Oben ging tatsächlich das Fenster auf.

»Was machst du ... *ihr* denn hier?«, rief Frank, als er uns im Garten entdeckt hatte.

»Wir kommen, um dich zu holen«, sagte ich. »Kannst du uns mal unten reinlassen?«

Er nickte, kurz darauf öffnete sich eine seitliche Gartentür. Zu meiner Verwunderung sah ich, dass Frank sowohl Gustav als auch mich um einige Zentimeter überragte. Aus meiner Erinnerung heraus war er noch immer klein und schwächlich, ich hatte ganz vergessen, dass er am Ende der Schulzeit stark gewachsen war.

»Haben deine Eltern was gemerkt?«

Frank schüttelte den Kopf. »Sollen wir es ihnen denn nicht sagen?«

»Spinnst du?«, fragte ich. »Du weißt doch, dass deine

Eltern mich hassen. Sie haben mir noch auf der Abifeier vorgeworfen, dass ich einen schlechten Einfluss auf dich gehabt hätte.«

Er zuckte mit den Schultern.

»Wo sind deine Sachen?«, fragte ich ihn.

»Die sind oben. Soll ich sie holen?«

»Ja!«, antwortete Gustav überdeutlich, wahrscheinlich um auch mal was zu sagen.

Wir stiegen die Treppen hinauf. Frank sah mich und vor allem Gustav noch immer erstaunt an. Sein Gesicht bot eine ganze Enzyklopädie von überraschten oder ungläubigen Gesichtsausdrücken, die ihn wie ein großes Kind wirken ließen.

Wir betraten sein Zimmer. »Und du findest es wirklich richtig, dass wir meinen Eltern nichts sagen?«, fing er wieder an.

»Ja, verdammt«, sagte ich. »Die würden dich nie gehen lassen, und da sie es immer schaffen, dich zu überreden, würdest du es am Ende auch nicht mehr wollen, wie jedes Mal. Du weißt, dass es so ist. Ich schreibe ihnen aber gleich einen Brief, okay?«

»Also los, pack dein Zeugs«, sagte Gustav zu Frank und schaute ihn dabei liebevoll und stockschwul an, was mich sofort wieder eifersüchtig machte.

Hastig wie ein kleiner Junge, dem man nach langem Ringen und nur als Ausnahme erlaubt hat, bei einem Freund zu übernachten, stürzte Frank zu seinem Schrank, schmiss ein paar Klamotten in eine Reisetasche und holte seinen Geigenkasten.

»Fertig«, sagte er stolz, und sein Blick verriet, dass er

für sein schnelles Packen bewundert werden wollte. So wie früher beim Friseur, wenn man für sein perfektes Stillsitzen insgeheim ein Lob erwartete.

Ich kritzelte währenddessen ein paar Abschiedszeilen auf ein leeres Blatt, das ich auf den Schreibtisch legen wollte.

»Wir gehen schon mal vor«, sagte Gustav. Frank nickte. Er sah sich noch kurz in seinem Zimmer um, dann verließen die beiden den Raum und liefen die Treppen hinunter.

»Echt mutig von dir, einfach abzuhauen«, hörte ich Gustav noch sagen.

»Findest du?«, fragte Frank aufgeregt, dann waren sie weg.

Ich feilte noch immer an dem Brief. Das Ding musste richtig gut werden, ein fetziger Vierzeiler. Als ich ihn fertiggeschrieben hatte und gerade gehen wollte, hörte ich Schritte. Ich stellte mich wie in diesen Filmkomödien aus den Fünfzigern hinter die Tür und hoffte, nicht gesehen zu werden.

»Frank, Schatz, kommst du wieder runter?«

Seine Mutter betrat das Zimmer und sah sich um. Leider war mein Leben alles andere als eine Komödie, denn sie entdeckte mich sofort.

»Was willst du denn hier?«, fragte sie nach dem ersten Schreck. »Wo ist Frank?«

»Der ist weg!« Ich merkte, dass ich die Hände hochgenommen hatte, und nahm sie wieder runter.

»Hast du ihn entführt?«

»Ja, klar, ich hab ihn entführt, Mist, jetzt ist es doch noch rausgekommen …« Ich runzelte die Stirn. »Nein, natürlich nicht, was denken Sie denn?! Er hat mich heute früh angerufen und gebeten, ihn hier herauszuholen.«

»Das hat er nicht.«

»Und ob. Es war seine Entscheidung, er ist zwanzig und alt genug.«

Das schien auch Franks Mutter zu begreifen. Sie setzte sich aufs Bett und zündete sich eine Zigarette an. Während ich auf ihre Antwort wartete, wanderte mein Blick durch den Raum und blieb an einem Ölgemälde hängen, auf dem Franks Großvater, ein Jäger, mit seiner Flinte ein Reh erschoss.

»Aber warum?«, fragte mich Franks Mutter schließlich.

Ich seufzte. Sie meinte es ernst. »Ist Ihnen wirklich nicht klar, wie sehr Frank unter Ihnen leidet? Sie terrorisieren ihn, Sie lassen ihn nicht das machen, was er will, Sie sperren ihn in einen rostigen Käfig oben auf dem Speicher ein …«

»Was redest du da für einen Unsinn? Einen Käfig?«

»Ach … Sie wissen schon, was ich meine. Es ist einfach Zeit, dass Sie loslassen«, sagte ich. Die Rolle als Franks Anwalt hatte ich jetzt ziemlich gut drauf, ich fühlte mich phantastisch. »Er braucht Sie nicht mehr«, fügte ich noch schnell hinzu.

Seine Mutter schüttelte nur den Kopf. Sie nahm einen tiefen Zug. »Ich warne dich, Jesper. Wenn Frank jetzt geht, braucht er nie mehr wiederzukommen, verstanden? Sag ihm das!«

»Kein Problem. Wohnt er eben bei mir«, hörte ich von weit weg diesen komischen Typ mit dem schwarzen Mantel und der Schiebermütze sagen und wunderte mich über seine selbstlose Dummheit.

»Was ist denn das?«, fragte Franks Mutter. Sie war zum Schreibtisch gegangen und hatte meinen Abschiedsbrief gefunden. Verdammt.

Sie las laut vor:

> *An die Produzenten von Frank:*
> *Euer Sohn dreht ab jetzt seinen eigenen Film.*
> IHR SEID BEIDE GEFEUERT.
>
> *Jesper*

Kurz war es still geworden, dann überschlugen sich die Ereignisse.

»Also das … das ist … So, das reicht.« Franks Mutter warf mir einen entschlossenen, verbitterten Blick zu. »Wenn du denkst, dass du mich zum Narren halten kannst, dann … *Stefan*!«, brüllte sie nach ihrem Mann, »Stefan, komm sofort her, wir haben hier einen Einbrecher.«

»Verdammt«, sagte ich. »Hören Sie schon auf damit, das ist doch absurd.«

Sie rief noch immer nach ihrem Mann. Ich suchte nach Fluchtwegen. Die Treppe war durch das polternde Geräusch von Franks Vater, der gerade heraufgestapft kam, nicht mehr erste Wahl. Ich ging zum Fenster und sah nach unten. Es war zu schaffen.

»Stefan, schnell!«

Ohne lange nachzudenken, hangelte ich mich raus. Eine Sekunde hielt ich mich noch mit den Händen am Fensterrahmen fest, dann ließ ich los.

»Ah, Scheiße noch mal«, schrie ich, als ich unten aufprallte. »Mein Knie. Scheiße.«

Es tat höllisch weh und fühlte sich verdreht an. Ich hinkte mit schmerzverzerrtem Gesicht zu Franks Opel und rief den beiden zu, sie sollten den Motor starten. Ein letztes Mal sah ich noch zum Haus von Franks Großmutter. Dann setzte ich mich zu den beiden in den Wagen, und schon fuhren wir davon.

Mittwoch

Die andere Seite

Es war halb zehn abends. Anfangs waren wir alle aufgeregt gewesen und hatten über unsere erfolgreiche Flucht gejubelt, als hätten wir gerade ein paar Millionen aus einer Bank geklaut. Inzwischen war es still geworden, wir fuhren auf einer Landstraße durch Brandenburg. Gustav war eingeschlafen, mit offenem Mund lag er auf der Rückbank.

Frank, der am Steuer saß, trommelte mit den Fingern auf dem Lenkrad herum. »Das ist das erste Mal, dass ich nach Berlin komme.«

Ich nickte nur und blickte aus dem Fenster. Das Schwarz der Nacht war vollkommen, und auf einmal überkamen mich die Erinnerungen.

Ich bin vierzehn und fahre wie jeden Sommer mit meiner Familie in den Urlaub nach Kroatien. Normalerweise liebe ich es, während der Fahrt einzudösen und dann am nächsten Tag in einem anderen Land aufzuwachen. Doch diesmal bin ich wach. Meine Mutter und mein Bruder schlafen hinten, ich sitze vorne neben meinem Vater, in eine Decke gehüllt.

Er erzählt mir gerade, wie er sich in meinem Alter mal geprügelt hat und dafür beinahe von der Schule geflogen ist, dass er eigentlich immer Maler werden wollte und von eigenen Ausstellungen geträumt hat. Und wie er mit mir – als ich ein kleines Kind war – in der Wohnung Verstecken gespielt hat.

»Daran erinnere ich mich überhaupt nicht mehr«, sage ich.

»Doch, doch, du hast dich am liebsten bei uns unterm Bett versteckt«, sagt mein Vater mit einem Lächeln. »Jedes Mal … und wir mussten dann immer so tun, als wäre es total überraschend.«

Er wirkt auf einmal so jung auf mich, wie ein etwas älterer Freund. Die Straße vor uns dunkel und leer.

»Was machen die Mädchen?«, fragt er. »Gibt es eine besondere?«

Ich schüttle den Kopf.

»Eine gibt es immer«, sagt er.

Also gut. Ich erzähle von Isabel, in die ich damals schon verliebt bin. Es scheint aussichtlos bei ihr, doch mein Vater gibt mir Tipps. Er sagt, dass ich mir Fragen ausdenken soll, die ich ihr stellen kann, oder dass ich herausfinden muss, welche Filme und Musik sie gernhat, um mit ihr darüber reden zu können.

»Bei deiner Mutter war es anfangs auch nicht leicht. Man darf eben nicht sofort aufgeben, denn man weiß nie, was sich noch alles entwickelt.«

An einer Tankstelle direkt nach der österreichisch-slowenischen Grenze trinken wir eine eiskalte Limo und versuchen, auf die letzte Zahl nach dem Komma für fünfhundert Schilling zu tanken. Es klappt fast, doch mein Vater verbockt es im letzten Moment, und wir müssen lachen. Es ist mitten in der Nacht, wir stehen vor dem Wagen, die anderen schlafen noch immer.

»Willst du fahren?«, fragt er plötzlich.

Ich nicke und setze mich ungläubig hinters Steuer. Mein Vater erklärt mir, wie Kupplung und Gangschaltung funktionieren, und dann fahre ich tatsächlich eine kleine Strecke im slowenischen Niemandsland. Mein Vater lobt mich, und ich werde immer sicherer. Eine Weile blicken wir schweigend in die Nacht.

»Eines Tages fahren wir zusammen durch Irland«, sagt er plötzlich.

Ich sehe überrascht zu ihm, und im selben Moment gerate ich kurz auf die Gegenspur.

Doch nichts passiert. Mein Vater deutet nur mit dem Kinn nach hinten zu meiner Mutter und sagt grinsend: »Wehe, du verrätst es ihr …«

Ich schreckte hoch, als mir klar wurde, dass Frank mich schon eine Weile von der Seite beobachtete. »Was ist?«

»Na ja, ich weiß nicht …«

»Jetzt sag schon.«

»Du siehst irgendwie so blass aus«, sagte er mit seiner nicht sehr tiefen, sanften Stimme. »Alles okay bei dir?«

»Sicher, was soll sein?« Ich sah zu ihm rüber. »Was hast du eigentlich das ganze letzte Jahr so gemacht?«

»Nicht viel. Ich war ja die meiste Zeit beim Bund.«

»Was? Ich dachte, du hast verweigert.«

»Nein, *du* hast verweigert, ich hab Wehrdienst geleistet.«

Ich verzog das Gesicht. »Und da dachte ich, ich kenn

dich … Geht zum Bund, ich fasse es nicht. Wenn Krieg ausbricht, musst du hin.«

»Das ist doch Unsinn, Jesper.«

»Das ist kein Unsinn. Der Freund von 'nem Bekannten von mir, der hat Wehrdienst gemacht, und jetzt musste er nach Afghanistan.«

Frank schüttelte den Kopf. »Du hast dich echt nicht verändert, immer noch erzählst du ständig irgendwelche Geschichten.«

»Was soll denn das heißen? Dass ich jetzt gelogen hab, oder was?«

»Natürlich hast du gelogen, niemand muss nach Afghanistan, nur weil er Wehrdienst geleistet hat.«

»Der Freund von meinem Bekannten schon.«

»Du hast dich echt nicht verändert«, wiederholte er, und irgendwie störte mich dieser Satz.

Mir fiel auf, dass der Wehrdienst Frank gestählt hatte. Er war muskulöser als früher und hatte nichts mehr mit dem schwächlichen Hosenscheißer gemein, der er während der Schulzeit gewesen war. Mit den dunklen Haaren und der Brille ging er jetzt stattdessen ein bisschen in Richtung junger Clark Kent. Ich konnte Gustavs Interesse verstehen: Frank sah wirklich gut aus.

Allerdings wusste er nichts damit anzufangen, ihm fehlte jede Spur von Selbstvertrauen. Noch immer wirkte er geduckt, als hätte er ständig Angst, bei irgendwas ertappt zu werden. Ich fragte mich, was verdammt noch mal ihn so hemmte.

Schließlich erzählte ich ihm von meiner Begegnung mit Miri und ärgerte mich dabei erneut über mein Versagen.

»Und selbst?«, fragte ich. »Immer noch ein Frauenaufreißer?«

Doch Frank wich dieser Frage aus. Genau wie früher in der Schule, als er in der Liebe auch nie was auf die Reihe gekriegt hatte. Ein sogar noch hoffnungsloserer Fall als good old Jesper Lier.

»Jedenfalls schön, dass du da bist«, sagte ich, um ihn aufzumuntern.

»Ehrlich?« Er freute sich sichtbar, aber Frank konnte sich ohnehin über die bescheuertsten Dinge wie eine Radioreportage über spielende Kinder in Nepal oder eine funktionierende Klospülung irrsinnig freuen.

»Ich kapier's ja selbst nicht«, sagte er. »Als ich beim Bund war, hab ich mir dauernd vorgenommen, dass alles anders wird, aber ich brauch meine Mutter irgendwie nur anzuschauen, und schon tue ich wieder alles, was sie will …« Er seufzte und sah mich an. »Danke, dass du mich abgeholt hast. Nach unserem Gespräch heut Morgen dachte ich schon, du würdest mich im Stich lassen.«

Das dachte ich zwar auch, aber das sagte ich ihm nicht.

Kurz vor Berlin brachte Frank mich auf den neuesten Stand über alte Mitschüler. Unfassbar, wo die alle gelandet waren. Alle ließen sich treiben, hatten der Willkür des Lebens so wenig entgegenzusetzen. Die einen studierten Lehramt, die anderen Betriebswirtschaft und Jura, der Rest Archäologie, Krankenhausmanagement, Linguistik oder noch seltsamere Sachen. Wenn man ih-nen das vor ein paar Jahren prophezeit hätte; sie hätten es nicht geglaubt. Es war schon verrückt: Als Teenager hatten diese Leute Träume gehabt, jahrelang hatten sie sich erzählt, was sie nach der Schule machen wollten. Und als sie dann neunzehn, zwanzig wurden, taten fast alle von ihnen was komplett anderes und setzten plötzlich nur noch auf Sicherheit.

Alle hatten Angst vor Lücken in ihrem Lebenslauf. Aber niemand schien Angst davor zu haben, seine Träume zu verraten.

Verstohlen versuchte ich herauszufinden, ob die anderen aus der Klasse über mich gesprochen hatten. Ich muss nämlich zugeben, dass es mich doch interessierte, was die dachten. Ich hätte mir so sehr gewünscht, dass es mir scheißegal wäre, aber insgeheim interessierte mich sogar *wahnsinnig*, was andere von mir hielten. Das ärgerte mich unsagbar! Doch Frank meinte, dass niemand von mir gesprochen hätte.

Als ich ihn fragte, was er selbst vorhabe, zuckte er mit den Schultern und schwieg. Ich wusste auch, wieso. Er würde nämlich irgendwas Sicheres studieren und sich danach irgendeinen sicheren Job suchen – und den würde er dann die nächsten vierzig Jahre lang machen. Es brach mir das Herz.

An dieser Stelle sollte ich vielleicht erwähnen, dass Frank wirklich einer der langweiligsten Menschen war, die ich kannte. Nur, damit ihr hinterher nicht enttäuscht seid, weil ihr jetzt was weiß ich erwartet habt, einen coolen Draufgänger, der am Ende noch jemanden erschießt und mit der hübschesten Frau verschwindet. Das alles könnt ihr bei Frank vergessen. Die beste Geschichte über ihn habe ich schon erzählt, das war damals die Schlägerei im Krankenhaus. Danach kam nicht mehr viel. Frank war eben Frank, der hatte seine anderen Stärken, er war eine treue Seele und konnte gut zuhören und so, aber er war jetzt nicht der Typ, dessen Leben man unbedingt verfilmen müsste. Ich meine, was habt ihr erwartet? Wenn ihr solche Eltern hättet wie Frank, wärt ihr auch so angepasst oder verklemmt. Der Punkt war nur, dass er nicht verlogen war. Ich hasste verlogene und oberflächliche Leute, und die Welt war voll davon. Frank dagegen war völlig uneitel, liebenswürdig, kindlich und eben ein bisschen langweilig. Das Leben hatte ihm nie mehr als eine Statistenrolle angeboten … Und dann fuhren wir in die Stadt hinein.

In Berlin leuchtete es uns grell und verheißungsvoll entgegen, der Sound die typische Mischung aus Stimmengewirr und Straßenlärm. Wir parkten bei mir um die Ecke. Ich schloss die Wohnungstür auf, auf der noch immer TUBLUK stand.

Frank stieß mich an. »Hier unten wohnst du? Im Keller?« Er betrachtete den Kohleofen in meinem Zimmer, dann stellte er sich auf einen Stuhl und schaute durch eines der hohen Fenster. »Cool, man kann ja sogar ein bisschen was von der Straße sehen.«

Er sprang wieder vom Stuhl. »Was zahlst du denn an Miete für die Wohnung, fünf Euro im Monat?«

Ich äffte ein Lachen nach.

Gustav, nun wieder wach, viel zu wach, half mir währenddessen mal wieder beim Einsammeln der rumliegenden Blätter von *Der Leidensgenosse,* nicht ohne mir dabei einen vorwurfsvollen Blick zuzuwerfen.

»Was machst du hier eigentlich?«, fragte mich Frank.

»Ich meine, neben dem Buch. Studieren wolltest du ja nicht.«

»Jesp arbeitet als Praktikant bei einer Zeitung«, sagte Gustav. »Beim *Merkur*, so ein linkes Käseblatt mit zehn Lesern.« Obwohl er für mich geantwortet hatte, schien ihn das Thema zu langweilen, denn er bestimmte sofort ein neues. »Aber mal was anderes ... Warum habt ihr euch eigentlich so lange nicht gesehen?«

Ich zuckte nur mit den Schultern.

»Na ja, Jesper hat nach dem Abi gesagt, dass ihn jetzt alle am Arsch lecken können, und dann ist er abgehauen und hat sich nie mehr gemeldet«, sagte Frank und wirkte dabei eigenartigerweise gekränkt.

»So war das nicht, echt nicht.« Ich fuhr mit den Fingern über die schmerzende Schwellung an meinem Knie. »Ich brauchte nur ein bisschen Zeit für mich, das hatte doch nichts mit dir zu tun.«

Jetzt war es Frank, der mit den Schultern zuckte.

»Also Jesp, ich würde an deiner Stelle besser auf meine Freunde aufpassen, viele hast du ja nicht mehr«, sagte Gustav und lachte.

Ich warf mich als Reaktion auf diesen müden Witz aufs Bett. Doch dann begriff ich, dass es gar kein Witz gewesen war. Ich hatte ja wirklich kaum Freunde. Nur den alten Born und die beiden hier, und diese Erkenntnis munterte mich nicht gerade auf.

Eine halbe Stunde später lag ich noch immer auf dem Bett und lauschte Gustav und Frank, die sich auf Anhieb gut verstanden. Mir dagegen wurde zum ersten Mal die Verantwortung bewusst, die ich mir mit Frank aufgeladen hatte. Trotz seines Wehrdienstes war er noch wahnsinnig unselbständig, heute hatte er sich vielleicht zum ersten Mal seiner Mutter widersetzt. Die Folgen waren schwer abzusehen. Zudem fragte ich mich, ob Gustav der richtige Umgang für ihn war. Seinem Charme waren in den letzten Jahren unzählige junge Männer erlegen. Allerdings kannte ich Frank ein bisschen besser als er und wusste, dass Gustav sich da keine allzu großen Hoffnungen zu machen brauchte.

Die beiden redeten gerade über ihre Schulzeit und brachen beim Erzählen immer wieder in Gelächter aus. Doch sosehr ich an dem unbeschwerten Gespräch auch teilnehmen wollte, ich konnte nicht mehr zurück. Ich fühlte das alles einfach nicht mehr. Der Tod meines Vaters, das Leben in Berlin und das Jahr als Zivi im Behindertenheim hatten mich zu sehr verändert. Ich hatte eine unsichtbare Linie überschritten und stand nun auf der anderen Seite.

Du musst es ihnen erzählen, dachte ich auf einmal. *Du musst es ihnen endlich erzählen.* Doch ich spürte, dass ich es noch nicht konnte.

»Ich hab Hunger!«, sagte ich stattdessen nur und biss mit einem Knacken einem halb verwesten Schoko-Nikolaus, der unter dem Bett gelegen hatte, den Kopf ab. »Es gibt hier ein paar gute Cafés, da können wir jetzt noch 'nen Happen essen.«

Die anderen waren einverstanden, und wir zogen los. Als wir durch die Straßen gingen, sah ich kurz in Franks Augen. Ich erkannte, dass er mit großen Erwartungen nach Berlin gekommen war. Und ich befürchte, sie wurden fast alle erfüllt.

Die Irrenfabrik

Draußen war es finster, nur ein paar Straßenleuchten wiesen uns den Weg. Wir gingen in die nächstbeste Kneipe, das ›Café Amsterdam‹. Frank sah sich neugierig um. Er trug noch immer diesen bescheuerten Anzug von seiner Familienfeier und wirkte wie im falschen Film. Dann fing er an zu trinken.

Zwei Stunden später: Es war laut und stickig geworden. Frank hatte es tatsächlich geschafft, sich rettungslos zu besaufen. Wie ein übermütiges Kind kicherte er oder kabbelte sich mit Gustav, den ich, wenn er scheinbar zufällig seinen Arm um Franks Schulter legte, mit hasserfüllten Blicken strafte. Dazu passte, dass sich das anfangs gemütliche Café inzwischen in eine veritable Schwulenkneipe verwandelt hatte. Es waren nur noch Männer zugegen, hoffnungsvolle Männer, die jetzt an der Bar saßen und jemanden für die Nacht klarmachen wollten.

Auch Gustav wirkte aufgeladen. Um ihn und Frank konnte ich mich aber nicht kümmern, denn ich musste mich nun selbst mit einem angriffslustigen älteren Herrn rumschlagen. Er trug Lederjacke und Schnauzer und hatte blonde Haare, die zu einem Pferdeschwanz gebunden waren. Der Typ redete viel, hatte aber ungefähr so viel Charme wie Darth Vader beim Candle-Light-Dinner. Pausenlos faselte er davon, wie er hier gleich nach der Wende seine Galerie eröffnet hatte, und von irgendwelchen Ausstellungen mit offenbar ziemlich beeindruckenden Künstlern und Exponaten.

Ich winkte ab. »Sorry, von Kunst hab ich keine Ahnung!«

»Ach, das macht doch nichts!«, sagte er väterlich und rückte etwas näher. »Macht doch nichts.«

Ein hilfloser Blick zu Gustav und Frank. Wieder hatte ich das Gefühl, in ihrer Nähe allein zu sein. Und es war nur meine Schuld, dass ich es niemandem sagte. Alles war meine Schuld.

Meine Gedanken waren auf einmal weit weg, und mich überkam eine ungeheure Wut auf mich selbst. Im selben Moment beugte sich der Alte zu mir rüber und zwinkerte mir zu: »Ich will dich doch eh nur ins Bett kriegen, Kleiner, ein bisschen ficken, du verstehst schon.« Er lächelte.

Ein paar Sekunden tat ich nichts und betrachtete meine Hände. Dann schüttelte ich mich. »Einen Scheiß versteh ich!« Ich schrie es fast. Der alte Typ fasste mich noch am Arm und raunte mir etwas Versöhnliches zu. »Tut mir leid, ich dachte …«

Ich riss mich los und fuhr ihn an, dass er sein Maul halten solle. Da war noch immer so viel Wut in mir, dass es mich fast zerriss. Ein Stuhl fiel um, doch im Lärm der Musik ging alles unter. Ich verschwand auf der Toilette und wusch mir das Gesicht, atmete durch. Beruhigte mich wieder.

Als ich wiederkam, war der Alte weg.

Ich ging zu Gustav, der gerade Franks Hand begutachtete und offenbar versuchte, irgendwas Versautes daraus zu lesen. »Es ist Zeit«, sagte ich.

»Schon?«, fragte Frank schläfrig.

»Ja, du kannst ja kaum mehr stehen.«

»Er kann doch bei mir pennen«, sagte Gustav, aber ich machte im Hintergrund mehrmals dieses Zeichen, bei dem ich mir die Kehle durchschnitt.

Frank stand langsam auf. Ich musste ihn stützen. »Ich bin ja total dicht«, sagte er zu mir. Jedoch ohne Reue und durchaus anerkennend, als hätte er gerade etwas Interessantes im Fernsehen gesehen.

»Soll ich mitkommen?«, fragte Gustav viel zu hilfsbereit und stützte Frank da, wo es nichts zu stützen gab.

Ich seufzte. »Gustav?«, fragte ich.

»Ja?«

»Gustav?«

»Ja, Jesp, was gibt's?«

»Fick dich ins Knie, okay.«

Frank lag auf einer Isomatte neben meinem Bett. Er war überhaupt nicht mehr müde und hatte tausend Fragen an mich. »Wie habt ihr euch eigentlich kennengelernt?«

»Ach, das war an meinem ersten Abend in Berlin. Ich war in einer Bar und hatte mein Geld nicht dabei, und Gustav hat mir was geliehen. Wir sind ins Gespräch gekommen, und als er gehört hat, dass ich gerade hergezogen war, hat er mir sofort geholfen. Na ja, und seitdem bin ich ihn nie wieder losgeworden.«

»Aha, und ist dein Freund da, dieser Gustav, ist der, na du weißt schon, ist er *schwul*?«, fragte Frank.

»Ja, natürlich ist er schwul, was denkst du denn?« Ich musste lachen. »Aber wo wir schon beim Thema sind, ich saß vorhin in der Bar neben so 'nem älteren Typen, der hat mich ständig …«

»Was macht Gustav eigentlich noch mal?«, unterbrach mich Frank. »Irgendwas mit Internet, oder?«

»Schon, aber das mit der Firma macht er nur zur Absicherung. In Wahrheit will er der neue David Lynch werden. Er möchte unbedingt auf eine Filmhochschule, und wenn ihn endlich eine nimmt, dann haut er hier sofort ab.«

Ich dachte an die vielen Absagen, die Gustav schon bekommen hatte. Und noch bekommen würde. Denn in den letzten Monaten hatte er sich erneut bei mehreren Filmhochschulen beworben.

»Aber wenn du mich fragst«, sagte ich, »ergeht's ihm irgendwann wie den meisten Menschen hier. Er ist hier gestrandet.«

Gustav und ich hatten schon oft darüber gesprochen, dass wir eigentlich beide nur mal kurz nach dem Abitur in Berlin vorbeischauen wollten, dass wir seitdem aber in dieser Stadt gefangen waren und wohl für immer bleiben würden. Der eine schreibend, der andere filmend, beide unseren Träumen hinterherjagend.

Berlin ist nämlich eine fiese Sau. Wenn du das erste Mal da bist, spielt es dir immer schön was vor: »Willst du mein aufregendes Nachtleben sehen oder die vielen interessanten Menschen kennenlernen? Willst du tanzen, was trinken, ein bisschen knutschen, dich frei fühlen? Willst du studieren, Geschichte atmen oder mal schnell auf den Fernsehturm rauf? Ich kann dir alles geben, was du willst, komm nur her, schöner Prinz!«

Doch das sind nur Lügen für die Besucher. Denn wenn

du erst mal in Berlin wohnst, stellst du fest, dass das alles falsche Versprechungen waren. In der Ferne leuchteten die Sterne, und wenn man näher kam, stellte es sich als der schwache Schein einer Laterne heraus. Hier war es weder cool noch jung noch hip, wie es in dieser Werbe- oder Filmscheiße immer dargestellt wurde. Berlin war oft genug langweilig, spröde, voller Abgründe und feiernder Zombies, ein Ort der Leere und Einsamkeit und die Hauptstadt des eisigen Winters, und weg kam man auch nicht mehr.

So wie Gustav und ich.

»Letztlich ist es nicht die ›richtige‹ Stadt«, sagte er dann immer. »Es ist wie eine belanglose Affäre, die schon viel zu lange dauert und von der man sich endlich mal losreißen muss. Und nicht dass du jetzt denkst, ich würde mich zu wichtig nehmen, aber was ich sagen will: Berlin ist einfach nicht die ›richtige‹ Stadt für einen so ›großen‹ Menschen wie mich. Ich will nicht untergehen, kapierst du?«

Ich kapierte nicht. Noch nicht.

Am nächsten Morgen wachte ich wie so oft in den letzten Tagen zu früh auf. Diesmal nur zwei Stunden Schlaf, höchstens. Mein Bruder hatte mal so einen bescheuerten Wecker gehabt, der wie Meeresrauschen klang. Was mich weckte, kam dagegen von innen, und es fühlte sich eher an wie schwarze Wellen, die gegen das Nichts brandeten … Noch ein elendmüder Blick zur Packung Schlaftabletten auf dem Nachttisch. Dann stand ich auf.

Neben dem Bett entdeckte ich einen jungen Mann, der auf einer Matte lag. Beim genaueren Hinsehen stellte sich dann heraus, dass ich gestern tatsächlich Frank abgeholt hatte. Ich stöhnte auf. Verdammt noch mal, was war nur in mich gefahren, hatte ich nicht schon genug Probleme? Wieder dachte ich an meine Rückkehr nach München, in die Stadt der reichen, verhätschelten Jura- und BWL-Studenten mit ihren gegelten Haaren, rosa Polohemden, Burberry-Schals und übergroßen Egos, die in lächerlichem Kontrast zu ihren kleinen, armseligen Existenzen standen. In die Stadt, aus der ich damals geflüchtet war. Nur noch ein paar Tage, dann musste ich wieder hin …

Der Einzige, der mir jetzt wirklich helfen konnte, war der alte Born.

Er fehlte mir, aber warum hatte er am Wochenende nicht angerufen und gesagt: »Phantastisch, Jesper, dein Buch ist phantastisch. Jede der tausendzweihundertdreiundachtzig Seiten ist absolut lesenswert, ich wusste immer, dass du es packst.«

Ich sehnte mich nach einem Gespräch mit ihm. Nicht nur wegen des Manuskripts, sondern auch, weil ich mich bei ihm endlich einmal für alles bedanken wollte. Für die vielen Unterhaltungen in seinem Arbeitszimmer, für die Achterbahnfahrt, die er mit mir vor zehn Jahren auf mein Drängen hin gemacht hatte und nach der er sich fast hatte übergeben müssen. Und dafür, dass er in all den Jahren immer für mich da gewesen war und mich wie den Sohn behandelte, den er nicht hatte.

Ich erinnerte mich, wie ich ein paar Monate nach dem Tod meines Vaters von der Schule heimkam. Während mein Bruder damals schon wieder wie früher wirkte und sogar Klassenbester war, kam ich einfach nicht in die Spur. Ich schrieb schlechte Noten und verfolgte finster, wie meine

Mitschüler mit Mädchen flirteten und das erste Mal Sex hatten und was weiß ich.

An jenem Tag hatte ich dann erfahren, dass Isabel mit einem Typen zusammengekommen war, den ich nicht leiden konnte. Game Over. Ich war mitten im Nachmittagsunterricht nach Hause gegangen, weil ich ihr fröhliches Gesicht einfach nicht mehr sehen wollte. Und auch nicht mehr die Gesichter der anderen, die nicht wussten, was das war, *Tod,* die nicht wussten, wie es sich anfühlte, die sich alle so sehr auf ihre scheiß Zukunft freuten. Ich ging nach Hause, aber bei der Vorstellung, dort meinen Bruder anzutreffen oder in die Augen meiner Mutter zu blicken, blieb ich im Treppenhaus stehen. *Schon verrückt,* dachte ich. *Ich kann nicht wieder in die Schule, aber ich kann auch nicht in die Wohnung. Ich muss also ab jetzt für immer im Treppenhaus leben.* Aus irgendeinem Grund lachte ich über diesen bescheuerten Gedanken. Ich lachte, weil ich nicht weinen wollte.

Irgendwann ging das Licht im Treppenhaus aus, und ich ging nach nebenan zu Born. Wir spielten Schach. Natürlich verlor ich. Und dann rastete ich aus, schmiss die Figuren durchs Zimmer und brüllte herum.

Born sah nur zu. Ich werde nie vergessen, wie ruhig er dasaß. Wie er mich einfach nur beobachtete, während ich sein Arbeitszimmer verwüstete. Irgendwann konnte ich nicht mehr. Ich ging ein paar Schritte auf ihn zu, hockte mich dann aber auf den Boden. Mein Kopf fiel nach unten.

Ich wollte, dass er endlich was zu meinem Ausbruch sagte, irgendwas. Er tat jedoch nichts dergleichen, sondern stand mit einem Ächzen auf und setzte sich zu mir auf den

Teppich. Das war eine ziemliche Leistung für ihn, weil er ja so alt und riesig war und einen Bauch hatte und so. Seine Brille war verrutscht, er rückte sie wieder gerade. Und dann sprachen wir über alles.

»Jesper«, sagte er schließlich. Er konnte meinen Namen immer so ernst und ruhig aussprechen, dass ich ihn endlich mal mochte.

»Ich kann nur erahnen, wie schwierig das alles für dich ist, doch was passiert ist, ist nicht deine Schuld.«

»Aber er …«

»Ich weiß. Doch es ist nicht deine Schuld … Du hast dein eigenes Leben, und du musst dich jetzt einfach mal von allem freischwimmen. Es ist wie beim Schach, auch dort musst du zunächst mal an deinen eigenen Aufbau denken. An dein eigenes Spiel.«

Er redete noch eine Weile weiter, aber ich erinnere mich nur noch, wie er danach eine Pause machte und nach meiner Hand griff. *»So, und nun heb schon das Schachbrett vom Boden auf, wir spielen gleich noch mal … Jetzt gewinnst du!«*

Als ich eiskalt geduscht und angezogen war, aß ich meine letzten zwei Bananen. Dann verließ ich den schlafenden Frank und ging in die Stadt. Unterwegs wurde ich von aufdringlichen Zeitungsverkäufern angesprochen, und natürlich auch von Sektenmitgliedern, Punks mit Hunden, Bettlern, Tierschutzvereinen oder von Yoga-Anhängern, die doch eher Sektenmitglieder waren.

Vor mir ging ein Mann und brüllte pausenlos, dass alles immer heißer werde. »Bald brennt's!«, schrie er mit hochrotem Kopf durch die Straße. Ich hatte Berlin schon lange im Verdacht gehabt, eine Irrenfabrik zu sein, heute sah ich mich mal wieder bestätigt. Wo kamen all diese Verrückten nur immer her?

Ich hasste den Weg zu meiner Arbeit beim *Berliner Merkur,* aber das Praktikum dort war wichtig für mich. Zum einen war es neben dem monatlich eintrudelnden Kindergeld meine einzige Geldquelle, auch wenn das alles vorne und hinten nicht reichte.

Und zum anderen war da noch Hannah.

Schachmatt

Auf dem U-Bahn-Steig gab es Tumulte, Sanitäter standen vor einem älteren Mann, der reglos auf dem Boden lag. Dann kam ein Windstoß, gelbe Waggons sausten an mir vorbei, die Bahn fuhr ein. Während der Fahrt hatte ich einen kleinen Durchhänger, ich schlief von einer auf die andere Sekunde einfach ein und kippte gegen meine Sitznachbarin, eine junge Mutter. Danach war ich wieder wach. Ich beobachtete die anderen Menschen im Abteil und spielte wie so oft mein Augenspiel. Dabei blickte ich so lange in die Augen meiner Mitfahrer, bis diese woanders hinsahen. Meistens klappte es, aber manchmal geriet ich an einen mürrischen Kauz, der sich weigerte, meinem Blick aus dem Weg zu gehen. Dann einigte man sich am besten auf ein Unentschieden oder hoffte darauf, durch die nächste Haltestation erlöst zu werden. Aber normalerweise verlor ich nie, und …

Na ja, egal, ich weiß eigentlich gar nicht, wieso ich das alles erzähle, mit der ganzen Geschichte hat es jedenfalls nichts zu tun.

An der Friedrichstraße stieg ich aus und ging zu Fuß. Vor einem hohen Bürogebäude blieb ich stehen. Ich fuhr mir noch mal durch die Haare und trat ein. Die Stelle als

Praktikant beim *Berliner Merkur* hatte mir Born verschafft; er kannte Jakob Haller, den Chefredakteur, gut und hatte mich ihm empfohlen.

Ich begann meine Arbeit standesgemäß: Mit einem Besuch in der Küche, um mir Kaffee zu machen – und um zu schauen, ob ich irgendetwas Essbares mitgehen lassen konnte. Verstohlen steckte ich mir ein paar Bountys ein.

»Klaust du wieder unsere Süßigkeiten?«

Ich fuhr herum. Hinter mir stand eine schüchtern wirkende Frau, vielleicht zwei Jahre älter als ich. Sie trug eine Strickjacke und hatte ihre braunen Haare zu einem Zopf gebunden, was sie ein wenig spröde wirken ließ. Hannah.

»Ach, du bist's.« Ich atmete erleichtert aus und stopfte mir weiter die Taschen voll. »Wenn du mich nicht verrätst, lad ich dich mal bei mir zum Essen ein. Vorspeise: Snickers-Salat. Hauptgang: Apfelringe. Dessert: Nimm Zwei.«

»Klingt gut.«

Sie sagte es ganz leise. Überhaupt wirkte Hannah oft etwas verhuscht, aber wenn ich ehrlich war, mochte ich es, dass sie so ruhig war. Ich hatte auch immer Lust, ihr was Wichtiges zu erzählen oder ein Geheimnis anzuvertrauen. Einfach, weil ich wusste, dass sie es niemandem verraten würde.

»Haller will dich übrigens sprechen«, sagte sie. »Er hat dich gesehen … Ich wär aber vorsichtig. Vorhin hat ein Interviewpartner abgesagt, und er hat vor Wut fast den Kickertisch demoliert.«

»Gut, dann versteck ich mich lieber hier.«

Die nächsten Minuten machten wir uns schweigend Kaffee. Noch so etwas, was ich an Hannah mochte: Wir mussten nichts reden. Es gab nämlich Leute, bei denen war die Stille wie ein riesiges Loch, und dann hatte ich immer das Gefühl, in einem fort reden oder rumblödeln zu müssen, um es zu füllen. Bei Hannah hingegen war die Stille etwas Schönes, Erstrebenswertes. Ich weiß nicht, ob mich jemand versteht.

»Dann bis später.« Sie stellte ihre Kaffeetasse in die Spüle. »Und pass auf dich auf.«

»Häh?«

»Bei Haller, meine ich.«

»Ach so.«

Sie nickte mir zu und ging.

Häh ... Ach so ... Was waren das denn mal wieder für Spitzenantworten? Egal, mit den Taschen voller Süßigkeiten trottete ich aus der Küche.

Als ich das Büro meines Chefs betrat, schnippte er schnell seine Zigarette in den Innenhof. In der Redaktion war Rauchen verboten, aber jeder wusste, dass er es heimlich tat. Haller war ein sportlicher Zyniker mit kurzem kastanienbraunem Haar, altersmäßig irgendwo im Nirwana zwischen Ende vierzig und Anfang fünfzig. Seit seiner Scheidung schien er in einer Midlife-Crisis zu stecken, die ihn zum Tragen von jugendlichen Polohemden verdammte.

Eigentlich mochte ich ihn ganz gern. Allerdings hatte er Probleme damit, Gefühle zu zeigen, und war eine unberechenbare Mischung aus Obi-Wan Kenobi und einem angriffslustigen Pitbull.

Haller schloss das Fenster. »Haben Sie bis Monatsende nicht frei?« Ich wechselte mich mit einem anderen »halben« Praktikanten alle zwei Wochen ab.

»Ich dachte, ich schau trotzdem mal vorbei«, sagte ich und ließ mich auf einen Stuhl fallen. Ich fragte mich, weshalb er nach mir gerufen hatte, doch zunächst redeten wir nur über diesen neuen Kinofilm von Bertolucci, der im Paris der sechziger Jahre spielte und in dem dauernd gevögelt wurde.

»Ich hab mir übrigens Ihre letzten Sachen mal durchgelesen«, sagte Haller. Endlich kam er zur Sache. »Die Konzertkritiken.«

»Und?«

»Tja, was soll ich sagen, schreiben können Sie, keine Frage«, ich freute mich schon, »… noch immer überhaupt nicht. In Ihren Texten waren ja haarsträubende Fehler drin, eine einzige Katastrophe.«

Ein ungutes Gefühl überkam mich. »Oh … Und was bedeutet das … ist das …«

»Nun mal langsam, Lier, setzen Sie sich wieder hin. Sie sind eben eine *Herausforderung*.« Das gefiel ihm, mich »Herausforderung« zu nennen, das sah ich. »Aber wie Sie wissen, sind Sie jetzt schon seit vier Monaten bei uns, und Ihr Praktikum läuft demnächst aus …«

Haller machte nun eine Pause und musterte mich nur, eine gefühlte Ewigkeit lang. Dann bleckte er auf einmal die Zähne und grinste. Völlig geisteskrank.

»Um es kurz zu machen: Wenn Sie wollen, können Sie bei mir als freier Redakteur anfangen«, sagte er. »Musik- und Filmrezensionen. Sie müssten natürlich öfter hier erscheinen, aber Sie würden auch mehr verdienen.«

»Das ist ja super. Danke«, sagte ich, von der Wendung, die das Gespräch genommen hatte, völlig überrumpelt. Ich wollte ihm die Hand geben, wie in diesen Schnulzen vom Beginn einer großen Freundschaft oder so.

Er winkte ab. »Gut zuhören, Lier. Sie brauchen nicht immer gleich Pfötchen zu geben. Verbessern Sie nur Ihr Schreiben, und bringen Sie sich in Ordnung, Sie sehen aus, als ob Sie aus der Geiselhaft im Jemen kommen …«

In solchen Momenten wirkte Haller, als machte es ihm richtig Spaß, den harten Hund zu spielen, und ich unterdrückte ein Lächeln.

»Übrigens sind Sie wieder dran mit Zeitungenverteilen. Ich geb Ihnen gleich welche mit.«

Ich stockte. Zeitungen auf der Straße auszuteilen bedeutete gesellschaftlichen Suizid. »Ach, kommen Sie, bitte nicht. Ich hab diese Woche frei!«

»Nichts da, Sie verteilen die Dinger, basta … Außerdem tut Ihnen ein bisschen Disziplin mal ganz gut. Disziplin ist der Schlüssel zum Tempel der Ordnung.«

»*Tempel der Ordnung* … klingt ja echt gemütlich.«

»Ach, hören Sie auf rumzujammern, Lier, hier wird getan, was ich sage. Und jetzt ab.«

Ich ließ mir einen Packen Gratisexemplare des *Berliner Merkur* aufladen. Doch als ich gehen wollte, wurde Haller noch mal ernst und hielt mich am Arm zurück. »Was macht eigentlich Ihr Manuskript? *Der Leidensgenosse*? Born hat mir letzte Woche gesagt, dass Sie fertig geworden sind. Sie hätten von morgens bis abends daran geschrieben.«

»Na ja, eigentlich eher von abends bis morgens.«

»Das dacht ich mir. Also, worum geht's da?«

Ich war verblüfft. Er hatte mich noch nie etwas so Persönliches gefragt.

»Also, worum geht's da … Es geht um so einen … Hm, das ist nicht so einfach.«

»Aber Sie müssen doch wissen, worum es in Ihrer Geschichte geht.«

»Es ist wirklich nicht so leicht. Es ist ein bisschen episch.«

»Episch?«

»Na ja, im Kern dreht sich alles um einen jungen Aussteiger, der nach dem Tod seines Vaters vor der Zivilisation flüchtet und um die Welt reist. Das mit dem Tod des Vaters ist aber nur ein Zufall«, sagte ich schnell. »Also nicht, dass Sie jetzt denken, ich hätte da alles von mir selbst verarbeitet oder so.«

»Ich denke gar nichts. Haben Sie schon einen Verlag gefunden?«

»Noch nicht, ich meine, Born soll es erst lesen und … Nein, noch nicht.«

Haller nickte nur. Ich zögerte, wollte noch etwas sagen, doch da hatte er sich wieder seinen Unterlagen zugewandt.

Es gibt nichts Schlimmeres, als mit Gratiszeitungen in der Fußgängerzone zu stehen und zu versuchen, die Dinger loszuwerden. Man wird wie ein Aussätziger behandelt. Die Leute sehen einen mit ängstlichen Blicken an und hauen ab, wenn man ihnen zu nahe kommt, manche wechseln sogar die Straßenseite. Sie alle wollen keine verdammte Gratiszeitung haben, weil sie genau wissen, dass ich sie dann in ein Gespräch verwickeln werde, um ihnen ein Abonnement aufzuschwatzen und ihre Adresse rauszukriegen. Manchmal will man jedoch nur ein wenig reden und als Mensch wahrgenommen werden. Keine Chance.

Ich stand noch nicht lange auf der Straße, als ich in der Ferne eine blonde junge Frau erspähte, die direkt auf mich zukam. Sie trug eine olivgrüne Mütze und stach mit ihrer Schönheit aus der Masse der Fußgänger hervor. Natürlich war mir klar, dass ich mir mit dem Packen Gratiszeitungen in der Hand keine Hoffnungen zu machen brauchte, trotzdem starrte ich sie an. Und erst jetzt begriff ich, dass es Miriam von der Uni war, die da auf mich zukam. Das konnte doch nicht sein! Ich bekam Panik. Alles ging so schnell. Schon war sie direkt vor mir, jetzt lief sie gerade an mir und den Zeitungen vorbei, und soeben hatte sie mich hinter sich gelassen. Sie telefonierte mit dem Handy am Ohr und sah mich nicht. *Mach was,* dachte ich. *Verdammt, mach endlich was!*

»Warte!«, sagte ich.

Sie beschleunigte ihre Schritte und telefonierte noch immer.

»Halt, warte, Miri!«, rief ich noch mal und begann ihr hinterherzulaufen, doch sie wurde schneller und sprach dabei immer lauter in den Hörer. Sie schien mich für einen besonders aufdringlichen Zeitungsverkäufer zu halten.

Ich versuchte noch, sie einzuholen, aber ich hatte zu lange gezögert. Ein stechender Schmerz in meinem Knie. Ich zuckte zusammen, wurde langsamer und sah sie nur noch in der Menge der Fußgänger verschwinden.

»Das ist nur eure Schuld!« Ich warf die Gratisexemplare auf den Boden. *»Hier wird getan, was ich sage«*, äffte ich Haller nach.

Ich betrachtete die Passanten, die an mir vorbeidrängten. Mit einem Mal wurde mir schwindlig. Mein Herz schlug viel zu schnell, ich hielt mich an einem Verkehrsschild fest.

In diesem Moment kam der alte Born wie aus dem Nichts auf mich zu. Das heißt, er kam tatsächlich aus dem Nichts. Durch seine enorme Größe entdeckte ich ihn sofort; ein riesiger Fels. Er trug einen eleganten dunklen Cordanzug und einen weinroten Kaschmirschal.

Ich freute mich total, dass er hier war, in seiner Nähe hatte ich mich immer sicher gefühlt. Als er mir gegenüberstand, legte er mir den Arm auf die Schulter. Das hatte er bisher nur einmal gemacht, bei der Beerdigung meines Vaters.

»Wieso machen Sie das?«

»Ich wollte mich von dir verabschieden.«

»Verabschieden? Wieso?«

»Ich bin leider schachmatt gegangen. Hab einen Augenblick nicht aufgepasst«, sagte er mit einem wehmütigen Lächeln, das noch einmal seine ganze Jugend und die schönsten Erinnerungen umfasste.

»Wie meinen Sie das?«, fragte ich.

Er ging nicht darauf ein. *»Ich mache mir Sorgen um dich«*, fing er an. *»Du brauchst Hilfe, Jesper. Ich glaube, du bewegst dich im Moment auf sehr, sehr dünnem Eis, und ich könnte dir …«*

»Hey, ich brech schon nicht ein, alles gut«, unterbrach ich ihn. Ich bereute es sofort.

»Wenn du meinst, wenn du meinst«, antwortete er traurig. Er wandte sich ab.

»Warten Sie«, rief ich noch. Mir fiel ein, dass ich mich

noch immer nicht bei ihm bedankt hatte. Ich rief erneut, aber er verschwand in der Menge, war weg …

Drehte ich jetzt komplett durch?

Als ich mich erholt und die Gratiszeitungen unauffällig im Müll entsorgt hatte, ging ich nach Hause. Nicht zu fassen, da waren Miri und ich uns schon wieder über den Weg gelaufen, und noch immer wusste ich nicht mal ihren Nachnamen, geschweige denn ihre Telefonnummer. Das Leben bot mir eine Chance nach der anderen, und ich ließ sie alle aus.

Als ich meine Wohnung betrat, schlief Frank noch immer, seine Haare waren zerzaust. Ich ging in die Küche und suchte nach Essen, was ungefähr so aussichtsreich war, wie in ’ner verdammten Wüste einen Wasserhahn zu finden.

Gerade als ich ihn wecken wollte, erwachte Frank von allein. Er stand hörbar schwerfällig auf und schien vom Vorabend einen Kater zu haben, den ich ihm, ehrlich gesagt, von ganzem Herzen gönnte. Eine Weile torkelte er in meinem Zimmer herum. Einmal rief er hilflos meinen Namen. Als er in der Küche auftauchte, nickte er mir zu und setzte sich auf den Kühlschrank. »Morgen.«

»Ja, Morgen«, sagte ich und deutete auf meine Uhr. »Bist du endlich wach? Weißt du eigentlich, wie spät es ist?«

»Ja, ja.« Er nahm seine Brille, putzte sie mit dem T-Shirt und setzte sie wieder auf. Dann sah er sich in der Küche um und deutete auf meinen schwarzen Samsonite-Koffer, den ich noch immer nicht ausgepackt hatte. »Wieso steht bei dir eigentlich die ganze Zeit dieser Koffer rum. Der ist ja gepackt.«

»Ach, keine Ahnung … Ich hab einfach das Gefühl, dass ich irgendwann mal schnell rausmuss, um die ganze Scheiße hier hinter mir zu lassen. Und wenn es so weit ist, will ich keine Zeit verlieren.«

Frank nickte, aber ich sah, dass er nichts verstand. Nie verstand einer was.

Er warf sich jetzt auf den Küchenboden und fing tatsächlich an, vor meinen Augen Liegestütze zu machen. Wahrscheinlich wollte er mir mit seiner Kraft imponieren und zeigen, was er beim Bund gelernt hatte. Mich machte das jedenfalls fertig, so was Idiotisches. »Ganz toll, Frank«, sagte ich höhnisch und klatschte. »Ich bin begeistert, ehrlich. Noch zehn Stück, wow!«

Nach genau hundert Liegestützen stand Frank keuchend wieder auf. »Bisschen Frühsport, tut gut.« Er grinste. Dann zeigte er auf die Dusche. »Kann ich die mal benutzen?«

»Klar«, sagte ich.

Nachdem Frank fertiggeschrien hatte und vor Kälte nicht mehr zitterte, bestellte er sich eine Pizza. Er gab mir auch ein Stück ab. Ich verschlang es in wenigen Sekunden, doch mir wurde davon schlecht. Keine Ahnung, wieso, aber in letzter Zeit brachte ich fast keinen Bissen mehr runter.

»Was machen wir eigentlich heute Abend, gehen wir wieder weg?« Frank klappte die leere Pizzaschachtel zu. »Kommt dein Freund Gustav mit?«

»Mal schauen.«

Ich überlegte noch, was wir unternehmen könnten. Und dann, gerade als ich ihm antworten wollte, klingelte das Telefon.

An den Lichtern vorbei

Eine Frauenstimme erklang am anderen Ende der Leitung, und sofort war ich hellwach: Borns Frau Esther, auch sie war mir seit der Kindheit vertraut. Ich presste den Hörer an die Brust und rief Frank zu, es sei ein wichtiges Gespräch, ich müsse kurz allein sein. Er könne ja schnell was beim Supermarkt um die Ecke kaufen, Bier und Salzstangen.

Während er losging, atmete ich durch. Jetzt würde ich nach so langer Zeit endlich erfahren, wie die erste Kritik zum *Leidensgenossen* ausfiel. Sicher, ich hatte schon ein paar Ablehnungen von Verlagen bekommen, allerdings nur auf ein Fünfseitenexposé hin, das ich vor ein paar Monaten mal mit der Post an alle möglichen Adressen verschickt hatte. Solche Ablehnungen konnte man doch gar nicht ernst nehmen, vermutlich hatten die das Exposé nicht mal angeschaut. Born dagegen hatte sicher das ganze Manuskript gelesen. Seine Kritik würde mir den Weg weisen.

»Hat dein Mann schon was zu meinem Roman gesagt?«, fragte ich sofort. »Hat er gesagt, wie er ihn findet, kann ich ihn sprechen?«

Doch seine Frau schien mir nicht darauf antworten zu wollen. »Jesper, wir müssen reden«, sagte sie. »Setz dich doch mal.«

Ich blieb stehen. »Wieso, was ist los?«

»Es ist wegen Anton.«

»Was ist mit ihm, ist er krank?«

Frau Born sagte nichts.

»Ach, komm«, meinte ich und lachte. »Du kannst es mir schon sagen, ich weiß, dass er sich nur davor drückt, mir auf mein Manuskript zu antworten.«

Ich habe mich im Nachhinein oft gefragt, wieso ich in dem Moment diesen schlechten Witz machte. Wahrscheinlich, weil ich bereits wusste, was geschehen war. Ich wusste es einfach. Denn auf einmal war mir klar, worum es ging, und ich hoffte, sie würde jetzt einfach gar nichts mehr sagen.

»Jesper?«, sagte sie.

Ich gab nur ein Geräusch von mir, das sich wie ein erstickter Schrei anhörte. Ich wollte es nicht hören! Wieso schwieg sie nicht einfach?

»Jesper, der Anton hatte einen Schlaganfall …«

Ich umklammerte den Telefonhörer, und alles, was dann kam, war so weit weg.

»Er ist gestern Morgen gestorben.«

Es wurde still. Sie redete zwar noch weiter, aber es wurde irgendwie so verflucht still, ich dachte plötzlich daran, wie ich vorgestern im Treppenhaus diese albernen Tanzschritte gemacht hatte, keine Ahnung, wieso.

»Jesper …«

»Ja?« Von einer Sekunde auf die andere weinte ich.

»Es tut mir so leid, dir das sagen zu müssen.«

»Was? Ja? Ich meine, ist er … was war … wie geht es dir?«

Was für eine dumme Frage, natürlich ging es ihr schlecht, aber ich wusste einfach nicht, was ich sagen sollte. Geistesabwesend redete ich noch eine Weile mit Frau Born, versuchte sie aufzumuntern, ihr Mut zuzusprechen. Leeres Gewäsch.

»Die Beerdigung ist am nächsten Dienstag«, sagte sie schließlich.

Erst bei diesen Worten kam ich wieder zu mir. Ich sah auf die Uhr und begriff, dass ich schon seit fast zehn Minuten mit ihr sprach, und doch konnte ich mich an keinen einzigen Satz mehr erinnern, den wir gesprochen hatten. Und dann, ganz unerwartet, dieses eine Wort: Beerdigung. Ein Schlag ins Gesicht. Bilder schossen mir durch den Kopf. Borns alte, mit Flecken übersäten Hände. Wie ernst er mich manchmal ansah. Oder wie er bei meinen Besuchen immer hinter seinem Schreibtisch im Arbeitszimmer saß, umgeben von Tausenden Büchern, die Lesebrille auf der Nase. Und dann dieses schiefe Lächeln, wenn er mich entdeckt hatte. Vor über einem Jahr hatte ich ihn zuletzt gesehen, er war zu meiner Abiturfeier gekommen. Danach hatte ich mit ihm weder telefoniert noch gemailt. Ich wollte erst mein Buch fertigschreiben. Erst etwas geleistet haben, damit er stolz auf mich wäre.

Ich sagte, ich würde zur Beerdigung kommen, und war kurz froh, dass ich wegen des Umzugs meiner Mutter ohnehin nach München fuhr, so dass ich dort alles auf einen Schlag erledigen konnte. Ich schämte mich sofort für diesen Gedanken.

»Es tut mir leid«, sagte ich laut.

»Weißt du, Anton hat das ganze letzte Jahr über immer

gefragt, wann du kommst. Jedes Mal, wenn ich mit deiner Mutter telefoniert habe, hat er aufgeregt wie ein kleiner Junge gefragt: ›Hat sie von Jesper gesprochen? Wie geht es ihm?‹ Er hat sich so gefreut, als er gehört hat, dass du nach München kommen willst. Leider hat es nun nicht mehr geklappt.«

Ich nickte. Im ersten Moment freute ich mich sogar noch, dass er mich so gemocht hatte. Dann erst begriff ich. Mir wurde schwer ums Herz, ich setzte mich hin, fuhr mir immer wieder durch die Haare. Ich hasste mich dafür, dass ich mich im letzten Jahr nicht bei ihm gemeldet hatte. Die Vorstellung, wie dieser einsame alte Mann auf einen Anruf von mir wartete, der nicht kam, brachte mich um.

»Ich hab mich nie bei ihm bedankt.« Ich sah ins Leere. »Er hat so viel für mich getan, und ich hab ihm nie dafür gedankt. Nach dem Tod meines Vaters hat er sich als Einziger um mich gekümmert. Und ich hab mich einfach nach Berlin verpisst und mich nicht bei ihm gemeldet. Kein einziges Mal!«

»Jesper, der Anton wusste genau, dass du das tun musstest. Er hat es verstanden. Er hat mir immer gesagt, dass du Abstand brauchst. ›Er muss sich jetzt einfach mal von allen lösen … Auch von mir‹, hat er gesagt.«

»Ja, und jetzt ist er gestorben.«

»Das konnte doch niemand voraussehen.« Sie seufzte. »Er hat immer gewusst, was du denkst, auch ohne dass du es ihm gesagt hast. Er war sich immer sicher, dass aus dir etwas wird, er …« Sie brach ab und sagte nichts mehr.

Sie tat mir leid. Ich glaube, wenn man so lange verheiratet war wie die Borns, dann ist der Tod das Schlimmste.

Zwei alte Gefährten, die seit Jahrzehnten zusammen sind, werden auseinandergerissen. Die Einsamkeit als Hölle. In diesem Moment kamen mir wieder die Tränen, ich wollte es nicht, es war mir peinlich, aber ich konnte nicht anders.

»Mach dir keine Vorwürfe, Jesper«, sagte sie. »Was geschehen ist, ist geschehen. Du warst immer etwas Besonderes für ihn.«

Sie redete mir noch eine Weile gut zu, dann verabschiedeten wir uns. Ich hatte gar nicht gemerkt, wie ich auflegte, aber ich vermisste das Gefühl des Hörers in meiner Hand.

Ich musste raus, irgendwohin. Im Treppenhaus kam mir Frank entgegen. »Du kannst dich bei mir bedanken, die Getränke sind ziemlich schwer«, sagte er. »Ach ja, die hatten übrigens keine Salzstangen, da hab ich Erdnussflips mitgebracht, ist das okay?«

Er fuchtelte vor meinen Augen mit der Verpackung herum.

Ich sah ihn nicht an. »Born ist tot. Du kannst ja fernsehen oder so, ich komme später wieder.« Ohne seine Antwort abzuwarten, machte ich mich davon.

Wie betäubt lief ich durch die Straßen, bis ich mich irgendwann in die U-Bahn hockte und ziellos durch die Stadt fuhr, ohne nachzudenken. Kann sein, dass ich das stundenlang machte. Das gleichmäßige Rumpeln während der Fahrt tat gut. Die meisten Fahrgäste hatten den gleichen leeren Blick, kamen wohl gerade von der Arbeit oder fuhren erst noch dahin.

Als ich richtig zu mir kam, stellte ich fest, dass es schon Abend geworden war und ich mich auf dem Panorama-

Haus am Potsdamer Platz befand. Wie war ich da hinaufgekommen? Ich erinnerte mich dunkel an den Liftboy, der mir erklärt hatte, dass wir mit dem schnellsten Aufzug Europas hochfahren würden und ... Ach, keine Ahnung.

Ich stand am Gitter und blickte in der Dämmerung auf die glitzernde Stadt, doch ich sah an den Lichtern vorbei. Mir fiel ein, dass das Erste, was ich zu Borns Frau gesagt hatte, meine Frage nach dem Roman gewesen war. Was war ich eigentlich für ein Arschloch? Sowieso, mein beschissener Roman; niemand wollte ihn lesen, und der Einzige, der ihn las, war gestorben. Wahrscheinlich war das Ding so schlecht, dass Born sogar *an dem* Roman gestorben war.

Es windete, ich musste die Dublin-Mütze festhalten, damit sie mir nicht vom Kopf flog. Durch das Gitter blickte ich auf Plattenbauten und die aufragenden Baukräne in der Ferne. Das alles hier war sowieso nicht meine Zeit. Ich dachte an die absurd unpolitische Dekade, in der ich großgeworden war, während sich am Horizont bereits eine noch konsumgeilere und digital-beschleunigte Neo-Wirklichkeit zusammenbraute. Ich selbst dagegen wäre viel lieber Ende der sechziger, Anfang der siebziger Jahre aufgewachsen. Am besten in Amerika: Musik hören, kiffen, cruisen, vögeln und in aller Naivität fürs Gute demonstrieren. Wann immer ich Bilder von damals sah, wurde ich wehmütig. Als wären es meine eigenen Jugenderinnerungen, die ich dort entdeckte und die ich vermisste.

Der Wind strich wieder an mir vorbei, als wolle er mich in die Tiefe locken. Ich stellte mir vor, da jetzt einfach hinunterzuspringen. Spürte den Sog. Beugte mich vor. Ein paar Sekunden Flug würden zu einer kleinen Ewigkeit werden. Ich hielt meine Hand in den Wind und schloss die Augen …

Doch ich meinte es nicht ernst.

Ich guckte noch mal runter, dann wandte ich mich ab. Ich hatte den Tod ohnehin nicht verdient, ich konnte ihn doch gar nicht bezahlen, denn er kostete das Leben, und davon hatte ich noch viel zu wenig.

Als ich lange Zeit ziellos umhergewandert war, kam ich zum Park beim Nordbahnhof, den ich für mich selbst immer *Wastelandpark* nannte. Keine Ahnung, wieso. Ich ließ mich auf eine Bank fallen und dachte an meine Mutter, die Borns Tod sicher genauso traf wie mich. Vielleicht weinte sie wieder die ganze Nacht, wie sie es schon nach dem Tod meines Vaters häufig getan hatte. Wie sie es inzwischen überhaupt oft tat, weil vieles in ihrem Leben eine einzige Enttäuschung war. Die Leute sagen mir immer, ich darf so was nicht sagen, aber es ist doch wahr, nicht? Erst bist du jung und machst Pläne, und alles scheint möglich, und dreißig Jahre später wachst du auf und stellst fest, dass das Meiste falsch ist. Und du kannst nichts mehr ändern, dabei hast du noch nicht mal große Fehler gemacht. Du hast nur hin und wieder kurz nicht aufgepasst, und schon ist alles vorbei, und es heißt: Das war dein Leben, hat eben nicht sein sollen, Pech gehabt. Ich konnte meine Mutter verstehen, sie war kein schlechter Mensch, sie hatte nichts Böses getan, sie hatte nur kein Glück gehabt.

Auf einmal fehlte sie mir sehr. Seit der Beerdigung meines Vaters hatten wir kaum noch über wichtige Dinge gesprochen. Ich schämte mich dafür, dass ich ihr meine Telefonnummer nicht verriet, dass ich meine Freundin Sandra erfunden hatte und ihr weismachte, ich würde studieren. Ich war so ein elender kleiner Lügner. Zornig griff ich nach einem Ast vor mir. Ich wollte ihn mit aller Kraft weit in den Park schleudern. Doch ich hatte in meiner Wut schlecht gezielt, und das Ding prallte schon nach wenigen Metern auf dem Gras auf.

Als ich auf dem Nachhauseweg an einer Imbissbude vorbeikam, roch es nach Currywurst. Ich spürte meinen Hunger, aber ehe mir klar war, dass ich etwas essen wollte, war ich schon weitergezogen. Irgendwann hatte ich dann keine Kraft mehr und nahm ein Taxi.

»Na, wo jeht's hin?«, fragte mich der Typ hinterm Steuer mit leichtem Berliner Akzent.

»Bitte direkt in die Hölle.«

Der Fahrer lachte. »Und im Ernst? Nach Hause oder noch weg?«

Ich nannte ihm meine Adresse, und wir setzten uns in Bewegung. Im Radio kamen Nachrichten, ich lehnte den Kopf gegen das Fenster.

»Schlechten Tag jehabt?«

Ich seufzte. Der Taxifahrer war wohl einer dieser frustrierten Idioten, die jeden Gast anquatschten, statt sich auf die Straße zu konzentrieren.

»Kann man so sagen«, erwiderte ich schroff. »Und ich möchte nicht reden, okay?«

»Ick kann schweigen, kein Problem«, antwortete er freundlich, und plötzlich tat es mir leid, dass ich ihn so angefahren hatte. Mein Blick fiel auf eine Gruppe Jugendlicher, die aus einem Kino kam. Zwei Jungen und drei Mädchen, sie diskutierten vergnügt, einer sprang vor den anderen her und redete gestikulierend auf seine Freunde ein. Ich konnte einfach nicht aufhören, sie alle anzustarren.

Bald darauf kamen wir an. Vom Gehweg aus konnte ich runter in meine Wohnung sehen, es brannte Licht. Frank saß am Schreibtisch vor dem Fenster und las in einem Buch. Ich kickte mit dem Fuß gegen das Gitter über der Fensterscheibe. Es schepperte. Er sah zu mir hoch und winkte.

Als ich kurz darauf die Wohnung betrat, kam er auf mich zu. Er fragte, wie ich mich fühlte, und ich zuckte mit den Achseln, danach fragte er, ob ich drüber reden wollte, und ich sagte nein. Ein paar Minuten saßen wir schweigend in der Küche, schließlich hielten wir es beide nicht mehr aus.

Da Frank noch eine rauchen wollte, gingen wir nach draußen in den Hof. Während er den Rauch in die Nacht blies, betrachtete ich meine Hände. Hände, die keine harte Arbeit kannten, Hände, die nichts erlebt hatten. Geisterhände.

Dann schaute ich zu Frank. Ich wusste, wie unwohl er sich fühlte, weil er mir nicht helfen konnte. Als wir in die Wohnung zurückgingen, machte ich deshalb ein freundliches Gesicht und scherzte über irgendwas, ich glaube, den ewigen Kohlemief oder den bröckelnden Putz im Treppenhaus. Frank fiel auf meine fröhliche Fassade rein.

Alle fielen sie darauf rein.

Unten in der Wohnung kam mir doch noch etwas in den Sinn, was er tun konnte. »Hey, Frank, magst du mir vielleicht was vorspielen?«

Er nickte, verschwand im Zimmer und kam mit seiner Geige zurück. »Was soll ich denn spielen?«

»Ach, was du willst.«

»Okay ... Ich muss dich aber warnen, ich bin nicht mehr so gut wie früher. Ich konnte nicht so oft üben bei der Bundeswehr, und ich hab sie nicht richtig gestimmt, mir fehlen außerdem ...«

Ich sagte, er solle einfach anfangen. Er stimmte kurz, und mit übertrieben ernstem Gesicht fing er an. Während ich zuhörte, dachte ich wieder an Born. Mich nicht bei ihm bedankt zu haben und es nie mehr tun zu können machte mich fertig.

Frank spielte ziemlich lange. Es klang traurig. Ich wusste nicht, wie das Stück hieß, aber es klang wirklich wahnsinnig traurig, so traurig, dass an meiner Wange eine verdammte Träne runterlief. Ich leckte sie mit der Zunge weg. Salzig schmeckte es und ein bisschen bitter, und ich war überrascht, wie vertraut mir dieser Geschmack nach so kurzer Zeit wieder geworden war.

Donnerstag

Die Fliege im Zuckerglas

Ich hatte wieder ewig nicht einschlafen können. Einmal hatte ich eine Schlaftablette schon auf der Zunge gehabt, sie dann aber doch noch ausgespuckt. Es war früher Vormittag, als ich endlich pennen konnte. Ziemlich unruhiger Schlaf, aus dem ich ruckartig erwachte; ich hatte geträumt, dass mitten in Berlin ein Rudel Wölfe hinter mir herrannte. Sie bohrten ihre Reißzähne in mein Fleisch und rissen mich in Stücke …

Danach konnte ich zwar noch mal einschlafen, aber nur wenige Minuten. Dann jagten mich schon wieder die Wölfe, und ich ließ es sein.

Gerädert vor Müdigkeit stand ich auf und zog mir ein Paar hässlicher, hellblauer Socken an. Keine Ahnung, wo ich die herhatte, ich musste dringend mal wieder einen Waschsalon aufsuchen. Mit einem Gähnen trottete ich in die Küche, wo Frank vor einem vertrockneten Rest Schwarzbrot saß und überlegte, wie heruntergekommen man sein musste, um das zu essen. Für einen Moment erschauerte ich aber, denn wie er da – zusammengekauert, den Rücken gekrümmt – das Brot untersuchte, glich er mit seiner langen dunklen Gestalt einem Ungeziefer oder einer riesigen Küchenschabe, die sich gierig über meine Vorräte hermachte.

Da drehte er sich zu mir um. »Kann man nicht mehr essen«, stellte er fest.

Wir gingen zum Frühstücken ins ›Igby's‹, mein Stammcafé aus Zivildienstzeiten, als ich noch etwas mehr Geld gehabt hatte. Ich winkte der Kellnerin.

»Was darf es sein? Wie immer?«, fragte sie.

»Wie immer«, antwortete ich. Es war dieser eine Dialog, den wir jetzt schon zum zehntausendsten Mal geführt hatten. Wir hielten uns eng ans Drehbuch.

Hinter den Worten »Wie immer« verbargen sich zwei Croissants und ein Kaffee. Ich begann mit dem Löffel darin rumzurühren und dachte an Miri. Sie fehlte mir, obwohl ich nicht mal genau wusste, wer sie war. »Verlieb dich nicht in die erste Frau, die du brauchst«, hatte Gustav neulich gesagt. Jetzt verstand ich ihn. Obwohl ich diese Miri kaum kannte, sehnte ich mich wie verrückt nach ihr.

Dann fiel mir wieder Born ein, und ich fühlte mich schlecht. Uns gegenüber saß eine Gruppe Studenten. Sie hatten alle ihre Laptops dabei, tranken ihren Latte Macchiato und kicherten pausenlos rum wie die Hyänen, die hörten gar nicht mehr auf mit dem Lachen. Was ist denn nur so scheißwitzig, dachte ich.

»Wie geht's dir?«, fragte Frank. »Du hast heut Morgen im Schlaf dauernd davon geredet, dass irgendwas hinter dir her ist!«

»Ach, war bloß ein Alptraum, mach dir keine Sorgen«, sagte ich nur. Ich konnte und ich wollte das nicht alles an Frank auslassen, jetzt, wo er zum ersten Mal in Berlin war. Es war einfach nicht die Zeit, um kurz innezuhalten. Wie in diesen Filmen, wenn Schaulustige am Tatort um die Leiche herumstehen und von Polizisten weggeschickt werden.

»Weitergehen, alles immer weitergehen, nicht stehen bleiben. Hier gibt es nichts zu sehen. Hey, Sie da, mit dem schwarzen Mantel und der Schiebermütze, wir haben alles im Griff, ich muss Sie jetzt bitten weiterzugehen …«

Während Frank die Rechnung beglich, fiel mir etwas Eigenartiges auf. »Schau!«, sagte ich und deutete auf den Zuckerstreuer in der Mitte des Tisches, in dem eine Fliege auf einer weißen Düne saß und ihre winzigen Beinchen putzte.

Frank sagte nichts, doch noch ehe ich etwas dagegen tun konnte, hatte er sich das Zuckerglas geschnappt und die Fliege freigelassen. Ich war entsetzt.

»Wieso hast du das getan?«

»Damit sich die anderen Gäste keine Fliege über ihr Essen schütten.«

»Hast du mal eine Sekunde an das arme Tier gedacht?«, sagte ich und fühlte mich der Fliege seltsam verbunden. »Wahrscheinlich schafft sie es in ihrem kurzen, hektischen Leben nie mehr, durch die enge Röhre in den Zuckerstreuer reinzufliegen. In diesem kleinen Glas gab es keinen Stress mehr, kein planloses Rumgefliege, sondern so viel Zucker, wie sie nur wollte. Das Paradies! Diese Fliege war bestimmt total glücklich. Sie war allein und geschützt, es gab keine Gefahr für sie, bis du sie wieder rausgeschmissen hast.«

»Jesper, das war doch nur eine kleine Fliege in einem Zuckerglas, reg dich ab.«

»Du verstehst es nicht, du verstehst es einfach nicht.«

Frank lachte nur, aber mir war auf einmal klar, wieso

mich das kleine Tier so in seinen Bann gezogen hatte. Das war ich. Ich hatte mich nicht, wie Born es wollte, freigeschwommen, sondern war stattdessen einfach abgehauen, geflüchtet, in den Schutz meines einsamen Lebens. In mein Zuckerglas.

Natürlich hatte man als kleines Insekt Abstriche zu machen, aber andererseits waren einem alle Sorgen genommen. Man hatte nichts zu befürchten und musste sich um niemanden kümmern. Es gab nur einen selbst. Und wie beim Anblick der Fliege fühlte ich durch die vergangenen Ereignisse dieses Dasein bedroht und wehrte mich.

Bevor wir das Café verließen, warf ich noch einen letzten sehnsüchtigen Blick auf das Zuckerglas, dessen Bewohnerin nun gezwungenermaßen wieder frei umherschwirrte. Viel Glück, kleine Fliege.

Als ich Gustav am Telefon von Borns Tod erzählte, kam er sofort vorbei. Ein lautes Pfeifen kündigte ihn schon im Treppenhaus an.

Er war noch keine zehn Sekunden in der Wohnung, da klingelte es erneut an der Tür. Diesmal war es Frau Vogt, eine ältere Ostberlinerin, die mit ihrer weißen Perserkatze Lienchen im dritten Stock wohnte. Ich kannte sie ein wenig, denn wenn sie verreiste, bekam ich manchmal ihre Post. Aus ihrer Wohnung strömte immer ein starker Geruch nach Räucherstäbchen und alten Polstermöbeln, und es liefen pausenlos Chansons.

»Herr Lier, ich habe da eine ganz große Bitte an Sie«, fing sie an.

Ich zuckte zusammen. Nicht noch eine Bitte. Resigniert

betrachtete ich ihre altmodische Kleidung und die diffuse graue Haarwolke auf ihrem Kopf.

Sie fuhr fort: »Es geht um meine Katze. Ich fahre heute zu einer Freundin, die leider eine Allergie hat, und … könnten Sie da vielleicht auf das Lienchen aufpassen? Für eine Nacht? Ich kann sie diesmal nicht mitnehmen, und sie ist so ungern allein. Und ich kenne die vielen neuen Leute im Haus doch kaum.« Sie versuchte ein vertrauensvolles Lächeln zustande zu bringen. »Sie täten mir damit wirklich einen großen Gefallen.«

Nein, nie im Leben! Das Problem war allerdings, dass sie mich bittend ansah und ich kleinen Kindern und alten Leuten Bitten einfach nicht abschlagen konnte. Widerwillig machte ich mit ihr aus, dass ich ihre Katze um sieben abholen würde. Dabei hasste ich Katzen. Wir hatten schließlich selbst mal eine gehabt, Whiskey, doch vor einigen Jahren hatte sie sich umgebracht.

Unsere Katze war damals schon sagenhafte einundzwanzig Jahre alt gewesen, und natürlich funktionierte sie nicht mehr einwandfrei. Sie war halb blind und ihr Mundgeruch bestialisch. Am meisten aber nervte ihr Schnurren. Vor allem nachts war das eine Plage, wenn Whiskey sich über irgendeine Schwachsinns-Beobachtung wie einen krabbelnden Käfer irre freute und so laut schnurrte, dass man es selbst durch geschlossene Türen hindurch hören konnte. Tagsüber schaute sie dagegen immer nur aus dem Fenster, total depressiv. Ihr Blick sagte: »Lasst mich sterben, miau … bitte lasst mich endlich sterben!«

Eines Tages saßen wir alle beim Mittagessen. Es gab Bratkartoffeln und Steaks. Das Fenster im Wohnzimmer hatten wir geöffnet, und Whiskey sprang unter größten Anstrengungen auf den Fenstersims, um runter auf die Straße zu glotzen. Bald schnurrte sie wieder, während sie noch immer nach draußen sah. Ich nahm mir gerade Soße und stritt mit meinem Bruder Jonas darüber, wer das letzte Stück Steak bekam, als es passierte: Whiskey richtete sich auf, streckte sich und hüpfte mit einer ungeahnt geschmeidigen Bewegung einfach aus dem Fenster des sechsten Stocks.

Dass sie auf einmal weg war, war so absurd, dass jeder anders reagierte. Mein Vater starrte mit offenem Mund ins Leere. Meine Mutter verschluckte sich am Fleisch und hustete. Ich selbst aß vor Schreck erst mal eine halbe Kartoffel. Und Jonas fing plötzlich an zu lachen. In seinem Schock kriegte er sich gar nicht mehr ein, er deutete auf das Fenster und hatte Tränen in den Augen. Und während wir ihn entsetzt ansahen, lag er vor Lachen inzwischen auf dem Boden, beschrieb mit seinen Fingern immer wieder einen Bogen, ahmte den Todesflug der Katze nach und rief die ganze Zeit wie von Sinnen: »Huiiii!«

Ich schloss die Wohnungstür. Als ich mein Zimmer betrat, sah ich, wie Gustav eine Waffe in der Hand hielt und damit Frank bedrohte.

»Ach, hast du sie ihm gezeigt?«, fragte ich nur.

Gustav nickte und warf die Pistole Frank zu, der sie neugierig untersuchte. »Wo hast du die denn her?«

»Die gehörte meinem Vormieter Tubluk. Hing an einem Nagel über der Tür in der Speisekammer. Ist zwar schon ein älteres Modell, aber sie geht noch.«

Gustav und ich waren damals ganz begeistert von diesem Fund gewesen. Er wollte mir die Waffe sogar schon mehrmals abkaufen, aber ich hatte all seine Angebote abgelehnt. Seit dieser Geschichte hatten wir beide oft überlegt, wer dieser Tubluk wirklich war, vielleicht ein Verbrecher oder ein Auftragskiller. Die Pistole hatte auf mich immer eine magische Anziehungskraft ausgeübt. Und haltet mich ruhig für verrückt, aber ich hatte vom ersten Moment an gewusst, dass ich mit ihr mal auf jemanden schießen würde.

Frank richtete die Waffe auf mich.

Ich grinste, bis mir einfiel, dass Haller vielleicht noch gar nicht von Borns Tod erfahren hatte. Ich wusste zwar, dass er bei Born in München Germanistik studiert und auch seine Doktorarbeit gemacht hatte, aber ich hatte keine Ahnung, wie gut die beiden wirklich befreundet waren. Durchaus möglich, dass es Haller noch niemand gesagt hatte. Ich meine, nehmen wir an, du stirbst: Die fünfzehn, zwanzig wichtigsten Menschen aus deinem Leben erfahren sofort davon. Aber der Rest? Der weiß erst mal gar nichts von deinem Schicksal. Dein alter Schulfreund, der jetzt in Kanada lebt? Fehlanzeige. Auf eine seltsame, falsche Art bleibst du dort noch lebendig, bis die Nachricht deines Ablebens auch die entlegensten Ecken der Welt erreicht hat.

Erst dann bist du richtig tot.

Als ich sein Büro betrat, erkannte ich jedoch sofort, dass Haller es schon erfahren hatte. Seltsam schlaff, wie zerschossene Flügel, hingen seine Arme herab, und seinem Gesicht fehlte jede Spur von Aggressivität.

»Jesper, ich nehme an, Sie sind wegen Born hier?« Er sah mich lange an. »Ich musste seiner Frau gestern Abend Ihre

Nummer geben, da Ihre Mutter glaubt, Sie hätten keinen eigenen Telefonanschluss. Aber sagen Sie mir jetzt bitte nicht, wieso, ich will es nicht wissen.«

Ich konnte kaum glauben, dass er mich zum ersten Mal beim Vornamen genannt hatte, gleichzeitig fühlte ich mich wieder schlecht, weil ich meine Mutter angelogen hatte. Eine ganze Weile schwiegen wir. Ich kippelte mit dem Stuhl, Haller blickte nur auf seinen Schreibtisch, auf dem ein paar Alben der Smiths lagen. Offenbar seine Trauermusik. In seinem Büro wurde es beklemmend ruhig, nur von draußen drang gedämpfter Straßenlärm zu uns.

»Wissen Sie, woran ich bei Anton oft denken musste? Unsere erste Begegnung. Damals hat er uns Studenten tatsächlich …«

Haller fing einfach an zu reden. So als ob er schon die ganze Zeit geredet hätte und man erst jetzt den Lautstärkeregler hochgefahren hätte. Ich war ihm dankbar dafür, saß gespannt da und lauschte, wie er in seinen Geschichten aufging und manchmal sogar lachte, wenn er Anekdoten aus Borns Leben erzählte. Wir wurden dadurch kurzzeitig zu Verbündeten, und mir dämmerte, dass Born auch für ihn so etwas wie ein Mentor gewesen sein musste.

»Was ist jetzt eigentlich mit Ihrem Manuskript?«, fragte Haller in diesem Moment, und ich schreckte hoch. Ohne meine Antwort abzuwarten, warf er mir einen undurchsichtigen Blick zu. »Wenn Sie wollen, bringen Sie es mir morgen mit, dann werde ich es lesen.«

»Wollen Sie das wirklich tun? Das ist … Danke.«

»Schon okay. Und jetzt hab ich zu tun. Wir sehen uns

morgen.« Mit der Bewegung eines Dirigenten schickte er mich aus seinem Büro.

An der Tür drehte ich mich noch mal um und sah, wie Haller mit der Kaffeetasse am Fenster stand und nach draußen sah. Er wirkte auf einmal einsam. Als sehnte er sich mit aller Macht nach etwas, von dem er selbst nicht wusste, was es war.

Die sprechenden Toten

Beim Betreten meiner Wohnung hatte ich entschieden, den Abend allein zu verbringen. Ich wollte was trinken gehen und nachdenken. Gustav und Frank verstanden sich ohnehin gut, die würden schon ohne mich zurechtkommen. Oder?

»Klar«, sagte Frank. Das Gesicht ungewöhnlich rot und erhitzt.

»Und wann kommst du wieder?«, fragte Gustav.

Eine Wunschvorstellung drängte sich an die Oberfläche meines Bewusstseins: Ich sah mich an einer Bar sitzen und mit dem Barkeeper, so einem coolen Bill-Murray-Typen, über mein Leben philosophieren und mich danach gleich viel besser fühlen. »In ein paar Stunden.«

Gustav nickte. Dann wurde seine Miene nachdenklich.

»Ach, übrigens: Vorhin, als du bei deinem Chef warst, waren zwei Typen da, die haben nach Tubluk gefragt. Sahen ziemlich finster aus. Sie haben gesagt, es sei wichtig und sie würden wiederkommen.«

»Was? Wieso hast du ihnen nicht gesagt, dass Tubluk hier nicht mehr wohnt?«

»Na ja, sie waren so schnell weg, dass ich es ihnen gar nicht mehr sagen konnte. Außerdem ist das ja deine Schuld. Du hast das Türschild noch immer nicht ausgewechselt.«

»Ja, ja …«, sagte ich nur und musterte ihn und Frank. »Macht ihr noch was Besonderes?«

Beide schüttelten den Kopf. Gustav sagte, er würde für sie ein Video ausleihen, kurz darauf verschwand er.

Ich hingegen stapfte die Treppen nach oben, wo mich Frau Vogt schon erwartete. Sie drückte mir ihr Haustier und mehrere Dosen Katzenfutter in die Hand. Zurück in der Wohnung versuchte ich Lienchen zu streicheln, aber die Katze fauchte sofort, und ich ließ sie fallen. Sie rannte davon und versteckte sich unter dem Bett, man sah nur noch zwei leuchtend gelbe Augen hervorblitzen.

Ich ging zu Frank, um mich zu verabschieden.

»Frank«, rief ich, doch er rührte sich nicht und stierte nur ins Leere.

Ich schnippte mit den Fingern. Er hob jetzt zwar den Kopf und sah mich an, sagte kurz »Bis später«, doch noch immer wirkte er abwesend.

Ich musterte ihn argwöhnisch. Frank, der seine Gehemmtheit wieder einmal offen auslebte, trug eine uniformartige graue Hose und einen bieder gestrickten Bill-Cosby-Pullover. Also nichts Ungewöhnliches. Doch die Art, wie er mit seinen Haaren spielte, an andere Dinge zu denken schien und mich kaum beachtete, irritierte mich.

Bevor ich die erste Kneipe betrat, nahm ich meinen Geldbeutel aus der Tasche und schaute nach, ob der Hunderter von Onkel Pauli noch drin war. War er, Gott sei Dank. Dennoch fühlte ich mich schlecht. Wieso? Warum hatte ich nur auf einmal so ein mieses Gefühl? Ich blieb stehen und sah auf einen alten Obdachlosen, der auf dem Pflaster saß, schlief und dabei trotzdem instinktiv seine Hand ausgestreckt hielt. Ich begann zu schwitzen, als mir der Gedanke kam, dass ich ja auch einmal sterben musste, wie Born, wie mein Vater, es gab keine Hoffnung, keine Macht, die das ändern könnte. Diese plötzliche Angst vor dem Tod kam so heftig, dass ich dagegen wehrlos war.

In dem Moment kam mir ein gehbehinderter Mann auf Krücken entgegen. Bei jedem Schritt hatte er spastische Zuckungen. Ich stellte mir vor, wie schwierig das Leben für ihn oft sein musste, wie viele Kämpfe und Frustmomente er schon durchgestanden hatte. Mir hingegen stand alles offen, aber ich nutzte es nicht. Der Mann mit den Krücken schien jedoch ganz gut zurechtzukommen. Sein Gesichtsausdruck wirkte sogar zufrieden. Ich sah ihm hinterher und hasste mich für meine Undankbarkeit. Ehrlich gesagt war es kaum noch zum Aushalten, wie sehr ich mich da hasste.

Dann bemerkte ich, wie zwei Jugendliche von vielleicht zwölf oder dreizehn Jahren über den Mann lachten. Und da rastete ich aus. Ich rannte zu ihnen hin.

»Hört auf, ihr Wichser!«

Rasend vor Wut schüttelte ich einen der beiden Jungen. Er konnte sich erst nach einiger Zeit befreien. Der andere war bereits weggerannt. »Bist du verrückt, du Arsch?«, fragte der Junge entgeistert, bevor auch er sich davonmachte.

»Verpisst euch!«, schrie ich und spuckte dabei. »Haut ab!« Ich schrie noch mal, dann musste ich verschnaufen und setzte mich auf die Wartebank einer Bushaltestelle. Das Erlebnis zitterte noch eine Weile in mir nach.

Ich brauchte Beruhigung und ging in die nächstbeste Kneipe. Als ich in das Gemisch aus Stimmen, Rauch und Alkohol eindrang, fühlte ich mich besser. Hinten an den Tischen saßen dunkle Silhouetten vor ihren Getränken, manche rauchten, ein paar lachten, einige unterhielten sich angeregt. Ich konnte ebenfalls eine gute Unterhaltung gebrauchen, setzte mich an den Tresen und bestellte ein Weizen. Bedient wurde ich aber leider nicht von Bill Murray. Der Barkeeper war, wie man so sagt, eben auch nur ein Mensch, also ein miesgelaunter, kleingeistiger Idiot. Er war vielleicht fünfzig und trug eine Kunstlederweste wie diese Biker aus den siebziger Jahren. Das war allerdings nichts Besonderes, denn viele der geschmacklosesten Kleidungsstile der letzten Jahrzehnte hatten in abgeschiedenen Teilen Berlins bis zum heutigen Tag überlebt. Ich fing einfach an, irgendeinen Mist vor mich hin zu brabbeln, der Barkeeper hörte zu.

»Na, nicht gut drauf?«, fragte er.

»Kann man so sagen.«

»Was'n los?«

»Hm, kennen Sie das Gefühl, wenn alles super läuft und alles sicher ist, und man ist glücklich verliebt in seine Freundin, und die Zukunft sieht rosig aus, und man weiß, was man will und wer man ist?«

»Wie meinst'n das?« Sein Mund stand offen.

»Na ja, sehen Sie, ich bin von diesem Gefühl im Moment so weit entfernt, wie das nur möglich ist.«

»Von welchem Gefühl?«

Er starrte mich ewig lang an. Vollkommen hohl.

»Ach vergessen Sie's.« Ich winkte ab. »Geben Sie mir noch ein Bier.«

»Ist gut«, sagte der Barkeeper nun wieder selbstsicher. Mit Bieren kannte er sich aus. »Bitte schön, frisch gezapft, *der Herr.*«

Den letzten Satz sagte er irgendwie provozierend, aber ich beschloss, nicht darauf einzugehen.

Ich hatte erst ein paar Schlucke getrunken, als die Tür aufging und zwei Typen in Anzügen reinkamen. Kaum hatten sie sich neben mich gesetzt, ging ein hektisches Geschnatter los. Einer der beiden, offenbar Filmproduzent, hatte am nächsten Tag ein Meeting und sprach davon, dass es das »wichtigste Gespräch aller Zeiten« wäre. Der andere redete ständig über seine Inneneinrichtung und sagte dabei so Sachen wie »Mein Architekt bringt mich um!«. Die machten mich total fertig. Eine schlimmere Unterhaltung habt ihr noch nicht erlebt, die hangelten sich von einem oberflächlichen Mist zum nächsten. Die *Talking Deads.*

Mittlerweile redeten sie wieder von diesem Meeting und wie furchtbar wichtig es sei, alles hinge davon ab.

»So ein Schwachsinn«, sagte ich. Sie bemerkten mich erst nicht. »So ein verdammter Schwachsinn«, wiederholte ich.

Jetzt hatten sie's endlich kapiert und drehten sich zu mir um.

»Was?«, fragte der Mann mit dem Meeting.

»Es interessiert niemanden.«

»Was?«, fragte er noch mal.

»Ihr Gespräch morgen. Das interessiert keine Sau, außer vielleicht Ihren Freund da. Ihr beschissenes kleines Meeting ist so ziemlich das Unwichtigste, was in den nächsten Millionen Jahren geschehen wird.«

Er starrte mich an. »Was fällt dir ein?«

»Aber machen Sie sich keinen Kopf«, sagte ich. »Das liegt nicht an Ihnen. Alles, was wir machen, ist sinnlos. In hundert Jahren wird niemand mehr wissen, dass es uns jemals gegeben hat. Ich meine, schauen Sie mich an. Ich hocke hier und unterhalte mich mit einem Schwachkopf von Barkeeper, sorry, und warum? Weil es sinnlos ist. Es ist egal. Genauso wie Ihr Gespräch morgen. Wenn der liebe Gott tatsächlich auf jeden von uns runterschaut, dann ist er vor Langeweile längst eingeschlafen. Also hören Sie mir auf mit wichtig. Das ist Bullshit. Wir sind doch nichts anderes als psychopathische Affen, die auf einer blauen Müllkugel durchs Weltall rasen. Wir sind verloren und dem Tod geweiht, und wir sollten lernen, das zu akzeptieren.« Ich nahm meinen Geldbeutel in die Hand. »Zahlen bitte.«

Ich war so unverschämt gewesen, dass sie mich tatsächlich davonkommen ließen.

Ich trabte zurück. Die geplante Kneipentour hatte ich abgebrochen, das brachte nichts. Außerdem hatten mein Alkoholproblem und der Abend bei meiner Tante Andrea ohnehin die Sterbeglocke für nächtliche Besäufnisse läuten lassen. Besser schnell nach Hause. Während ich auf meine U-Bahn wartete, kramte ich in der Manteltasche und fand einen letzten Kaugummi. Kurz erinnerte ich mich, wie ich Miri einen gegeben hatte, wie ich auf der Straße gesungen und sie danach zur Uni begleitet hatte. Inzwischen Jahre her. Endlich kam die Bahn, und erleichtert stieg ich ein. Ich wollte bloß noch nach Hause. Mich mit meinen Freunden unterhalten, Spaß haben, nicht nachdenken müssen.

Mit diesem Gedanken im Hinterkopf schloss ich dann auch die Wohnungstür auf und stellte mir dabei vor, wie sehr sich Frank und Gustav freuen würden, dass ich schon so früh zurück war. »Da bist du ja endlich« oder so. Ein Video ausleihen, ha! So ein Blödsinn. Ich würde sie aus ihrer trostlosen Existenz vor meinem Fernseher erlösen. Diese Vorstellung besänftigte mich fürs Erste. Ich fing sogar an, richtig rumzuspinnen, vor Vorfreude auf ihre begeisterten Gesichter.

Im Flur nahm ich meinen Geldbeutel. Ich wollte nachschauen, ob der Hunderter von Pauli wirklich noch da war, als ich mein Kopfkissen mutterseelenallein auf dem Boden liegen sah. Ich hob es auf.

»Bäh!«, rief ich entsetzt. »Das ist ja widerlich.« Das Kissen stank wirklich bestialisch.

»Warst du das?«, fragte ich die Katze, die mir schnurrend um die Beine lief und dann an meiner Zimmertür kratzte. Ich hatte noch immer das Kissen in der Hand. Seltsam, ich konnte zwar den furchtbaren Gestank riechen, aber ich sah nichts. Ich legte den Geldbeutel auf die Kommode im Gang und untersuchte den Fall genauer.

»Du kleines Mistvieh«, sagte ich zur Katze. »Du hast mir *in* den Kissenbezug geschissen.«

Die Katze – Schuldbewusstsein null Prozent – kratzte noch immer an meiner Zimmertür und miaute qualvoll.

»Aber wie hast du das nur gemacht?«, fragte ich, ehe ich das Kissen einfach in den Mülleimer in der Küche stopfte.

»Und was kratzt du denn eigentlich die ganze Zeit an meiner Tür? Was ist da?«

Aber als ich auf Lienchen zuging, erschrak die Katze. Sie

lief an mir vorbei und zur immer noch offenen Wohnungstür hinaus.

»Na, toll«, sagte ich, inzwischen so selbstverständlich vor mich hinredend, als würde ich gerade mit mir selbst telefonieren. »Das hat mir noch gefehlt, verdammt noch mal ... Hey, Gustav, Frank, ihr müsst mir kurz helf –«

Ich machte die Tür zu meinem Zimmer auf und dachte noch, dass jemand den Fernseher zu laut eingestellt hätte, denn es war sehr geräuschvoll. Ich knipste die Deckenlampe an und sagte: »Oh ... Scheiße.«

Gustav und Frank trieben es heftig miteinander. In meinem eigenen Zimmer gingen sie schamlos zur Sache, keuchend und stöhnend. Zum einen Frank, der wie ein erstaunter Zuschauer seines eigenen Beischlafs aussah, während er in die Welt des homosexuellen Geschlechtsverkehrs eingeführt wurde. Zum anderen Gustav, der routiniert ans Werk ging.

Einen Moment erhaschte ich dabei noch Franks Gesichtsausdruck. Und ich schwöre, ich werde nie mehr vergessen, wie er mich mit großen Augen ansah. Als wollte er mir signalisieren, dass er selbst zwar peinlich berührt wäre, aber nun mal nichts anderes tun konnte, als diese für uns alle irgendwie demütigende Situation durchzustehen. Er sah natürlich genauso ertappt aus wie *immer*, und endlich wurde mir klar, dass es so hatte kommen *müssen*. Es war, als ob er sich sein ganzes Leben lang nur auf diesen einen Augenblick und diesen Gesichtsausdruck vorbereitet hatte.

Dann hatte mich endlich auch Gustav bemerkt, und sie hörten auf.

Wie in einem Reflex machte ich vor Schreck das Licht aus

und wieder an, immer wieder. Große Teile meines Hirns waren offenbar auf einmal ausgefallen, vielleicht hoffte ich aber auch nur, dass sie dann wie durch einen Zaubertrick weg wären. Aber nein, sie standen weiterhin da, wo sie auch schon vorhin gestanden hatten. Noch immer schaltete ich, in völliger geistiger Umnachtung, wie in einer Kinderdisco das Licht ein und aus, ein und aus, ein und aus, die ganze Zeit. *Ein. Aus.*

»Verdammt, kannst du den Scheiß mal lassen?«, fragte Gustav und zog sich seine Boxershorts an.

»Ich dachte, du wolltest allein sein«, stammelte Frank gleichzeitig.

Ich stockte und machte das Licht gerade wieder an. Ausgerechnet mich, ja, *mich* hatte man angelogen. Ich vermochte kaum zu sprechen. Das war einfach zu viel. Ich konnte nicht einmal mehr nachdenken, widerstand nun aber dem Impuls, das Licht vor Entsetzen wieder auszuschalten. Dann rannte ich davon.

Draußen sah ich Lienchen die Straße entlangtapsen. Ich wollte sie fangen, aber sie war einfach zu flink. Katzen können echt schnell rennen, wenn sie Schiss haben. Ich lief ihr noch eine Weile hinterher, stieß dabei gegen einige Passanten, wurde langsamer, und schließlich gab ich auf.

»Komm zurück«, flehte ich ein letztes Mal. Doch die Katze blieb verschwunden. Sie hatte ihr Zuhause verloren und streunte ab jetzt herum. Genau wie ich.

Ich setzte mich auf die Treppen eines Hauseingangs. Die grellbunten Leuchtschriften der Geschäfte um mich herum ödeten mich an. Alles nur Schein, Schein, Schein, und ich war drauf reingefallen und saß jetzt hier fest. Dann sah ich die Gestalt auf der anderen Straßenseite. Ein hohlwangiger, bärtiger Mann, mit glatten, langen schwarzen Haaren. Er starrte mich an.

Tubluk, mein Vormieter!

Das letzte Mal hatte ich ihn bei der Schlüsselübergabe gesehen. Ich hatte damals schon geahnt, dass Tubluk irgendwelche krummen Dinger drehte, er hatte übernervös und ängstlich gewirkt, als wäre jemand hinter ihm her. Die Gewissheit, dass mit ihm etwas nicht stimmte, bekam ich dann, als ich seine Waffe fand. Manchmal, wenn mir beim Schreiben nichts eingefallen war, hatte ich die Tokarew in die Hand genommen, damit herumgezielt und mich dabei gefragt, was Tubluk jetzt wohl machte. Und nun stand er nur ein paar Meter entfernt und beobachtete mich.

Ich wollte ihm was zurufen oder zumindest winken. In diesem Moment ging er jedoch weiter und verschwand an der nächsten Kreuzung in der Menschenmenge.

Ich sah ihm nach. Natürlich hatte ich den armen Kerl längst in meinem Roman verbraten. Ich hatte meinem Werk einen düsteren Graham-Greene-Anstrich verpassen wollen und Tubluk deshalb ab Seite sechshundertfünfzig zu einem der besten Freunde des Leidensgenossen gemacht. Er war ein osteuropäischer Geheimagent, der von zwei Killern verfolgt wurde, einem Russen namens Juri und einem Ostdeutschen namens Kryger. Sie wollten Informationen aus ihm herausfoltern und ihn dann töten.

Und auch der echte Tubluk hatte irgendwie gehetzt gewirkt. Ich gähnte. Obwohl mir fast die Augen zufielen, schaute ich noch mal zu der Stelle, an der er gestanden hatte.

Und wieder fragte ich mich, was dieser Typ nur für ein verdammtes Geheimnis hatte. Das fragte ich mich wirklich.

Durch die Nacht

»Ist alles in Ordnung?«

Ich schreckte hoch und blickte in die Augen einer gut vierzigjährigen Frau, die vor mir kauerte und mich mitfühlend ansah.

»Wie?« Ich fuhr mir übers Gesicht. »Ich muss kurz eingenickt sein.«

»Mein Gott, du hast mich echt erschreckt!«, sagte sie. »Im ersten Moment dachte ich, du wärst tot, weil du so regungslos auf der Straße lagst. Dann hab ich gesehen, dass du atmest.«

Ich wusste nicht, was ich sagen sollte, also stand ich auf und bedankte mich bei ihr. Sie fragte, ob ich denn wisse, wo ich heute übernachten könne, und ob ich hungrig sei. Ich lachte und meinte, ich sei ja kein Obdachloser oder so. Dann ging ich schnell davon.

Ich setzte mich in die U-Bahn. Schon nach dem zweiten Halt stiegen ein paar Skins ein. Sie schrien rum, machten Witze, schüchterten die anderen Gäste ein und genossen es, wie sich die Leute vor Angst und Unbehagen in den Sitzen wanden. Einer dieser Idioten glotzte mich provozierend an und grinste. Ich hatte nicht übel Lust, ihm eine reinzuhauen und zu schauen, was passierte, ob sie mich danach abstechen oder einfach nur zusammenschlagen würden.

Bei der nächsten Station stieg ich aus und ging zu Fuß weiter. An einem Kiosk sah ich eine neue Schlagzeile:

Mann bei Rot über die Ampel gegangen – erstochen.

Was war nur los mit dieser Stadt? Ich kam an eine Ampel und schaute mich misstrauisch um, ob jemand mit dem Messer im Dunkeln lauerte. Aber selbst als ich niemanden entdeckte, wartete ich auf Grün.

Während ich durchs Viertel zog, dachte ich an die Frau von vorhin. Ihr besorgter Gesichtsausdruck störte mich, ich empfand es als Demütigung, dass sie mich offenbar für einen jugendlichen Penner oder Ausreißer gehalten hatte. Ich fragte mich, wie es überhaupt so weit hatte kommen können. Das Schreiben, die Einsamkeit, die Schlaftabletten, der Alkohol, das Kellerloch, Tubluk; das ist doch alles verrückt, was du da machst, dachte ich. *Du* bist verrückt.

Gedankenverloren trottete ich am Alexanderplatz vorbei, eine einzige Baustelle, wie die halbe Stadt. Die Lichter der Bars und Kneipen strahlten auf, ich sah die Umrisse von Menschen, hörte den Lärm der Autos und achtete doch auf nichts.

Plötzlich vernahm ich Schritte hinter mir.

Ich drehte mich um. Niemand zu sehen. Aber als ich weiterging, tappte es schon wieder hinter mir auf, ganz deutlich. War ich irgendwann bei Rot über die Ampel gegangen und sollte nun erstochen werden? Oder war es etwas anderes? Aus Angst fing ich an zu rennen. Ihr kriegt mich nicht, dachte ich immer nur. Erst allmählich beruhigte ich mich wieder.

Ich musste unter Leute. Ein paar Straßen weiter hatte sich vor einem Club eine Schlange gebildet. Ich stellte mich einfach mit an. Ich war schon mal mit Gustav in diesem Club gewesen, die hatten ihn absichtlich so gemacht, dass er wie ein abrissreifes Loft aussah. Wahnsinnig innovative Idee. Meistens schrammelten irgendwelche Indie-Bands rum, oder ein DJ legte elektronische Musik auf. Eigentlich wollte ich da gar nicht rein, die Leute in der Schlange waren größtenteils selbstverliebte Künstler und Schriftsteller, Szene-Idioten aus Mitte und Intellektuelle. Warum ich mich dann trotzdem mit ihnen anstellte? Weil ich mich irgendwie wacher fühlte, wenn ich von so vielen Arschlöchern umgeben war. Wacher und aggressiver. Ich hatte das Gefühl, das Leben sonst nicht mehr richtig zu spüren. Ich spürte irgendwie gar nichts mehr richtig.

Direkt vor mir standen auch ein paar ziemlich hübsche Frauen an. Erst war ich hingerissen, aber dann lachten sie hohl, und ich wandte mich ab. Nie fand man in dieser verlogenen Stadt irgendwas Wahres. Ich drehte mich nach den Leuten hinter mir um. Es waren zwei Typen in Jacketts. Die beiden redeten nur von ihrem Wirtschaftsstudium in Zürich, Partys oder berühmten Leuten, mit denen sie angeblich befreundet waren. Ich kannte solche Typen. Die waren von ihren Eltern auf irgendwelche sauteuren Elite-Internate abgeschoben worden und vegetierten jetzt in ihren Business-Schools dahin, koksten sich zu und waren immer gut gelaunt und scheißglücklich. Als wäre ihnen das Grinsen ins Gesicht gemeißelt worden.

Der eine von den beiden deutete auf einen Mann ganz vorne in der Schlange, mit wirren schwarzen Haaren, die in alle Richtungen abstanden. »Vielleicht sollte ich den mal fragen, zu welchem Friseur er geht, damit ich weiß, wo ich nicht hingehen soll.« Er lachte, sein Kumpel lachte auch. Die hatten wirklich einen herrlichen Humor.

Nach ungefähr fünfzig Stunden stand ich dann endlich selbst vor dem Türsteher. Der wollte meinen Ausweis sehen. Hab ich schon erwähnt, dass ich nicht besonders alt aussehe? Ich blickte ihn so erwachsen an, wie ich konnte. »Schau in meine Augen«, sagte ich zu ihm. »Sehe ich aus wie ein scheiß Minderjähriger? Ich bin verdammt noch mal uralt. Schau in meine Augen, dann siehst du, wie alt meine Seele ist.«

Der Türsteher fand das überhaupt nicht komisch. Er ließ mich nicht rein, selbst als ich ihm doch noch den Ausweis zeigte. Ich hörte, wie die beiden Typen hinter mir lachten. Auch die Frauen, die vor mir angestanden hatten, lachten beim Reingehen.

»Ach, ihr könnt mich alle mal!«, rief ich den Leuten zu. »Ich will sowieso nicht in euren scheiß Laden.«

Ein paar Minuten war ich sauer. Dann stellte ich mir vor, wie ich nach der Veröffentlichung von *Der Leidensgenosse* ein gefeierter junger Autor war und sie alle auf meine Lesung kamen; natürlich nicht ahnend, dass wir uns einst vor einem Club begegnet waren. Schließlich aber würden sie mich erkennen und nach der Veranstaltung beschämt zu mir kommen, um sich für ihr Lachen von damals zu entschuldigen. Der Türsteher, die Frauen und die beiden Typen hinter mir. Ich aber würde nur großherzig lächeln, denn ich wäre trotz des Erfolgs total normal und bescheiden geblieben. »Schon okay, das liegt nun wirklich lange zurück. Man glaubt es heute nicht, aber damals war ich selbst in einer komischen Phase …« Dann würde ich ihnen irgendetwas in ihre Exemplare schreiben, und sie würden glücklich davonziehen.

Ich streifte wieder durch die Stadt. Die Wolken hingen dräuend am Himmel. Kurz sah es so aus, als würde es endlich regnen, doch es fiel kein einziger Tropfen. Ich setzte mich in einen Bus nach Kreuzberg und kam mit ein paar bekifften Amerikanern ins Gespräch, die später noch ins ›Berghain‹ wollten. Sie fragten nach einer guten Kunstausstellung. Ich tat so, als wäre ich ein kunstbegeisterter Intellektueller, als hätte ich Ahnung. Jonglierte mit den paar Künstlernamen herum, die der alte Typ mit dem Schnauzer in der Bar neulich erwähnt hatte.

Ich muss ganz gut gewesen sein, denn einer der Amerikaner klopfte mir auf die Schulter und sagte in einem fort: »You're great, man!« Ungefähr tausendmal. Die anderen ließen mich an ihrem Joint ziehen und schwärmten mir vom Guggenheim-Museum in New York vor. Sie fragten mich, ob ich schon mal dort gewesen sei. Ich sagte »Klar« und redete irgendeinen Mist, ich war noch nie in New York gewesen, aber die Amerikaner fielen trotzdem darauf rein.

Am Kottbusser Tor stieg ich aus. Ich ging ein paar Schritte in eine Seitenstraße rein, als ich über etwas stolperte und stürzte. Ich fiel voll aufs Gesicht. Meine Nase schmerzte, ich fuhr mit der Zunge über die Lippe und schmeckte Blut.

Als ich mich aufrichten wollte, erkannte ich, dass ich nicht gestolpert war, sondern dass mir jemand ein Bein gestellt hatte. Ich war von einer Gruppe türkischer Jugendlicher umringt. Der eine schubste mich, er wollte meinen Geldbeutel. Als ich ihn nicht sofort rausrückte, schlug er mir ins Gesicht und nahm ihn sich einfach. Zufrieden zählte er die Scheine.

»Du bist im Nintendo-Club?«, fragte er, als er die Mitgliedskarte fand. Er und seine Kumpels lachten. Dann gab es noch ein paar Tritte und Schläge, aber als ich anfing zu schreien, ließen sie mich in Ruhe.

Ich wartete, bis sie weg waren, ehe ich aufstand. Ich betastete meine Nase und fragte mich, ob sie gebrochen war. Dann setzte ich mir wieder die Dublin-Mütze auf, die mir vom Kopf gefallen war, und schaute, ob ich irgendwo noch Geld hatte. Tatsächlich, einen Fünfer in meiner Hosentasche hatten sie nicht gefunden. Ich ging damit zum nächsten Spätkauf und holte mir eine Schachtel Zigaretten. Ich hatte noch nie geraucht, aber wann sollte ich anfangen, wenn nicht jetzt? Tolle Filmszene: Der Loser ist am Boden und raucht endlich 'ne Kippe. Ich verließ den Laden und zündete die erste Zigarette an. Ich musste ständig husten und schaffte es nur bis zur Hälfte. Den Rest schmiss ich weg.

Ich ging ewig lang zu Fuß nach Mitte zurück, bis ein Typ im Rollstuhl zu mir hergefahren kam. Er fragte mich, ob ich nicht ein paar Cents für Kippen hätte. Das war schlechtes Timing, vor ein paar Minuten hätte er noch meine ganze Schachtel haben können.

»Kleingeld hab ich genug«, sagte ich und schüttelte die Manteltasche mit dem Wechselgeld der Zigaretten.

Ich wollte ihm ein wenig davon in die Hand drücken, aber dann erkannte ich, dass er gar keine Hände mehr hatte, nur noch zwei Finger. »Hier, ich geb Ihnen alles«, sagte ich leise und legte ihm das Geld in den Schoß. Der Kerl tat mir echt leid, der hätte sogar mein ganzes Geld haben können, wenn ich es denn noch gehabt hätte, wirklich.

»Ey Mann, das ist ja richtig viel«, meinte er noch, aber da war ich schon längst weitergegangen.

Ich kam an eine Fußgängerampel. Es war menschenleer, trotzdem wartete ich sicherheitshalber wieder auf Grün. Dann rannte ich über die Kreuzung.

»Hey, Kleiner, willst du ein bisschen Spaß?«

Eine blonde, grellgeschminkte junge Frau trat an mich heran.

»Was?« Erst begriff ich nicht, dann sah ich, dass ich mich auf der Oranienburgerstraße befand. »Nein, danke, ich will nicht, sorry.«

Nun mischte sich auch noch eine brünette Kollegin ein. »Na klar, du willst nicht, deshalb läufst du hier auch mitten in der Nacht rein zufällig über diese Straße. Komm, es ist schon spät, wir machen dir auch einen Sonderpreis.«

»Lasst mich einfach in Ruhe, okay?«, sagte ich. »Ich hab auch echt kein Geld mehr.«

Inzwischen war ich beinahe von ihnen umzingelt. Wäre es mir bessergegangen, hätte ich diese leicht aufdringliche Form der Dienstleistung vielleicht lustig gefunden, doch nun wollte ich nur noch weg.

»Jetzt stell dich mal nicht so an, Kleiner.«

»Verdammt, ihr versteht wohl nicht, wenn man *nein* sagt, oder? Ich hab keinen Bock, und außerdem bin ich ausgeraubt worden. Ich will einfach nur nach Hause.«

Die Brünette lachte ihrer Kollegin zu. »Weißt du was? Ich wette, der hat's noch gar nie getan.«

»Natürlich hab ich's schon getan. Falls es euch interessiert, sehr oft sogar, allein während der Schule, mit meiner Freundin Isabel … Aber mir egal, was ihr denkt, und jetzt würde ich gern weitergehen. Also verzieht euch, danke.«

Die blonde Frau grinste fies.

»Jedes Wort gelogen. Gib doch einfach zu, dass du scharf auf 'ne Nummer bist.«

»Nein, bin ich nicht. Und wenn ich jetzt wählen müsste, würde ich mich eher umbringen, als euch zu ficken.«

»Was hast du da gesagt, du kleiner Wichser?«

»Du spinnst wohl«, sagte die andere. »Los, verpiss dich.«

»Was? Wieso ich? Verpisst ihr euch doch!«

In diesem Moment schubste sie mich heftig weg. Ich stolperte peinlicherweise ein Stück nach hinten und fiel wie eine Cartoonfigur über den Bordstein hin. Als ich wieder aufstand, wollte sie mich noch mal wegschubsen, doch diesmal wehrte ich mich. Ihre Kollegin zog mich dafür von hinten an den Haaren. Es entstand eine lächerliche Rauferei dreier untalentierter Kämpfer.

Während ich noch mit den Frauen stritt, nahm ich eine Veränderung in der Umgebung wahr. Zwei Schatten lösten sich von einer Hauswand. Sie flüsterten miteinander und zeigten auf mich.

»Dürfen wir stören?«, fragte einer von ihnen die blonde

Prostituierte, deren Gesichtsausdruck nicht den Eindruck erweckte, dass er stören durfte. Sie machte trotzdem Platz.

Zu sehen war nun ein großer, dicker Mann mit strähnigen braunen Haaren und einer Narbe an der rechten Wange. Ich wusste nicht, woher, aber ich war mir sicher, dass ich ihn kannte. Er kam mir sofort vertraut vor.

»Hey, du!«, sagte er mit einem leicht ostdeutschen Akzent. »Wir müssen mal reden. Wir sind auf der Suche nach einer linken Ratte namens Tubluk, und wir haben Grund zu der Annahme, dass du das bist!«

Ich schaute, was sein Komplize machte, aber der blieb weiter im Dunkeln. Dann erst begriff ich, was er gesagt hatte und wer die beiden waren. Mich schauderte. Vor mir standen Juri und Kryger, meine zwei Romanfiguren aus *Der Leidensgenosse*!

Sie sahen zwar etwas anders aus, als ich sie beim Schreiben im Kopf gehabt hatte, aber sie waren es. Eindeutig. Sie waren gekommen, um Tubluk zu entführen und zu töten, und aus irgendeinem Grund schienen sie mich mit ihm zu verwechseln. Es ist wieder nur ein Tagtraum, dachte ich sofort, aber dann erinnerte ich mich, wie Gustav von zwei Männern gesprochen hatte, die nach Tubluk gefragt hatten. Wie passte das alles zusammen?

»Redet ihr von Tubluk, dem Geheimagenten?«, fragte ich.

Der dicke Deutsche sah verwirrt zu seinem Freund. »Hast du 'ne Ahnung, was der für eine Scheiße labert?«

Der Russe zuckte nur mit den Schultern, blieb aber noch immer stumm. Er stand in sicherer Entfernung und beobachtete mich.

»Ich nehme an, das ist Juri«, sagte ich und deutete auf ihn.

Dieser Satz veränderte alles. Der Dicke wurde sofort misstrauisch. Die Narbe, die ich ihm damals ins Gesicht geschrieben hatte, schimmerte im Laternenlicht. »Woher kennst du seinen Namen?« Er trat einen Schritt auf mich zu. »Ich frage dich noch mal: Bist du Tubluk, oder weißt du, wo er ist? Und wenn du nicht Tubluk bist: Woher kennst du Juri? Ich würde jetzt besser mal antworten!«

Aus heiterem Himmel bekam ich Angst. Die Situation überforderte mich, mein Puls raste, alles verschwamm. Ich muss weg hier, dachte ich nur noch, an diesen Gedanken klammerte ich mich. *Weg hier!*

Eine Sekunde zögerte ich noch, dann rannte ich los. Ich presste die Zähne zusammen und lief, so schnell ich konnte.

»Wegrennen bringt nichts. Wir wissen sowieso, wo du wohnst«, rief mir der eine noch nach, doch ich drehte mich nicht um.

Nach einiger Zeit blieb ich stehen. Hustend und mit Seitenstechen, so viel Anstrengung war ich wirklich nicht gewohnt. Ich lauschte, doch es blieb still. Dennoch rannte ich weiter und fragte mich, wo das Ganze eigentlich enden sollte. Ich musste etwas tun. Also traf ich Miri und schlief mit ihr.

Am Boden des Brunnens

Auf der Flucht vor meinen Romanfiguren hastete ich durch Straßen und Gassen, bis ich nicht mehr konnte. Ich lehnte mich erschöpft an eine Hauswand, starrte in den Himmel und keuchte.

»Was ist denn mit dir los?«, fragte jemand.

»Ach, nichts.« Meine Nase lief.

»Wovor bist du davongelaufen? Hast du ein Gesangskonzert gegeben und wurdest von wütenden Fans verfolgt? ... Du hast da übrigens Dreck.«

Zuerst verstand ich überhaupt nichts.

Dann erkannte ich in der Dunkelheit Miri. Da stand sie höchstpersönlich vor mir und wischte mir mit einigen beherzten Bewegungen Schmutz vom Mantelrücken!

Ich weiß, was ihr jetzt denkt, schon klar. Ihr denkt, es ist doch völlig *unwahrscheinlich,* dass ich ihr schon wieder über den Weg gelaufen bin. Aber ich kann euch beruhigen, es war eigentlich ganz einfach: Ich war dabei, mich zu verlieben, und da war alles möglich!

Doch ich vergesse Miri, die mir noch immer über den Mantel wischt, und deshalb bitte ich euch, jetzt einfach weiterzulesen und keine Fragen mehr zu stellen.

»Du blutest ja«, sagte sie. »Komm, meine Wohnung ist gleich in der Nähe, dort hab ich Verbandszeug.«

Ihre Wohnung! Nun war ich also ganz offiziell im Märchenland angekommen. Ich wollte es noch immer nicht glauben, doch wie immer, wenn man etwas Schönes träumt, geht man einfach weiter und hofft, dass man nicht aufwacht.

Sie wohnte über einer Videothek, erster Stock. Das helle Licht in ihrem Flur blendete mich.

»Hier, setz dich erst mal«, sagte Miri und platzierte mich wie eine Handpuppe auf einen Stuhl. Als sie zurückkam, tupfte sie das Blut an meiner Nase weg. Dann säuberte sie die Schürfwunden an der Lippe und am Auge. »Wo treibst du dich denn rum, dass man dich so zurichtet?«

Ich antwortete nichts und beobachtete ihre Hände. Die Nägel waren manikürt, am mittleren Finger ihrer linken Hand trug sie einen Ring. Mein Blick wanderte durch ihre Wohnung. An einer Wand hing das gerahmte Filmplakat von *À bout de souffle,* daneben ein Schwarzweißposter von irgendeinem halbnackten Schauspieler oder Muskelprotz. Das Bad war ein Tempel voller Fläschchen, Parfums und anderem Kram. Miri war unordentlich, eine Anhängerin der Häufchenstrategie, überall lagen Berge von Klamotten, Platten, Büchern und alten Sneakers. Auch ihre Küche war unaufgeräumt und sogar richtig verdreckt. Ich fühlte mich sofort wohl.

»Schon komisch, dass wir uns jetzt schon wieder über den Weg gelaufen sind«, sagte sie. »So was ist mir ehrlich gesagt noch nie passiert.«

Ich suchte nach einer gewitzten Antwort. »Ja, ja, die Welt ist klein«, sagte ich ziemlich geistreich, ehe ich zusammenfuhr, weil meine Schürfwunde brannte.

»Stillhalten«, ermahnte sie mich.

Eine halbe Stunde später saßen wir auf zwei Stühlen auf ihrem Balkon und redeten über Lieblingsbands und das Guggenheim-Museum in New York. Ich sagte, es sei wirklich phantastisch dort und sie müsse es sich unbedingt mal ansehen. Die jetzige Ausstellung sei der Wahnsinn.

Miris blonde Haare fielen ihr auf die Schultern. Sie trug Jeans und ein weißes Top und rauchte eine nach der anderen. Irgendwann nahm sie einen tiefen Zug, zog die Mundwinkel nach unten und ließ mit tiefer Stimme ein paar Sprüche im Stil von Brando los. Das konnte sie echt gut. »Hey, Mister, Sie stellen mir wohl die ganze Zeit nach« und so. »Hey, Mister, passen Sie bloß auf!«

Ich musste lachen. Je länger ich mich mit ihr unterhielt, desto mehr taute ich auf.

Wir sprachen über nervige Studenten in ihrem Kurs, dann ganz allgemein über Leute, die wir nicht leiden konnten. Das waren bei mir eine ganze Menge, wie ich feststellte. Mir fiel an fast jedem Menschen etwas auf, was mich wahnsinnig machte, zum Beispiel wenn Leute einem etwas liehen und dabei mit einem debilen Gesichtsausdruck anmahnten: »Wiedersehen macht Freude.«

Sie nickte. »Oder Leute, die dauernd englische Begriffe wie *awesome* verwenden und ihre Freundin *Baby* nennen oder so.«

»Stimmt, das ist fies«, sagte ich. »Wobei, noch mehr hasse ich Typen, die irgendwo in einem Business oder reich und begehrt sind und genervt schauen und nicht wissen, was sie haben. Und dann sagen sie zu dir, mit 'ner Kippe in der Hand: Werd bloß nicht Fußballstar, ich sag's dir, das ist vielleicht Scheiße! Oder wenn das Gespräch um eine superhübsche Frau geht, mit der sie tausendmal geschlafen haben: Glaub mir, sei froh, dass du die nicht gekriegt hast, die ist unglaublich nervig!«

»Ja, die kenne ich.«

»Das sind die Schlimmsten!«, sagte ich. »Ach, ich wünschte, ich wär einer von ihnen.«

Miri lächelte. Ich liebte dieses Lächeln. »Verlieb dich nicht in die erste Frau, die du brauchst«, hatte Gustav gesagt. So ein Schwachsinn, dachte ich.

»Was machen eigentlich deine Eltern?«, fragte sie.

»Willst du das wirklich wissen?«

»Ja, sicher.«

»Also gut. Mein Vater ist tot, und meine Mutter ist Erzieherin.«

Sie musste lachen. »Und jetzt im Ernst.«

»Das ist mein Ernst.«

»O mein Gott ... ich wollte nicht ... ich dachte, du machst nur einen Witz.«

»Kein Problem. Echt nicht. Du brauchst kein Mitleid zu haben, mein Vater und ich waren uns eh nicht besonders nah. Es ist nicht so, dass ich abends zu Hause hocke und mir alte Fotos von ihm ansehe.«

»Wie ist er gestorben?«

Ich sah sie unendlich lange an. Dann blickte ich weg. »Herzinfarkt.«

Eigentlich sprach ich nicht gerne über so Zeugs, Familie und so. Es gibt ja Leute, die erzählen dir nach fünf Minuten ihre ganze Familiengeschichte, Kindheit, Stammbaum, alles, aber das war nicht meine Art. Ehrlich. Ich habe den Leuten zum Beispiel auch nie erzählt, wie ich mich nach dem Tod meines Vaters gefühlt habe. Es hat allerdings auch niemand ernsthaft danach gefragt.

Ich wechselte das Thema und fragte Miri, wie lange sie schon in Berlin sei. Sie sagte, erst seit ein paar Monaten und dass sie sich schwertäte, hier neue Leute kennenzulernen.

»Ich fühle mich schon manchmal einsam«, sagte sie, und in diesem Moment war sie mir wahnsinnig nahe.

»Hast du keinen Freund?«, hakte ich nach.

Sie schüttelte den Kopf, dann deutete sie auf den Ring an ihrem Finger. »Der ist noch von ihm. Wir sind aber nicht mehr zusammen, er …« Sie brach ab und sah weg.

»Alles okay?«, fragte ich.

»Ja, ja … Er war nur ein Lügner.«

Ich zuckte kurz. Lügner war eigentlich mein Stichwort. Wieder betrachtete ich ihren Ring. Irgendwie kein gutes Zeichen, dass sie ihn noch immer trug.

»Und du?«, fragte sie mich. »Wie ist das mit dir und der Liebe?«

»Mit mir? Hm, schwierig …« Ich dachte an mein ewiges Scheitern bei den Mädchen während der Schulzeit, als ich stets zielsicher das tote Gleis der Freundschaft angesteuert hatte. »Simpel gesagt: Ich liebe Frauen, aber Frauen lieben mich nicht.«

»Ach komm … So schlimm?«

»Ist die unzensierte Wahrheit.«

»Was war vorhin eigentlich los? Wieso bist du allein durch die Stadt gerannt?«

»Na ja, wie soll ich das sagen … Ich bin gerade auch ein bisschen einsam, wenn du's genau wissen willst. Okay, nicht diese Woche, meine Freunde sind da, aber die haben genug mit sich selbst zu tun.« Ich lachte gequält. »Aber auch wenn sie da sind … Keine Ahnung, in meiner Wohnung ist einfach eine nicht mit Menschen zu füllende Leere … verstehst du? Wenn du mich vor ein paar Jahren nach meiner Zukunft gefragt hättest, da wär ich mir total sicher gewesen, dass ich irgendwas ganz Tolles mache, aber jetzt, wo's so weit ist, fällt mir nichts mehr ein. Ich will keine Entscheidungen mehr treffen, ich hab das so satt.«

»Ich finde, du denkst da viel zu viel nach. Wir sind jung, das kommt doch alles noch.«

»Ja, schon, aber die meisten schlagen sich doch nur so durch ihr Leben, und dann sind sie tot, und irgendwann wird's so sein, als ob es sie nie gegeben hätte … Ich weiß auch nicht, manchmal kommt mir das alles hier irgendwie so sinnlos vor.«

Sie sah mich an, ohne zu antworten.

Ich fühlte, dass ich gerade einen gefährlich falschen Weg eingeschlagen hatte, zumindest flirttechnisch, und lenkte schnell ein. »Aber nicht dass du jetzt denkst, ich wäre depressiv oder so«, sagte ich. »Ich weiß ja selbst, dass ich zu viel nachdenke, aber innerlich geht es mir gut, wirklich. Ich hab halt einen traurigen Verstand und 'ne lächelnde Seele.«

»Ein trauriger Verstand und eine lächelnde Seele«, wiederholte sie, und ich fühlte mich wie ein Brunnen, aus dessen Tiefe sie gerade etwas hervorgeholt hatte.

Dann sah sie mich an. »Hast du das vorhin eigentlich ernst gemeint?«

»Was ernst gemeint?«

»Dass du und dein Vater euch nicht nahe wart?«

Ich zeigte ihr die Dublin-Mütze. »Hier.«

»Was ist damit?«

»Hat meinem Vater gehört. Als er so alt war wie ich jetzt, ist er mal für ein Jahr nach Irland gegangen. Er hat sie in einem Hutgeschäft in Dublin gekauft. Weißt du, es stimmt schon, ich hatte ein schwieriges Verhältnis zu ihm. Wir waren einfach zu verschieden. Doch wenn mein Vater von seinem Jahr in Irland sprach, dann war er anders. Er hat nur mir davon erzählt, ich hab ihn vor meinem Bruder oder meiner Mutter nie darüber reden hören.« Ich nahm die Mütze wieder an mich. »Das mit Irland, das war so, als ob es nur uns beiden gehörte. Wir haben früher oft davon gesprochen, dass wir mal zusammen hinfahren.«

Miri nickte, dann stand sie auf. »Ich hab Hunger.«

Mein Magen knurrte, es ließ sich nicht überhören.

Sie sah mich an. »Keine Ahnung, wie ich ausgerechnet jetzt drauf komme, aber ... willst du vielleicht auch was?«

»Das wäre ziemlich *awesome*, *Baby*.« Ich grinste.

»Hey, dir geht's wohl zu gut.« Sie gab mir einen Klaps auf die Schulter. Ich musste lange überlegen, wann eine Frau so etwas das letzte Mal bei mir gemacht hatte. Na ja, noch nie ... Im Gegenteil, ich hatte immer nur neidvoll gestaunt, wenn ich so eine Szene beobachtet hatte.

Während ich wartete, sah ich nach draußen. Man hatte von ihrem Balkon aus nur eine bescheidene Aussicht auf den kleinen Innenhof, ein graues Kiesquadrat, in das sich ein paar Bäume verirrt hatten. Der Himmel war bewölkt, aber geregnet hatte es immer noch nicht.

Miri kam aus der Küche zurück. Sie trug ein Tablett mit

zwei Bechern Eistee und einem Teller mit einem Stück Marmorkuchen. Wie ein Model für Damenmode schritt sie auf mich zu.

»Tut mir leid, war nichts anderes da.«

»Danke, schon okay.«

Ich schaute sie lange an. Das war seltsam. Ich konnte nämlich nicht aufhören, sie anzusehen. Für so eine Belanglosigkeit wie »Danke« war es üblich, nur kurz hinzusehen und eventuell freundlich zu nicken. Doch obwohl ich das wusste, konnte ich nicht anders, als ihr die ganze Zeit in die Augen zu starren, auch dann noch, als ich den Teller mit dem Kuchen schon längst in der Hand hielt. Und ab diesem Moment, das merkte ich, hatte sich etwas zwischen uns geändert.

»Äh, wo wir vorhin über mein Philosophiestudium gesprochen haben: Ich les gerade Rimbaud«, sagte sie schnell. »Hast du mal was von ihm gelesen?«

»Ein paar Sachen, *Je est un autre* und so.«

»Ja, genau ... Und, wie findest du den?«

»Kommt darauf an.«

»Worauf kommt es an?«, fragte sie.

»Na, ob du Rimbaud magst oder nicht.«

»Ha, ha. Sagst du eigentlich auch mal was Ernstes?«

»Ich sage die ganze Zeit nur ernste Sachen. Ich bin nämlich der ernsteste Mensch der Welt.«

»Ja, wer's glaubt.« Sie warf mir einen strafenden, gutgelaunten Blick zu. »Aber sag mal, was macht jemand wie du eigentlich beruflich? Studieren tust du ja offensichtlich auch nicht, und dann tauchst du hier nachts auf, blutend, als ob du verfolgt worden wärst. Also, was machst du?«

»Na ja, ich arbeite für den Teufel und rekrutiere arme Menschen.«

»Ach komm, sei einmal ehrlich.«

»Ich bin ehrlich. Das ist mein Job, ich hab ihm meine Seele verkauft. Noch für mindestens drei Jahre.«

»Jesper, hör auf. Was bist du?«

Ich sagte ihr, dass ich schreiben würde. Das schien sie zu interessieren, das sah ich. Sie fragte, ob ich denn schon etwas veröffentlicht hätte. Ich sagte, ich stünde »in Verhandlungen mit verschiedenen Verlagen«. Im Prinzip war das gar nicht so sehr gelogen. Ich hatte mein Exposé ja tatsächlich an diverse Verlage geschickt, die nur mit meinen zu hohen Forderungen – unter anderem, von ihnen veröffentlicht zu werden – nicht einverstanden gewesen waren.

Miri stellte mir viele Fragen übers Schreiben. Ich schmückte überall ein wenig aus und stilisierte mich zu einer Art junger Dostojewski oder Fante. Der Rebell. Ich hatte das ganz gut drauf, man konnte direkt den Eindruck bekommen, ich wäre da an was ganz Großem dran. Mein Gott, dachte ich, als Miri mich mit leuchtenden Augen ansah, wärst du doch nur halb so gut wie in deinen Lügengeschichten. Das war natürlich alles am Rande der Legalität, das wusste ich, aber auf der anderen Seite waren im Krieg und in der Liebe alle Mittel erlaubt, das hatte ich zumindest mal gelesen.

Sie wollte gerade noch mal Kaffee machen, als sie meine Füße betrachtete. »Dein Ernst?«, fragte sie plötzlich. *»Hellblau?«*

Ach, verdammt, das hatte ich total vergessen, dass ich ja schon den ganzen Tag mit diesen scheußlichen hellblauen

Socken rumlief. Ich zuckte nur mit den Schultern. »Wieso, findest du die nicht schön? Trägt man jetzt so.«

Sie musste lachen. »Du bist schon ziemlich eigenartig. Aber das mit den Socken find ich fast wieder gut.«

Ich biss mir auf die Lippe, dachte nach, sah sie an. Zitterte innerlich vor Angst und Spannung, fragte sie aber trotzdem.

»Und mich, mich findest du auch gut, oder?«

Damit hatte sie nicht gerechnet. »Was … Wie kommst du jetzt darauf?«

»Nein, wirklich …«, sagte ich, während ich mit meiner Mütze rumspielte. »Du könntest es ruhig zugeben, wenn du mich magst, ich sag's auch keinem.« Ich setzte die Mütze wieder auf und blickte sie auf eine unverschämte, aber hoffentlich halbwegs charmante und selbstbewusste Weise an. Nichts davon gehörte mir, ich borgte es mir nur für diesen Moment.

Sie versuchte noch immer empört auszusehen, aber ein kleines Lächeln huschte über ihr Gesicht. »Ich weiß nicht.« Irgendwie war sie jetzt anders drauf, denn sie kam näher. »Ein ganz kleines bisschen vielleicht.«

Unsere Gesichter berührten sich fast.

»Das trifft sich gut«, sagte ich. »Ein ganz kleines bisschen mag ich dich nämlich auch. Vielleicht.«

»Da hab ich ja ein wahnsinniges Glück.«

Sie musterte mich noch immer, so verrückt nah. Ich hielt ihrem Blick stand, die ganze Zeit. Mehrere Sekunden lang blickten wir uns wortlos, aber gespannt in die Augen. Jetzt muss was kommen, dachte ich.

Sie griff nach meiner Hand. »Du hast seltsame Hände.«

Sie strich behutsam über meine kalten Finger. Der kleine Finger der linken Hand war etwas krumm, und ich hoffte, dass sie es nicht bemerkte. »Wie die Hände eines toten Pianisten.«

Ich wollte darauf antworten, aber ich konnte nicht. Wir betrachteten meine Hände. Ich dachte daran, dass hier zwei einsame Menschen saßen, um drei Uhr nachts, und ich spürte, dass sie eine Reaktion von mir erwartete. Ich wollte mich zu ihr rüberbeugen, diese winzige Entfernung zwischen uns überwinden. Doch ich schaffte es einfach nicht. Immer wieder sah ich sie kurz an, dann wieder weg.

Sie musste meine Furcht entdeckt haben.

»Komm her«, sagte sie leise.

Ich merkte, wie mir schwindlig wurde. Mein ganzes Leben lang hatte ich mir diesen Moment vorgestellt. Ich beugte mich zu ihr rüber. Ihr Haar fiel mir ins Gesicht und kitzelte meine Stirn. Sie nahm mir die Schiebermütze vom Kopf und schmiss sie durchs Zimmer. Ich blickte ihr nach, wie sie durch den Raum segelte, als ich Miris Atem auf meinem Gesicht fühlte. Sie roch gut. Nach Parfum, ein bisschen Rauch und frischer Wäsche. Sie kam noch näher, ich fuhr über ihre Wange. Wir küssten uns erst vorsichtig, zart, dann intensiver. Mein Herz klopfte so schnell, dass ich Angst hatte, sie würde es hören, Erregung sauste durch meinen Körper, die ganze Aufregung war zu viel, das war echt alles zu viel.

Dann fing sie an, mein Gesicht zu küssen, mein Kinn … und dann meine Wunden. Ganz wie in einem scheiß melodramatischen Kriegsfilm, dachte ich, und musste plötzlich lachen.

»Was ist?«, fragte sie, doch ich konnte einfach nicht aufhören zu lachen und steckte sie an. »Was ist, jetzt sag schon!«, sagte sie immer wieder, aber keine Chance, sie lachte schon selbst viel zu sehr.

Und jedes Mal, wenn sich einer von uns gefangen hatte, prustete der andere wieder los. Ich brauchte nur in Miris Gesicht zu sehen, die mit erwartungsvollen Augen auf einen erneuten Vorstoß von mir wartete, oder mich mit ernstem Blick zu ihr rüberzubeugen, schon fing ich wieder an zu lachen und kurze Zeit später auch sie. Ich hatte Tränen in den Augen.

Irgendwann hatten wir uns endlich leergelacht. Wir lächelten uns noch eine Weile an, bis uns auch noch das Lächeln ausgegangen war. Danach blieb uns gar nichts anderes mehr übrig, als uns wieder zu küssen. Miri setzte sich auf meinen Schoß. Noch immer klopfte mein Herz so schnell, es machte mich fast verrückt. Sie half mir aus meinem Shirt und zog ihr Top aus, ich fuhr mit den Händen über ihren nackten Rücken.

»Du zitterst«, flüsterte sie, es klang jedoch liebevoll.

Sie sah mich lange an, dann strich sie mir durch die Haare, und wieder spürte ich ihre Lippen auf meinem Mund. Im selben Moment gelang es mir endlich, ihren BH zu öffnen.

Wir küssten uns nun inniger und heftiger, und dann warfen wir uns heldenhaft gegen die Einsamkeit und schliefen miteinander, die hässlichen hellblauen Socken behielt ich dabei an.

Draußen hellte es langsam auf. Miri lag neben mir im Bett und erzählte von ihren Eltern, die auf einem kleinen Hof in Niedersachsen lebten, und dass sie ein schwieriges Verhältnis zu ihnen hatte. Ihr Vater trank offenbar zu viel. Sie seufzte, als sie davon sprach, und auf einmal hatte ich nur noch den Wunsch, mich um sie zu kümmern und sie zu beschützen.

Inzwischen sprach Miri vor Müdigkeit ganz leise. Ich hingegen war hellwach. Es war das erste Mal, dass ich bei einer Frau übernachtete, ich sog jeden einzelnen Moment auf. Hoffentlich merkt sie nicht, wie aufgeregt ich bin, dachte ich, während meine Finger über ihren Oberarm strichen.

»Früher, wenn es mit meinen Eltern besonders schlimm war, wollte ich ganz weit weg.« Miri blickte mich an. »Am liebsten nach Ecuador.«

»Das kenne ich. Manchmal denke ich, dass ich meine Sachen hierlasse und einfach nach Irland fahre und nie mehr wiederkomme.« Ich sah ihr in die Augen. »Ich hab auf einem alten Sparbuch zu Hause noch achthundert Euro, die könnte ich abheben und sofort nach Dublin fahren.«

»Es ist bestimmt schön da. Ich wollte auch schon immer mal nach Irland.«

»Komm doch mit. Wir fahren morgen los, wenn du willst. Ich muss nur noch mal kurz nach Hause, meinen Koffer holen. Gepackt ist er schon.«

»Okay, bin dabei«, sagte sie albern.

Und ich nickte und sagte schließlich ganz leise: »Ich bin echt froh, dass wir uns getroffen haben«, und sie sagte ebenfalls ganz leise: »Ich auch«, und dann ein letzter Kuss, und kurz darauf fielen ihr die Augen zu.

Als sie eingeschlafen war, stand ich auf und ging ans Fenster. Während ich nach draußen sah, ließ ich noch mal die vergangenen Ereignisse vor meinem geistigen Auge antanzen. Ich war hin- und hergerissen zwischen Borns Tod und dem Treffen mit Miri, und dann war Frank offenbar auch noch schwul. Ich wusste nicht, ob ich traurig, glücklich oder überrascht sein sollte. Ich glaube, ich war alles zugleich.

Ich legte mich wieder ins Bett. Miri kuschelte sich im Schlaf an mich und murmelte etwas, das ich nicht verstand. Ich streichelte ihren Kopf und liebte sie in diesem Moment so sehr, das war gar nicht zum Aushalten. Was für ein eigenartiges Gefühl, nicht allein im Bett zu liegen.

Nicht mehr allein zu sein.

Als ich dann endlich einschlief, fühlte ich mich so gut wie lange nicht mehr. Denn in dieser Nacht, und das müsst ihr mir jetzt einfach glauben, in dieser Nacht hatte ich die Welt gerettet.

Freitag

Risse im Traum

Als ich am nächsten Morgen erwachte, war ich noch benommen vom Schlaf. Kurz schauderte ich, denn erneut hatte ich von dem mich durch die Stadt verfolgenden Wolfsrudel geträumt. Das wurde langsam zu einem Problem. Seit zwei Jahren hatte ich diesen Alptraum, in den letzten Wochen fast jede Nacht.

Ich fuhr mit der Hand über meine Nase. Es knackste, und das Kopfkino ging an: Ich sah ein paar Jugendliche, die mir eine Abreibung verpassten, das Gesicht einer blonden Straßennutte und zwei finstere Typen, die mich fragten, ob ich Tubluk wäre, und die sehr meinen eigenen Romanfiguren ähnelten. Bei der Frage, was davon wirklich und was nur in meiner Phantasie passiert war, scheiterte ich. Die Übergänge waren im Moment fließend.

Ich hörte Geräusche aus der Küche, Wasser rauschte, Geschirr klirrte. Miri! Auf einen Schlag waren die Erlebnisse der gestrigen Nacht zurück. Mit einem Glucksen ließ ich mich ins Kopfkissen fallen. Es fühlte sich gut an, hier zu sein und an sie zu denken, während ich sie nebenan hörte. Und dann diese ganze Jungfrauen-Scheiße. Aus und vorbei. Nie wieder lügen.

Dann kam sie auch schon ins Zimmer. Obwohl ich mich auf sie gefreut hatte, fühlte ich mich doch unsicher. Ich wollte sie küssen oder mit ihr reden, vielleicht wollte ich sie aber auch nur ansehen. Ach, was wusste ich schon, was ich wollte.

»Auch schon wach?«, fragte sie. »Ich wollte dich gerade wecken, es ist schon spät.«

»Wieso, wie spät haben wir denn?«

»Neun Uhr, Zeit, um aufzustehen. Auch für Dostojewski.«

Ein wenig lächelte sie jetzt, immerhin. Aber es war nicht das gleiche Lächeln wie gestern Nacht. Vielleicht sah ich mit all den Blessuren, dem blassen Oberkörper und den verstrubbelten Haaren im Licht der Morgensonne doch nicht so aufregend aus, wie sie gedacht hatte. Helligkeit war wohl nicht gerade mein bester Freund.

»Du redest übrigens im Schlaf, weißt du das?«, fragte sie. »Irgendwas von ein paar Wölfen, du hast mich einmal sogar geweckt.«

Ich antwortete nicht, griff nach ihrer Hand. Sie zog sie schnell zurück.

»Du, ich muss jetzt echt los. Manche Leute studieren wirklich!«

Leute, dachte ich, seit wann gehörst du denn zu irgendwelchen Leuten?

Sie war allerdings, wie mir erst jetzt auffiel, schon fertig angezogen. Ich hingegen trug nur Boxershorts und schmiss mir nun schnell meine restlichen Klamotten über. Als ich mir die Dublin-Mütze auf den Kopf setzte, sah Miri mich an.

»Wart mal«, sagte sie. »Die sitzt schief.« Sie zupfte an der Mütze herum, dann gab sie es auf. »Die passt dir nicht«, sagte sie abschätzig. In dem Moment war Miri mir wahnsinnig fremd, weiß auch nicht, wieso.

Kurz darauf stand ich mit ihr vor ihrer Wohnungstür. Ich sah ins Treppenhaus, als sie sich zu mir umdrehte und »Also, tschüss« murmelte, ohne ein Wiedersehen anzudeuten. Und ehe ich verstand, was sie zu mir gesagt hatte, hörte ich die Tür ins Schloss fallen. Schon war sie mit knallenden Schritten die Treppen hinuntergehastet.

»Ich ruf dich an«, sagte ich noch, als sie schon weg war. Ich las den Namen auf ihrem Türschild. *Schmidt.*

Hm, nicht gerade poetisch.

Während ich zur nächsten U-Bahn-Station spazierte und tänzelnd versuchte, nicht auf die Pflasterfugen zu treten, dachte ich an Miris abweisendes Verhalten. Einem unbehaglichen Gefühl folgend, ging ich zu einer Telefonzelle und suchte ihre Nummer heraus. Ich fand tatsächlich eine Miriam Schmidt in ihrer Straße und rief bei ihr an. Ihr Anrufbeantworter meldete sich.

Komisch, noch mal ihre Stimme zu hören.

»Hallo ... Miri«, sagte ich. »Ich wollte dir nur sagen, dass ich die Zeit mit dir echt schön fand. Ich würde mich sehr freuen, wenn wir uns wiedersehen. Ruf mich doch heute am frühen Abend mal an, da bin ich zu Hause.«

Ich sprach ihr noch meine Telefonnummer drauf und legte auf. Okay, die Aktion mit dem Anrufbeantworter war erbärmlich, aber ich war froh, es hinter mich gebracht zu haben. Jetzt konnte ich nur noch warten.

Schon beim Aufschließen meiner Wohnung hörte ich Schritte hinter der Tür. »Mann, da bist du ja endlich«, sagte Gustav, und Frank nickte eifrig dazu. Ich schnaubte. Die zwei kamen mir wie ein gut eingespieltes altes Homo-Pärchen vor oder so.

»Und?«, fragte ich. »Gestern noch Spaß gehabt?«

Manchmal war ich wirklich ein fieser Arsch.

Frank sah verlegen in eine andere Richtung. Gustav musterte mein Gesicht. »Offenbar mehr als du. Was ist passiert?«

Ich winkte ab. »Erst mal müssen wir die Katze finden.«

Bei diesen Worten verschwand Frank grinsend im Zimmer und kam kurz darauf mit Lienchen auf dem Arm zurück. »Als wir gestern Abend noch nach dir gesucht haben, ist sie einfach vor der Haustür auf uns zugelaufen.«

»Ihr habt nach mir gesucht?«

»Du sahst aus, als wolltest du dich umbringen.«

Wir betraten mein Zimmer. Überall Bierdosen und umgeworfene Stühle, es roch nach Gras und Alkohol, meine CDs waren im ganzen Raum verstreut. Als Ursache vermutete ich etwas Großes, Wildes, einen Elefanten vielleicht. Ich starrte gebannt in Richtung Flur und wartete darauf, dass er gleich aus der Küche auftauchte.

»Ich dachte, eine kleine Entschuldigungsparty wäre nicht schlecht«, erklärte Gustav, »nur bist du leider nicht zurückgekommen. Also haben wir ohne dich gefeiert.«

»Wer ist *wir*?«, fragte ich.

»Ach, Burhan, Nia, Niko, Tian und dann noch ein paar andere Freunde von mir, es war wirklich lustig, du hast echt was verpasst.«

Ich sah ihn fragend an. Gustav erzählte mir nun einige, wie er fand, sehr spannende Begebenheiten der letzten Nacht. »Das war wirklich der Wahnsinn!«, sagte er zu mir und war noch immer begeistert.

Ich gähnte. »Ist ja irre.«

»Leck mich.«

Mit großen Müllsäcken räumten wir auf. Dann bekam ich Lust, ein bisschen rumzublödeln. Ich schnappte mir Tubluks Waffe. »Wer bin ich?«, fragte ich laut.

Niemand antwortete.

Ich dachte an Miri, war berauscht und übermütig von der letzten Nacht. Ich stellte mich auf einen Stuhl und posierte mit der Pistole. »Ich bin Jesper Lier, der letzte Verfechter des Wahren«, sagte ich. »Eroberer von mindestens einer Frau.«

»Du bist ein verdammtes Kind«, sagte Gustav. »Überleg lieber mal, was wir jetzt machen.«

Ich sprang runter vom Stuhl, war aber immer noch in alberner Stimmung. »Okay«, sagte ich. »Wir gehen frühstücken. Und du leihst mir das Geld. Was sagst du? Hey? Hallo, was du sagst, will ich wissen? Hey, hey, hey!« Ich tänzelte wie ein Boxer um Gustav herum und stieß ihn immer wieder an.

Er zog nur die Augenbrauen hoch und öffnete seinen Geldbeutel. »Wie viel willst du?«

Die Leichtigkeit, mit der er mit Geld umging, machte mich neidisch. Er hätte mir zwar auch bereitwillig einen Hunderter in die Hand gedrückt, ich nahm jedoch nur einen Zehner.

Bevor wir loszogen, brachte ich Frau Vogt noch ihre Katze zurück, deren weißes Fell vom Dreck oder vom Schock der gestrigen Nacht ein wenig angegraut war. Es brach mir jetzt nicht gerade das Herz, dieses Tier wieder loszuwerden, trotzdem wollte ich es noch mal streicheln. Doch da sprang es mir schon vom Arm und sauste verängstigt in die Wohnung. Die Katze schlitterte dabei allerdings ungelenk über das Parkett und wäre beinahe gegen eine Wand geknallt. Vermutlich hatte sie gestern Nacht doch etwas zu viel Zeit in einem geschlossenen Raum voller Kiffer verbracht.

Frau Vogt sah mich fragend an.

»Dieses Lienchen …«, sagte ich nur mit einem verlogenen Lächeln und schüttelte den Kopf.

Frau Vogt schien mich kurz zur Rede stellen zu wollen, dann aber nickte sie nur und bedankte sich für meine Hilfe. Erleichtert stieß ich wieder zu den anderen, und wir gingen frühstücken. Dass ich mal wieder einen Riesenhunger hatte, muss ich wohl nicht erwähnen.

Wir setzten uns ins ›Igby's‹. Als wir es uns auf dem Sofa in der Ecke bequem machten, standen die Ereignisse der letzten Nacht wieder zwischen uns. Lange sagte niemand was, im Hintergrund lief Jazz. Bing Crosby, mein Vater hatte den oft gehört. Ich aß kaum etwas, dachte nach. »Wieso hast du mir nie erzählt, dass du schwul bist?«, fragte ich schließlich geradeheraus.

Frank kaute an seinem Croissant und druckste herum, aber eine Menge fiel ihm nicht gerade dazu ein. Er murmelte nur so was wie, dass er nicht noch mehr im Abseits habe stehen wollen, dann sah er zu Boden.

Ich wollte schon darauf antworten, als ich mich erinnerte, wie ich ihn auf der Fahrt nach Berlin gefragt hatte, ob er noch immer ein Frauenaufreißer sei. Auf einmal ahnte ich, wie schwer diese Lügen für ihn gewesen waren. Wie sehr es ihn all die Jahre gequält haben musste. Ich legte meine Hand auf seine Schulter und nickte ihm zu.

Ein paar Augenblicke geschah nichts. Dann mussten Frank und ich fast gleichzeitig lächeln, und das machte mich dann doch ziemlich glücklich.

Ich erzählte den anderen nun von dem Überfall auf mich und den Prostituierten – und wie ich die Nacht bei Miri verbracht hatte.

Gustav bekam diesen Blick, den er immer hatte, wenn er mich aufziehen wollte. »Red keinen Scheiß. Wieso sollte sie sich mit jemandem wie dir abgeben?«

Und das muss ich ihm lassen. Dass er das sagte, und nichts über die Jungfrauensache.

»Armer, kleiner Gustav«, antwortete ich nur und lehnte mich selbstgefällig zurück. »Ich muss dich wohl nicht an mein blendendes Aussehen und an meinen Humor erinnern.«

»Jesp, du bist hässlich, und du hast keinen Humor.«

»Und jetzt?«, unterbrach uns Frank. »Wie geht's mit ihr weiter?«

Ich stutzte. Darüber hatte ich mir tatsächlich noch keine Gedanken gemacht. »Tja, jetzt …«, sagte ich nur, »jetzt warte ich erst mal darauf, dass Miri mich am Abend anruft, was sonst?«

Ich nahm einen Schluck Tee. Von ihrem kühlen Verhalten am Morgen erzählte ich nichts.

Draußen vor dem Café trennte sich Gustav von uns, er wollte zu Hause ausschlafen. »Außerdem erwarte ich wichtige Post«, fügte er noch geheimnisvoll hinzu.

»Was für wichtige Post?«

Doch er rückte nicht damit raus. »Bis später«, sagte er nur und gab mir wegen der Sache mit Miri noch einen freundschaftlichen Schubs.

Zurück in der Wohnung, putzte ich mir erst mal die Zähne. Dabei beobachtete ich unentwegt Frank und versuchte, eine Veränderung an ihm festzustellen. Vor drei Tagen hatte er noch bei seiner Großmutter auf dem Sofa gesessen. Und nun fläzte er wohlig müde und satt gefickt auf meinem Bett und blühte fernab seiner Mutter immer mehr auf. Man konnte fast spüren, wie unter dem Gerümpel von Selbstzweifeln und Komplexen, die sich in seiner Jugend über ihm aufgetürmt hatten, langsam Selbstbewusstsein zum Vorschein kam. Zwar hatte Frank noch immer dieses Kindliche an sich, aber er wirkte nun nicht mehr so gehemmt.

»Kennst du das …«, fragte er. »Dieses Gefühl, dass die Party immer woanders ist, dass du dort vielleicht noch hinfahren könntest, aber dass du auf jeden Fall zu spät kommen wirst?«

»Worauf willst'n hinaus?«, fragte ich, die Zahnbürste noch immer im Mundwinkel.

»Na ja, Jesper, ich glaube, diesmal bin ich auf der Party, verstehst du? Ich glaube, die Party ist bei *dir*.«

Die Art, wie er das Wort »dir« aussprach, ließ mich kurz schaudern. Es war der gleiche unheimliche Tonfall, mit dem er schon vor Jahren gesagt hatte, seine Mutter sei *böse*.

Da mir jedoch nicht nach längeren Gesprächen über dieses Thema war und ich Angst hatte, Frank könnte unangenehm kommunikativ werden, stellte ich ihn kurzerhand mit meinem Fernseher ruhig.

Das uralte Ding hatte eine Röhre und brauchte lange, bis es warmgelaufen war. Ich zappte herum. Eine Talkshow. Zack. Die toten Augen eines Politikers. Zack. Ein paar Soap-Darsteller, die sich ihre kleinen Sätze ins Gesicht sagten. Zack. Eine Flirtshow auf diesem Pseudomusiksender. Zack. Ein Gewinnspiel. Zack. Wie mich das alles ankotzte.

Dann fiel mir Haller ein. Das hatte ich fast vergessen. Mein Roman. Meine letzte Chance, das Blatt doch noch zu wenden.

Ich verabschiedete mich von Frank, und schon kurz darauf stieg ich mit dem Buchkarton im Rucksack die Treppen zur U2 hinauf. Neben mir ging ein älterer, dicker Mann. Als ich sah, dass meine Bahn schon auf ihre Abfahrt wartete und ich sie nicht mehr erwischen würde, blieb ich fluchend stehen. Es gab für mich nichts Unsinnigeres, als alles für etwas zu geben, bei dem die Chancen schlecht standen. Deshalb hatte ich vor einer schwierigen Prüfung nie gelernt, und deshalb tat ich auch jetzt nichts. Der dicke Mann neben mir rannte jedoch los. Ich schnaubte verächtlich. *Lauf, Forrest, lauf,* dachte ich. Doch dann schlug meine Herablassung in ungläubiges Entsetzen um. Denn in letzter Sekunde, als die Türen schon zugingen, hatte er sich doch noch in die U-Bahn gerettet, und von der Treppe aus sah ich gerade noch, wie sie abfuhr. Ohne mich.

Gustavs Rat

Ich stand in Hallers Büro, er telefonierte gerade. Die Rauchschwaden einer nun auf mysteriöse Weise verschwundenen Zigarette schwebten noch über ihm. Er war am Telefon überraschend liebevoll, und ich begriff, dass er offenbar mit seiner kleinen Tochter sprach. Dann legte er auf. »So, Lier, Sie sind sicher hier, um mir Ihr Opus zu bringen.«

Er betrachtete dabei allerdings nicht mich, sondern einen anscheinend furchtbar wichtigen Zettel auf seinem Schreibtisch. Die Vertrautheit von gestern war verschwunden.

Ich hob den Karton mit dem *Leidensgenossen* aus dem Rucksack und wuchtete ihn auf den Tisch. Haller zuckte angesichts der Aufgabe, die er sich aufgeladen hatte, zusammen. Doch als ob er sonst keine Arbeit hätte, streckte er sich ein paarmal und begann sich in die Lektüre zu vertiefen.

Ich musste lachen.

Sofort blickte er zu mir auf. Wie ein Raubtier, das gerade über seine Beute gebeugt fraß und von etwas Verdächtigem aufgeschreckt wurde. »Ist was komisch?«

»Nichts. Ich hab mir nur gedacht, dass Sie mich diesmal gar nicht aus Ihrem Büro geworfen haben und … na ja, dass Sie hier erst mal gefangen sind für die nächsten Wochen.«

Haller fletschte die Zähne. »Sie finden sich wohl witzig, Lier? Und jetzt hauen Sie ab, Mann. Ich kann es nicht haben, wenn mir jemand beim Lesen zusieht. Los, kommen Sie später wieder!« Und ehe ich mich's versah, stand ich mal wieder vor seiner verschlossenen Tür.

Ich machte mir in der Küche Kaffee. Neben mir standen zwei Kollegen, die sich über die Frauen in der Redaktion unterhielten. Über die schöne Eva, die mit jedem flirtete (und mich ignorierte). Und über Hannah, ein »frigides Mauerblümchen«, wie sie sagten. Sie machten sich über ihre Klamotten und die uncoole Frisur lustig und grunzten dabei rum wie die Höhlenmenschen.

Ich blickte vom Fenster auf die Straße. Unten hatte es einen Auffahrunfall gegeben, ein Krankenwagen kam. Auf einmal schweiften meine Gedanken ab.

Ich bin fünfzehn und treffe meinen Vater im Englischen Garten. Wir setzen uns auf eine Bank am Chinesischen Turm, trinken eine Apfelschorle und reden über belanglose Sachen wie meine Zwei in irgendeiner Klausur. Danach mieten wir uns ein Tretboot und fahren gemeinsam über den Großhesseloher See. Mein Vater wirkt erst gutgelaunt, doch dann erzählt er von seinem besten Jugendfreund Peter, der sich das Leben genommen hat. Er war der Sohn eines Polizisten und schoss sich damals mit der Waffe seines Vaters aus Liebeskummer in den Kopf.

Mein Vater erzählt, wie fröhlich Peter früher gewesen ist, ehe seine Lebensfreude nach und nach gedimmt wurde. Wie er sich immer in die falschen Mädchen verliebt hat, ehe ihm eine so sehr das Herz brach, dass er durchdrehte. Wie er und

Peter sich oft nachts bei einem Baum in ihrem Ort trafen, kifften und darüber sprachen, dass Freiheit das einzig Wichtige im Leben sei und wie sie beide dafür kämpfen würden, später nicht in irgendeinem Beruf gefangen zu sein. Und einmal sprachen sie auch über den Tod, der einen ebenfalls gefangen nehmen konnte, und dass Selbstmord quasi die größte Form von Freiheit sei.

»Ich dachte nie, dass er es ernst meint«, sagt mein Vater nun Jahrzehnte später. Er lächelt, doch in seinen Augen flackert etwas Dunkles auf, das mir für einen Moment Angst macht.

Ich frage ihn, wie es in seiner Firma läuft. Er hat sich als Anwalt selbständig gemacht und ist fast nur noch im Büro.

»Es geht«, sagt er. »Mühsam, aber wir kriegen es hin.«

»Malst du noch?«, frage ich ihn.

»Wie kommst du darauf?«

»Ich weiß nicht. Das hast du mir erzählt, als wir nachts nach Kroatien gefahren sind. Du hast gesagt, dass du gern Maler geworden wärst.«

»Ach, stimmt«, er lächelt. »Nein, eigentlich nicht mehr.«

Wir reden noch die ganze Bootsfahrt miteinander, während die Abendsonne den Englischen Garten in weiches Licht taucht. Ich denke mir, dass mein Vater vielleicht der ehrlichste Mensch ist, den ich kenne. Und dass er mal mein bester Freund sein wird, wenn ich Glück habe. Ich bin schon immer gern allein, habe auch damals eigentlich nur Frank, während mein Bruder Jonas zunehmend fremd auf mich wirkt. Ich stelle mir vor, wie ich als Erwachsener mit meinem Vater in einer Bar sitze und mich mit ihm unterhalte. Bei diesem Gedanken muss ich grinsen.

»Was ist?«, fragt mein Vater.

Doch ich sage es ihm nicht.

»Vermisst du das Malen nicht?«, frage ich schließlich noch mal. »Oder die Freiheit von früher? Vermisst du das alles nicht?«

Mein Vater denkt lange darüber nach, dann zuckt er nur mit den Schultern. »Aber darum geht es auch gar nicht.«

Ich nicke. Erst später begreife ich, dass er mich angelogen hat. In Wahrheit ging es für ihn nur darum.

Das Gelächter der beiden Redakteure brachte mich wieder in die Gegenwart zurück. Sie redeten noch immer über Hannah. »Die ist übrigens gerade von ihrem Freund sitzengelassen worden«, sagte der eine.

Der andere stieß mich an und lachte. »Hey, Jesper, das heißt ja, sie ist jetzt für dich frei.«

Ach, halt's Maul, dachte ich. Wortlos verließ ich die Küche und setzte mich mit meinem Kaffee an einen freien Rechner. Ich war das erste Mal diese Woche im Netz. Schaute nach Ewigkeiten sogar in meine Mails und entfernte Borns Adresse aus meiner spärlichen Kontaktliste. Ich fühlte mich schlecht. Die paar Nachrichten von meinen Mitschülern, die mir in den letzten Monaten geschrieben hatten, löschte ich ungelesen. Ich wollte nicht sehen, was sie mir alle gutgelaunt von ihren Studienerfahrungen und Zielen und Zukunftsplänen geschrieben hatten. Und ich wollte ihre Fragen nicht lesen.

Ich war keiner von ihnen.

Von meinem Schreibtisch aus blickte ich immer wieder zu Hannah, die hinter ihrem Rechner saß und fleißig tippte.

War sie wirklich von ihrem Freund verlassen worden? Schwer zu sagen, sie wirkte eigentlich wie immer.

Auf einmal sah sie zu mir her. »Du, ich brauch mal kurz deine Hilfe.«

Sie wollte wissen, wie man Werbe-Pop-ups blockieren konnte, und ich zeigte es ihr. Hannah bedankte sich mit einem flüchtigen Lächeln. »Wie hast du eigentlich gelernt, so gut mit Computern umzugehen?«

»Durchs Herunterladen von nackten Frauen.«

Sie lachte. »Ich wette, das stimmt sogar.«

Auf ihrem Schreibtisch lagen ein Apfel, Bücher von John Steinbeck und A. N. Romanow – und auch ein Werbeflyer für das ›Solaris‹, einen neueröffneten Club in Charlottenburg. Ich tippte darauf. »Gehst du da heute Abend hin?«

»Vielleicht ... Und du?«

»Glaub nicht«, sagte ich. »Bin nicht so der Clubtyp.«

»Was machst du eigentlich den ganzen Tag außer Schreiben? Hast du auch noch so etwas wie ein Privatleben?«

»Sicher hab ich ein Privatleben.«

Hannah musterte mich streng.

»Also gut, hab ich nicht«, sagte ich.

»Jedenfalls echt schade, dass du heute Abend nicht vorbeischaust.« Sie fuhr sich durchs Haar und sah mich eindringlich an. Dann blickte sie verlegen weg. »Es kommen auch noch ein paar andere«, sagte sie schnell.

»Ich überleg's mir.«

Ich trottete zum Aufzug. Irgendwie tat mir Hannah leid. Weil die anderen Redakteure sich über sie lustig machten. Und weil sie so tapfer versuchte, sich ihre Trennung nicht anmerken zu lassen. Eine unserer ersten Unterhaltungen war über unsere beiden geheimen Leidenschaften gewesen: die Serie *Buffy* und Videospiele. »Du weißt schon, dass wir damit offiziell uncoole Nerds sind«, hatte sie gesagt.

Wir hatten uns damals zum gemeinsamen Zocken verabredet, und ich hatte schon gehofft, wir würden Freunde oder zumindest Kumpels werden, aber irgendwie war es nie dazu gekommen. Manchmal hatte ich sogar das Gefühl gehabt, sie ging mir absichtlich aus dem Weg, doch ich wusste nicht, weshalb.

Gedankenverloren schlenderte ich durch die Innenstadt. Lautes Hundegebell ließ mich zusammenzucken. Ich sah, wie ein Tibet-Terrier, der einem wohlhabenden Ehepaar gehörte, den dreckigen Straßenköter von ein paar Punks anknurrte. Als ob die Hunde stellvertretend den Klassenkampf ihrer Besitzer austrugen. Dann dachte ich an meinen Alptraum mit den Wölfen und ging schnell weiter.

Als ich bei mir zu Hause ankam, schlief Frank schon wieder auf der Isomatte. In seinem Gesicht die schwache Bleistiftzeichnung eines Oberlippenbarts.

Kopfschüttelnd ging ich zu dem verbliebenen Karton mit meinem Roman. Ich nahm ein paar Seiten in die Hand und versuchte mich daran zu erinnern, wieso ich vor Jahren eigentlich mit dem Schreiben angefangen hatte. Es war wegen einem Mädchen gewesen, das ich beeindrucken wollte. Natürlich, ich konnte nur wegen einem Mädchen auf die schiefe Bahn geraten. Wie einfach damals alles schien. Meine Kurzgeschichten waren erfolgreich gewesen, ich war in der Schülerzeitung, und als ich mit dem Roman anfing, flog mir alles nur so zu. Bis düstere Wolken aufzogen und mein Leben in ein Überleben verwandelten, bei dem ich bei jedem Schritt aufpassen musste, nicht abzustürzen.

Ich ging in die Küche, trank ein Glas Wasser. Immer wieder stellte ich mir eine Frage: Was, wenn Haller das Manuskript schlecht fand? Ich dachte daran, wie ich oft abends von meinem Zivildienst nach Hause gekommen war, mit den Bildern der Behinderten vor Augen, denen ich einfach nicht helfen konnte. Ich war nach so einem Tag im Heim immer leer im Kopf gewesen, trotzdem hatte ich noch die ganze Nacht geschrieben und versucht, dieser Leere ein paar Worte abzuringen, ehe ich dann irgendwann am Morgen eingeschlafen war. Das alles durfte doch nicht umsonst gewesen sein, das durfte einfach nicht umsonst gewesen sein! Meine Familie, Mitschüler, Bekannte oder diese Typen gestern in der Schlange vor dem Club – ich hatte es ihnen allen verdammt noch mal zeigen wollen.

Mein Atem wurde schneller. Ich begann in der Küche ein Selbstgespräch zu führen und lief dabei im Kreis: *»Ich weiß, Herr Haller, es muss noch einiges verbessert werden … Und sicher, es gibt vielleicht ein paar missratene Sexszenen … doch ich schreibe schon Jahre daran,* Jahre, *und ich habe sonst nichts mehr … verstehen Sie, ich hab nicht studiert, alles auf diese Karte gesetzt … dieses Buch ist episch … Wie bitte? Hören Sie mir doch auf mit zu vielen Nebenerzählsträngen und Baustellen … Ich habe gesagt, Sie sollen damit aufhören …«*

»AUFHÖREN!«, schrie ich, und mit einem Mal war ich wieder in meiner Küche. Meine Umgebung wurde erst farblos, dann schwarz, und ich knallte gegen die Spüle.

Als ich wieder zu Bewusstsein kam, beschloss ich zu

duschen. Ich bemerkte kleine rote Pünktchen an meiner Hüfte, die wie Herpes aussahen. Es schüttelte mich, und ich sah schnell weg.

Am Abend hatte sich Miri noch immer nicht bei mir gemeldet. Dabei war sie der einzige Ausweg aus diesem ganzen Mist. Nur: Wieso rief sie dann nicht an? Hatte ich ihr aus Versehen meine Nummer nicht richtig draufgesprochen? Natürlich, das war es! Und bestimmt dachte sie jetzt, ich hätte ihre Einsamkeit ausgenutzt und sie wäre nur ein One-Night-Stand für mich.

Die arme Miri!

Ich bekam auf einmal ungeheures Mitleid mit dieser traurigen, armen, wunderschönen jungen Frau. Sofort rief ich noch mal bei ihr an und sprach ihr meine Nummer aufs Band, diesmal richtig. Um sicherzugehen, wiederholte ich die einzelnen Ziffern laut und überdeutlich, als wäre sie schwerhörig. Doch auch in der nächsten Stunde meldete sie sich nicht. Das machte mich ganz wahnsinnig.

Ich rief wieder kurz bei ihr an, wollte nur schauen, ob der Anrufbeantworter noch dran war. War er, und vor Schreck sprach ich gleich noch ein drittes Mal drauf (»Hoppla, verwählt, hehe …«), ehe ich endlich auflegte. Unbeschreibliche Momente, ich war kurz davor, mich zu erhängen, ehrlich. Die nächsten Stunden starrte ich dann nur noch apathisch auf das Telefon.

Die Nacht brach herein. Frank war wach, und auch Gustav war wieder zu uns gestoßen. Eine Zeitlang sahen wir uns einen dieser Fernsehfilme an, die von irgendwelchen schwangeren Ärztinnen handelten, die betrogen werden, und in denen rebellische Jugendliche in Kapuzenpullis dauernd »Yo, fett« oder so sagen. Ich konnte vor Müdigkeit kaum mehr klar denken, im Halbschlaf hörte ich mehrmals das Telefon läuten, bestimmt Miri. Ich sprang auf, hob ab, doch niemand war dran, ich hatte es mir nur eingebildet.

Kurz darauf schlief ich dann fest und für über eine Stunde ein. Als ich aufwachte, wollten Gustav und Frank gerade ausgehen, ihre Jacken hatten sie schon an. Sie sagten, ich solle mitkommen.

Ich schüttelte nur den Kopf. Was, wenn Miri anrief?

»Wieso meldet sie sich nicht?!«, entfuhr es mir. »WIESO?«

Gustav spielte mit Tubluks Waffe und sah mich verständnislos an. »Ich kann nicht fassen, dass du dich offenbar in sie verliebt hast. Ich hab dich doch gewarnt.«

»Ja, ja, ich weiß«, sagte ich nur. »Und was soll ich jetzt machen?«

»Erst mal abwarten vielleicht? Es soll ja nicht so aussehen, als hättest du es nötig, hier wie ein Idiot neben dem Telefon auf sie zu warten.« Er sah mich schief an. »Ich weiß natürlich, *dass* du es nötig hast, aber du musst dich jetzt einfach mal zusammenreißen. Und wehe, du überschüttest sie mit Gefühlsausbrüchen wie ›Ich liebe dich‹ oder so, dann kannst du's gleich vergessen.«

»Wieso?«

»Mann, weil das jetzt die spannendste Situation ist, ein Taktieren und Abwägen. Sie weiß ja auch nicht, was *du* denkst. Das ist alles wie beim Vorspiel. Wenn du jetzt in diese Spannung hinein ›Ich liebe dich‹ sagst, ist das wie eine vorzeitige Ejakulation auf Gefühlsebene.«

Er zielte mit der Waffe auf mich. »Nein, mach heute was anderes, krieg den Kopf frei. Und wenn sie morgen immer noch nicht angerufen hat, schauen wir weiter.«

Gustav warf mir meinen Mantel zu. Er selbst trug Stiefel und eine verratzte alte NVA-Jacke, die er weiß Gott wo herhatte. »Und jetzt gehen wir aus, damit Frank was von der Stadt sieht.«

»Hm. Du hast wahrscheinlich recht.«

»Natürlich hab ich recht.«

»Natürlich hab ich recht«, äffte ich ihn nach. Gustav musste wirklich aufpassen, dass er kein Klugscheißer wurde. Er hielt sich wahrscheinlich schon für etwas Besseres, weil er dachte, dass er oft recht hatte.

Hatte er auch, zugegeben.

Draußen in der Stadt hörten wir Gelächter, Barmusik und die Stimmen der Leute, die vor den Cafés saßen. Die nächtlichen Straßen waren von den Laternen und Lichtern erleuchtet, Taxis sausten hin und her, die Luft geschwängert von Erwartung. Gustav erzählte von einer Drehbuchidee, Frank war einfach nur euphorisch, fast schon zu euphorisch, und selbst ich musste über eine bescheuerte Bemerkung von ihm lachen. Ich machte ihn nach und rannte dann weg, während er so tat, als würde er mich verfolgen. Für eine kurze Zeit war Borns Tod vergessen, mein Buch vergessen, Miri vergessen, stattdessen kam mir irgendein Filmschnipsel in den Sinn. Immer wieder sang ich laut: *»I scream, you scream, we all scream for ice cream!«,* ich sprang auf eine Bank und wieder herunter. Und keine Ahnung, wieso, aber in dem Moment ging es mir gut.

Die Narben der Nacht

Wir landeten als Erstes in dieser kleinen Bar in Mitte, die damals gerade so in war. In den abrissreifen Gemäuern war es versifft und überfüllt, überall Gedränge, laute Musik, hinten kotzte ein Filmprojektor einen Sergio-Leone-Western an die Wand. Wir bestellten drei Bier und quetschten uns an den Tresen. Gustav wurde hin und wieder von Leuten angesprochen, die ihn entdeckt hatten.

Schließlich redete ihn auch eine schöne Frau mit russischem Akzent an, die er gut zu kennen schien. Sie strich Gustav seine langen blonden Haare aus dem Gesicht, beide küssten sich spielerisch auf den Mund. Aus den Augenwinkeln sah ich, wie sie ihm beiläufig etwas zusteckte. Wahrscheinlich mehr als nur Hasch, keine Ahnung. Gustav hatte mal gemeint, dass er außer Heroin schon alles genommen hätte. Er war bereits in unzählige dunkle Welten abgetaucht und mit Schätzen und Alpträumen zurückgekehrt.

Ich verschwand auf die Toilette. Jemand hatte mit Edding eine Zeile aus einem Song von innen an die Klotür geschrieben: *»Freedom is just another word for nothing left to lose!«* Draußen ließ ich das Waschbecken mit kaltem Wasser volllaufen, tunkte den Kopf hinein und hielt ein paar Sekunden lang die Luft an. Dann tauchte ich wieder auf und ging mit nassen Haaren zu den anderen.

Als ich mich näherte, hörte ich, wie Gustav gerade genussvoll von seiner ersten Begegnung mit mir erzählte: »Jesper saß da so ganz allein an der Bar, man hat auf hundert Meter Entfernung gesehen, dass er neu in der Stadt war. Er sah richtig verloren aus, wie ein Landei. Und dann hatte er auch noch sein Geld vergessen. Da musste ich einfach eingreifen und dem armen Kerl helfen, zumal er ja auch noch dauernd rumstotterte, dass er Schriftsteller sei. Als ob das hier irgendwen interessierte ...« Beide lachten. »Das Geld hat er mir übrigens bis heute nicht zurückgegeben.«

Erst jetzt sah mich Gustav und grinste breit. »Hey, Jesp, da bist du ja wieder. Hab ihm grad erzählt, wie wir uns kennengelernt haben.«

»Ich hab's gehört.«

»Also mir schuldet er ja auch noch Geld«, fing Frank wichtigtuerisch an und schaute dabei anbiedernd zu Gustav, als wären die beiden die neuen Superfreunde oder was. »Wenn du mich fragst, sollte man Jesper einfach nichts mehr leihen.«

»Ja, dich hat aber niemand gefragt«, sagte ich.

Wir brachen auf. Draußen vor der Kneipe überlegten wir, was wir nun als Nächstes machen würden. Gustav überließ mir die Entscheidung, und ich dachte an das stumme Telefon in meiner Wohnung.

»Ins ›Solaris‹«, sagte ich.

Da der Club im Westen war, mussten wir ein Stück mit der S-Bahn fahren. Das ›Solaris‹ war ein überteuerter Szeneladen für modische Studentinnen, Yuppies und Hipster.

Jemand brüllte an der Bar, ein junges Mädchen lachte, ein Pärchen flüsterte sich etwas ins Ohr. Oszillierendes Licht schien mir in die Augen. Zwei Frauen machten heftig miteinander rum und sahen danach lachend zu ein paar Typen, die danebenstanden und gafften.

Wir gingen immer weiter hinein, in das Herz des Clubs. Elektronische Musik, die Tanzfläche brechend voll, Nebel stieg auf. Ich hockte mich an die Bar. Neidvoll beobachtete ich von dort aus, wie Gustav sofort von gutaussehenden Männern und hübschen Frauen begrüßt wurde. Er brauchte gar nicht viel zu machen, schon drängten sich die Leute um ihn. Es war seine Aura. Er hatte einfach diese abgefuckte Coolness, die man nicht spielen kann. Die nur erwirbt, wer schon unzählige Male bis zum Morgen in Clubs abgehangen und sich dabei immer neue Wunden zugefügt hat. Tanzend und koksend und hart gegen sich selbst. Gustav hatte die Narben der Nacht.

Auch Frank stand neben ihm und schmachtete ihn an, froh, endlich mal im Mittelpunkt zu stehen. Ja, freu dich nur, dachte ich, in drei Tagen hat dich der liebe Gustav wieder völlig vergessen. Ich sah noch mal zu Frank, der vor Glück gerade strahlte. Irgendwie fies.

Bald darauf hatten sich die beiden zu mir an die Bar gesetzt. Die Theke leuchtete weiß, die Regale waren mit Bier-, Whiskey- und Schnapsflaschen, Longdrink- und Cocktailzutaten gefüllt. Wir unterhielten uns kaum, ließen alles auf uns wirken.

Nach ein paar Minuten kam ein Mann auf uns zu. Er war muskulös, hatte dichtes schwarzes Haar und trug eine beige Leinenhose zum weißen Hemd. Der Typ sah aus wie ein arabischer Prinz aus einem Disneyfilm.

»Rashed?«, fragte Gustav und stand sofort auf. Die beiden umarmten sich.

»Du siehst toll aus«, sagte Rashed.

»Du aber auch.«

»Und wer sind die hier?«

»Das hier ist mein guter Freund Jesper«, sagte Gustav und trommelte dabei vergnügt auf meiner Schulter herum.

»Ach, und das dahinten ist Frank, ein Bekannter«, murmelte er noch, ohne hinzusehen.

»Hallo«, sagte ich, dann drehte ich mich wieder um. Dabei sah ich in Franks bestürztes Gesicht.

»Ihr entschuldigt …« Gustav ging mit dem Disneyprinzen zu einem der Sofas, um sich mit ihm zu unterhalten. Immer wieder lachten sie und sahen dabei provozierend zu uns rüber. Ab und an kam Gustav dann auch zu uns an die Bar, um sich etwas zu trinken zu holen. Er stellte sich dabei jedes Mal wie ein böser Geist direkt neben Frank, ignorierte ihn jedoch eiskalt. Danach verschwand er wieder.

Wieso machte er das? Natürlich wurde Frank immer hilfloser und eifersüchtiger. Und während ich bloß vor einem Bier saß, sah ich, dass Frank seinen Alkoholpegel inzwischen auf einem gleichmäßig hohen Level konservierte. Nach einiger Zeit gaben ihm die vielen durcheinandergetrunkenen Schnäpse, Biere und Drinks schließlich den wertvollen Tipp, sich auf die Tanzfläche zu stürzen. Frank der Tänzer, Frank der Mutige … Frank der Vollidiot, der sich lächerlich machte. Man konnte ihm höchstens noch anrechnen, dass er gar nicht erst versuchte, seine Würde aufrechtzuerhalten. Ich sah, wie einige Mädchen über sein Gezappel lachten und mit dem Finger auf ihn zeigten. Aber ich spürte auch, wie satt Frank es hatte, nur am Rand zu stehen.

Gustav ließ ihn jedenfalls keine Sekunde aus den Augen. Er schien fast stolz auf sein Werk zu sein. Ich zögerte. Am liebsten hätte ich ihn zur Rede gestellt. Aber dann starrte ich doch nur auf die Tanzfläche und tauchte mit meinen Blicken in dieses Meer aus Bewegung, Sehnsüchten und Verlangen ein. Der Star des Abends war eine Frau mit bronzefarbenen Haaren. Ihr Kleid war tief ausgeschnitten, und ihre grazilen Bewegungen ließen jeden um sie herum schwerfällig wirken. Sie flirtete mal mit diesem, dann mit jenem, ließ ihren Blick ständig suchend durch den Club schweifen – und kam dann plötzlich direkt auf mich zu.

Ungefähr einen halben Meter vor mir – ich hatte mir bereits eine Begrüßung ausgedacht, auf die ich ziemlich stolz war (»Hi, wie geht's?«) – bog sie jedoch ab und ging an die Bar. Sie bestellte einen Mojito und war vom Tanzen ein wenig außer Atem. Immer wieder blickte ich zu ihr. *Komm schon, sag was Witziges,* dachte ich. Ja, witzig war gut. Ich stellte mir vor, wie die Frau über meine unfassbar komische Bemerkung lachte und sich dabei an mich lehnte.

Auf einmal sah sie tatsächlich zu mir. Ich lächelte sie schüchtern an, doch sie sah sofort wieder weg. Na toll, dachte ich, ich hatte das verdammte Anti-Nymphomaninnen-Gen. Ich wusste, dass es dieses Gen gab, die Forschung war nur zu schwach, um es zu finden.

In diesem Moment hielten mir kühle Hände von hinten die Augen zu.

»Ich hätte nicht gedacht, dass du wirklich kommst. Warum auf einmal doch?«

Nun überkam mich ein Verdacht, wer meine Geiselnehmerin war.

»Weil ich nichts mehr zu verlieren habe.«

Ich nahm Hannahs Hände von meinen Augen, ließ sie jedoch nicht los, als ich mich umdrehte, und stand ihr nun händchenhaltend gegenüber. Ich stockte sofort, sie sah völlig verändert aus. Die Zeit der Strickjacken war offenbar vorbei, sie trug einen kurzen Rock und ein enges Oberteil. Ihre Haare waren zu einem Bob geschnitten, ihre Augenbrauen kunstvoll zu dünnen schwarzen Beinchen getuscht.

»Ich hab dich gar nicht reinkommen sehen. Ich bin schon seit Stunden hier.« Sie lallte und schien überhaupt ziemlich betrunken.

»Ja, ich …«

Hannah zog mich vom Stuhl. »Komm, wir tanzen!«

Sie führte mich, und ich ließ es geschehen. Ab und zu, wie wenn man auf einer Familienfeier einen alten besoffenen Verwandten trifft, spülte die tanzende Menge den zappelnden Frank zu uns herüber, der mich dabei immer ansprechen wollte. Ich versuchte vor Hannah so zu tun, als gehörte ich nicht zu ihm.

Inzwischen hatte sie ihre Arme um meine Schultern gelegt und rieb sich bei jeder Bewegung an mir. »Schön, dass du hier bist«, flüsterte sie mir ins Ohr. Es kribbelte. Sie wandte sich von mir ab, so dass sie mit dem Rücken zu mir stand, und schmiegte sich an mich. Ich war hin- und hergerissen. Hannah war offensichtlich besoffen und wollte nur über ihre Trennung hinwegkommen. Sie schien zu glauben, dass sie sich anders kleiden und aufreizender stylen müsse, um einen Typen abzubekommen, dabei hatte sie das gar nicht nötig.

Allerdings funktionierte es.

Sie drehte sich wieder zu mir, und ich betrachtete ihre braunen Haare und ihr blasses Gesicht. Im Stroboskoplicht des Clubs leuchtete es in tausend Farben. Hannah grinste leicht und hatte die Augen halb geschlossen. *Nicht so,* dachte ich, *nicht auf diese Weise.* Dann rieb sie sich erneut an mir, und ich fand es auf einmal doch ganz gut und fuhr mit den Händen über ihre Hüfte. Sie stand nun ganz dicht vor mir, ihre Arme locker auf meinen Schultern. Unsere Blicke trafen sich. Jetzt war der Moment. Sie wusste es, ich wusste es. Für den Bruchteil einer Sekunde hatte ich das Bedürfnis, sie zu küssen, ehe ich zurückwich: Miri.

Ich hatte sie vergessen, verraten und fühlte mich schuldig. Der Song war zu Ende. Ich bemerkte, dass Hannah ungeduldig und vielleicht auch ein wenig enttäuscht wirkte. Sie blickte auf die Uhr. »Es ist spät, ich glaub, ich geh mal.«

Ich wusste nicht, was ich machen sollte. »Ist gut«, sagte ich nur und sah zu, wie sie ihre Jacke aus der Garderobe holte.

Doch gerade als Hannah davor war, das ›Solaris‹ zu verlassen, drehte sie sich noch mal zu mir um. Sie schien sich erst nicht zu trauen, fragte dann schüchtern: »Was ist mit dir? Bleibst du noch hier oder … willst du auch gehen?«

Ich wollte mit ihr mitgehen. Doch wieder dachte ich an Miri. Ich versuchte es zumindest, denn ich hatte Mühe, mir ihr blondes Haar und ihr Lächeln vorzustellen. Sie war so weit weg, so verschwommen. Eigentlich antwortete ich, ohne mich bewusst entschieden zu haben. »Ich glaub, ich bleib noch. Meine Freunde … ich kann sie hier nicht allein lassen. Außerdem hab ich Besuch.«

Das war sogar für meine Verhältnisse eine saudämliche Antwort. Irgendwo in meinem Kopf saß mein einsames zukünftiges Ich auf einem Stuhl und klatschte höhnisch in die Hände: *»Bravo, bravo!«*

Hannah nickte, traurig, wie mir schien. Sie beugte sich zu mir und küsste mich auf die Wange, dann ging sie, und ich wusste, so nah würden wir uns nicht mehr kommen.

Als ich mich wieder an die Bar gesetzt hatte, stieß Gustav mich an. »Was war los, wieso hast du die gehen lassen?«

»Weil ich ein verdammter Träumer bin und hoffe, dass mich eine gewisse Person noch anrufen wird«, sagte ich und strich mir dabei mit meinem Ich-hab-keine-Ahnung-was-ich-da-rede-Finger übers Kinn.

Frank kam jetzt auch zu uns und murmelte etwas Vorwurfsvolles in unsere Richtung, ehe er sich vor seine vorhin stehengelassenen Getränke setzte. Eine Weile sah er gedankenverloren ins Nichts. Dann begann er alles leerzutrinken, was er übriggelassen hatte, ehe er einfach einschlief, den Kopf auf den Tresen gelegt.

»Du siehst wirklich fertig aus, weißt du das?« Gustav sah mich mit einem liebevoll besorgten Blick an.

Gerade als ich ihm antworten wollte, bemerkte ich, wie sich beim inzwischen friedlich schlafenden Frank plötzlich ein wässriges und blutunterlaufenes Auge geöffnet hatte. Wie das Periskop eines U-Boots glotzte es suchend durch die Bar und fand in der Skyline aus leergetrunkenen Bierflaschen, Schnapsgläsern und anderen Getränken, die sich vor ihm auftürmten, ein kleines Gläschen, das noch halb voll mit Wodka war. Als hätten seine Körperteile ein Eigenleben entwickelt, begann sich nun auch Franks Hand zu bewegen, um mit dem geöffneten Auge zusammenzuarbeiten. Seine Finger fuhren über sein Knie, krabbelten wie eine Spinne über die Theke, wichen geschickt einigen Flaschen aus und griffen nach dem Gläschen. Meisterhaft dirigierte das Auge seine Hand zum Mund, und mit einem Zug war der Rest Wodka ausgetrunken.

»Und, hast du deine *wichtige Post* bekommen?«, fragte ich, während ich sah, wie sich Franks Auge wieder zufrieden geschlossen hatte.

Gustav dachte nach. »Ja«, sagte er. »Aber erzähl ich dir später, lass uns den Abend hier noch genießen.«

»Wieso, was Schlimmes?«

»Kommt darauf an«, sagte er nur. »Aber lass uns nicht heute darüber reden, okay?«

Da ich wusste, wie stur er sein konnte, nickte ich nur. Stattdessen sprachen wir über mein Schreiben und seinen Wunsch, auf einer Filmhochschule Regie zu lernen. Und natürlich über Frank. Ich fragte Gustav, was er sich dabei gedacht hatte, als er mit diesem Rashed rumflirtete. Er zuckte nur mit den Schultern. Das war eben der Unterschied zwischen uns. Während ich in Liebesangelegenheiten jedes Mal sofort heißlief und überdrehte, wurde Gustav immer kälter und berechnender. Nie hatte ich ihn verliebt gesehen, er blieb immer kontrolliert.

»Woher wusstest du eigentlich, dass Frank schwul ist?«

»Ach, das wusste ich schon nach fünf Sekunden. Eigentlich wusste ich es schon, als ich dieses Foto gesehen hatte, das bei dir rumlag.«

»Aber wieso?«

»Seine Augen. Hab da einen Blick für.«

Während wir uns unterhielten, wurde mir klar, wie sehr ich an Gustav hing und wie sehr er mir in den letzten beiden Monaten gefehlt hatte. Ihr fragt euch an dieser Stelle – vielleicht auch schon länger – sicher, wieso jemand wie er eigentlich so gut mit mir befreundet sein wollte. Den Grund hatte ich erfahren, bevor er die zwei Monate nach Barcelona ging. Er hatte damals einen Zusammenbruch gehabt. Als ich ihn besuchte, lag er in seinem Bett. Er hatte die letzten Nächte nicht geschlafen, sicher auch irgendwas genommen und redete wirr. Und dann sah ich all die zusammengeknüllten Papierblätter. Offenbar hatte er versucht, ein Drehbuch zu schreiben, es aber nicht geschafft. Er meinte, dass er es einfach nicht könne. Er könne nicht kreativ sein, die Bewerbungen an der Filmhochschule seien nur eine Lebenslüge. Er habe nie etwas Schlimmes erlebt, er habe keine Substanz, nichts Dunkles und Tiefes in sich, aus dem er eine Geschichte formen könne.

Ich wiegelte ab, aber Gustav sagte, er bewundere mich, weil ich schreiben würde, weil ich kreativ wäre, weil ich nicht aufgeben würde. Ich kam mir verlogen vor, schließlich wusste er damals noch nicht, dass mein Roman ein wenig außer Kontrolle geraten war. Aber ich verstand endlich, wieso er sich so für mich interessierte. Aus seiner verqueren Sicht war ich ihm überlegen, obwohl er doch alles hatte, was ich mir wünschte. Und ich begriff, was uns trotz all seiner Bekannten und Partys und Freunde verband: Von den Millionen Leuten, die er kannte, war ich der Einzige, der seine Einsamkeit verstand.

Der Abend im ›Solaris‹ klang aus. Glückliche Paare verließen die Tanzfläche ebenso wie glücklose Jäger, die noch in andere, härtere Clubs weiterzogen. Auch wir wollten gehen.

Ich stellte mich vor Frank. »Was ist mit ihm?«, fragte ich extra laut, damit er es hörte. »Er ist ganz schön betrunken … Lassen wir ihn hier?«

Frank begann daraufhin seinen Kopf zu heben, tippte mir auf das Hemd und lallte angesichts seines Zustands ziemlich frech: »Ich bin nich' betrunken, merk dir das. Ich hab nur zu wenig geschlafen. Es is' so laut hier.«

»Alles klar«, sagten Gustav und ich gleichzeitig. Dann richteten wir ihn auf und brachten ihn nach Hause.

Wir gingen zu Fuß durch die Stadt, Gustav und ich stützten Frank von beiden Seiten. Er war wieder aufgedreht und brabbelte unsinniges Zeugs. Manchmal stieß er mich einfach nur an, sagte »Ja, ja, ja« und verstummte. Dann sagte er wieder »Ja, ja, ja, der Jesper …« und kicherte.

Wir hatten die Friedrichstraße passiert und kamen am *Berliner Merkur* vorbei. Erstaunt sah ich, dass in einem Zimmer des dritten Stocks noch Licht brannte – Hallers Büro. Ich winkte einem Taxi. »Am besten gehst du schon mal mit Frank vor.«

Gustav nickte.

Ich stieß ihn an. Leise: »Pass auf ihn auf, ja?«

Wieder nickte er und sah hoch zum Himmel. »Es wird regnen«, sagte er, dann half er Frank ins Taxi.

Im selben Moment betrat ich das Gebäude und hörte, wie die Glastür hinter mir mit einem »Ächz« ins Schloss fiel.

Sintflut

Ich stieg in den Aufzug mit einem Gefühl aus Vorfreude und Angst. Auf der Fahrt nach oben sah ich in den Spiegel. Der Typ dort machte einen armseligen Eindruck. Die Schiebermütze auf seinem Kopf passte ihm nicht richtig. Sein Gesicht war lädiert, die Wangen eingefallen, gerade biss er sich auf die Unterlippe. Konnte es sein, dass er zitterte? Ich war froh, als der Aufzug endlich oben hielt, denn ich konnte seinen Anblick nicht mehr ertragen.

Es war jetzt Zeit, dass ich Antworten hörte. Und Haller würde sie mir geben.

Als ich ihn hinter dem Schreibtisch sah, erschrak ich. Er hatte winzige Augen und musste fest geschlafen haben. Eine kleine Lampe spendete dürftiges Licht, das Zimmer schien im Rauch zu ersticken.

Ich riss das Fenster auf, die frische Luft tat ihm gut.

»Sind Sie fertig?«, fragte ich atemlos.

»Ja, ich bin fertig«, sagte Haller, aber ich war mir nicht sicher, ob er damit mein Manuskript, seinen seelischen oder physischen Zustand meinte oder sein Leben. Oder fertig mit dem Rauchen. So wie er aussah, hätte er damit auch mein Manuskript und sein Leben zusammen gemeint haben können oder aber mehreres davon in beliebiger Kombination und Reihenfolge.

Er richtete sich auf seinem Stuhl auf, öffnete die Lippen und versuchte zu sprechen. Die Anspannung war mir inzwischen unerträglich geworden. Nur ganz langsam kamen erste Worte aus seinem Mund herausgetröpfelt.

»Lier, ich …«, fing er an.

Das war schon mal ein sehr guter Anfang, wie ich fand. Ich spürte, dass er mir gleich alles sagen würde, worauf ich so lange gewartet hatte.

»Lier, ich … ich muss mal pissen. ’tschuldigung für die Wortwahl, aber es ist schon spät.« Er verließ das Zimmer.

Natürlich, darauf hatte ich Jahre gewartet, die erste Reaktion auf mein Manuskript war da, und alles, was ihm dazu einfiel, war: »Ich muss mal pissen.«

Ich lachte vor Kummer, bis meine Nase schmerzte. Als ich mich schnäuzte, fand sich im Taschentuch ein blutiges Japan. Ich sah mich um. Erst jetzt entdeckte ich die fünftausend Tassen Kaffee, die sich auf Hallers Schreibtisch gestapelt hatten. Irgendwie kam mir da zum ersten Mal die Idee, dass *Der Leidensgenosse* vielleicht doch nicht so spannend war, wie ich immer gedacht hatte.

Haller kam wieder zur Tür herein. Er blickte mich lange an. »Lier, tut mir leid, das zu sagen, aber Sie sehen ja furchtbar aus … was ist denn nur los mit Ihnen?«

Ich versuchte zu antworten, brachte aber nur ersticktes Gemurmel hervor. Die Panik stand mir ins Gesicht geschrieben. Er musste es gesehen haben, denn er winkte nur ab.

»Möchten Sie vorher noch einen Kaffee?«

»Nein, danke … Können wir jetzt bitte über mein Manuskript reden?«

»Versteh schon, der alte Typ soll endlich zur Sache kommen.« Er stieß ein wehmütiges Lachen aus, in dem die Ausgelassenheit durchzechter Jugendnächte nachhallte. »Also gut. Sie wissen, dass ich Sie für talentiert halte. Dennoch muss ich Ihnen sagen, dass ich von Ihrem Roman enttäuscht bin.«

»Enttäuscht?« Ich blinzelte. »Wieso enttäuscht?«

»Ihr Buch ist der totale Stillstand.« Er starrte mich an. »Alles stagniert. Sie haben Angst, etwas zu tun, Sie warten nur. Sie sind dabei übrigens bemerkenswert langweilig. Und das trotz der ganzen Reisen oder des vielen Gemetzels zum Schluss, bei dem alle, und das ist beinahe schon eine Leistung, Lier, *alle* Hauptfiguren sterben. Und sagen Sie mal, ja sind Sie denn völlig wahnsinnig geworden, den Papst mit einem Maschinengewehr auszustatten und im Granatenhagel sterben zu lassen? Haben Sie sich Ihr Werk eigentlich mal selbst durchgelesen? Ich habe Hunderte von Seiten einfach überblättert, immer wieder derselbe Mist. Nicht dass Sie mich falsch verstehen, es gab einige überraschend gute und feine Szenen. Nach den ersten hundert Seiten über den Tod des Vaters war ich noch begeistert. Da waren Sie ganz nah an der Figur. Aber statt danach dranzubleiben und das Seelenleben des Protagonisten auszuleuchten, ging es leider nur noch bergab. Manchmal hatte ich beim Lesen sogar das Gefühl, Sie waren besoffen, als Sie es geschrieben haben! Und verdammt, Lier, was haben Sie sich denn nur dabei gedacht, alle paar Seiten eine Sexszene einzubauen? Wo man auch reinliest, wird gerade gevögelt und gestöhnt, das ganze Manuskript ist voll davon. Dabei liest es sich allerdings so, als hätte der Autor überhaupt keine Ahnung von Sex.«

Sein wissender Blick war mir peinlich. Ich wollte mit den Schultern zucken, merkte aber, dass ich noch immer wie gelähmt dasaß.

»Aber um auf den Punkt zu kommen: Kein Leser erfährt den Kern Ihrer Geschichte, stattdessen schreiben Sie nur drum herum, weichen den wahren Konflikten aus, flüchten sich in irgendwelche obskuren Episoden. Alles nur Schein. Ich glaube sogar, dass Sie den Kern Ihres Romans selbst nicht kennen.«

Er war hinausgegangen, um sich Kaffee zu machen. Ich rührte mich noch immer nicht. Als Haller wiederkam, setzte er sich mir gegenüber. Er rieb sich müde die Schläfen und sah genauso alt aus, wie ich mich fühlte.

»Also«, fasste ich seine Worte noch mal zusammen, die mein endgültiges Ende bedeuteten. »Sie behaupten, dass mein Roman nicht gut ist. Warum?«

»Mann, Lier, weil niemand so einen Mist lesen will!«

»Hören Sie auf, so über meinen Roman zu reden!«

»Dann hören Sie auf, so etwas in die Tasten zu tippen! Ich verstehe einfach nicht, wie Sie so ein Zeug zusammenschreiben konnten. Mehr als tausend Seiten! Sie können es doch. Ich hätte Ihnen das Praktikum bei uns sicher nicht gegeben, wenn Sie nicht schreiben könnten.«

»Bullshit. Sie haben es mir doch nur gegeben, weil Born es so wollte.«

»Nein!«, sagte er laut. »Nein, das habe ich nicht. Anton rief mich an und sprach von Ihnen, er meinte, er mache sich Sorgen, und schlug vor, dass ich Sie mir ja mal ansehen könne. Von einem Praktikum war nie die Rede, im Gegenteil. Ich musste ihn überzeugen, dass es genau das

Richtige für Sie sei, und zwar nachdem ich Ihre Probeartikel und vor allem Ihre Kurzgeschichten gelesen hatte. Die waren gut, teilweise sogar sehr gut. Anton meinte nur, ich solle Sie ein wenig im Auge behalten, doch ich gab Ihnen eine Chance.«

Er fixierte mich mit dem klarsten Blick, den ich je von ihm bekommen hatte. Und dann sagte er: »Sie können sich das vermutlich nicht vorstellen, Lier, aber in Ihrem Alter hatte ich meine eigenen Träume, und wie den meisten Menschen fehlte mir der Mumm. Jetzt bin ich neunundvierzig und arbeite bei einer Zeitung, die kaum jemand liest – und das ist okay. Sie dagegen haben mich an etwas erinnert, das ich vielleicht nie war. Ehrlich gesagt bin ich deshalb auch so enttäuscht von Ihrem Roman, weil er Ihnen nicht entspricht. Aber kommen Sie mir jetzt nicht in diesem Ton. Sie wollten die Wahrheit hören. Wäre es Ihnen lieber gewesen, ich hätte Ihnen was vorgeschwindelt?«

»Nein, natürlich nicht.«

Haller nickte. Er schlug nun versöhnliche Töne an. »Und nur, damit Sie mich jetzt nicht missverstehen. Sie haben durchaus Talent. Sie müssen sich bloß auf Ihre Fähigkeiten besinnen.« Vor allem beim letzten Satz sah er mich mit einem beinahe liebevollen Blick an, der mir durchaus eine mittelmäßige Karriere als Dachdecker oder Stripper zutraute.

»Talent, das reicht mir nicht«, sagte ich. »Talent, das ist so, wie wenn sich einer toll die Zähne putzen kann und trotzdem aus dem Maul stinkt.«

Der freundliche Gesichtsausdruck auf Hallers Gesicht verschwand. »Ich habe mir wirklich nicht die Mühe gemacht, Ihr Buch zu lesen, nur um mir dieses weinerliche Zeugs anzuhören. Wenn ich etwas nicht leiden kann, dann ist es Selbstmitleid. Haben Sie mich verstanden?«

Ich sagte nichts.

»Ob Sie mich verstanden haben?«

»Was dagegen, wenn ich jetzt gehe?« Ich stand auf und verließ das Büro.

»Lier, warten Sie«, warf mir Haller nach. An der Tür blieb ich stehen.

»Sie müssen loslassen können. Es ist doch nur ein Buch. Wie lange haben Sie daran gearbeitet? Ein, zwei Jahre? Das ist doch nicht die Welt.«

Ich sah ihn einige Sekunden lang an. Dann drehte ich mich um und ging.

Ich betrat den Aufzug. Die Fahrt nach unten dauerte ewig lange. Das Schlimmste aber war, dass auch der Typ im Spiegel wieder dabei war. Auch ihm schien es schlechtzugehen. Seine Augen waren feucht, und seine Mundlinie zuckte bedrohlich. Sicher fing dieser Idiot gleich mit dem Flennen an, so was machte mich ganz krank. Ich schrie diesen Penner an, dass ich ihn hasse und dass er ein elender Versager sei. Er brüllte hilflos zurück, aber ich konnte nicht verstehen, was er sagte.

Ich lief hastig durch die Straßen. An einer Ecke hörte ich ein paar ältere Jugendliche lachen und drehte mich um. Meinten sie mich? Lachten sie mich aus? Ich wollte hingehen und jeden Einzelnen von ihnen verprügeln, dann betrachtete ich meine dünnen, zarten Hände. Ich würde jede Schlägerei verlieren, mit diesen Mädchenhänden. Und wenn ich ehrlich war, hatte ich auch Schiss vor diesen Jugendlichen. Das muss ich leider zugeben.

Ich ging schnell weiter. Unterwegs fiel mir ein, wie ich noch vor wenigen Stunden gutgelaunt mit Frank und Gustav losgezogen war. Und jetzt war das Spiel aus, und ich hatte nichts. In diesem Moment erkannte ich, dass *Der Leidensgenosse* nicht mehr gewesen war als der Versuch, aus meiner Existenz noch so etwas wie Hoffnung herauszukitzeln. Ich hatte sein Ende hinausgezögert, weil es auch das Ende meines bisherigen Daseins bedeutete; einer Zeit ohne Antworten und Entscheidungen.

»O Gott«, sagte ich leise. »Ich *bin* der Leidensgenosse.«

Mir wurde bewusst, dass alle Versuche, die Romanfigur so weit wie möglich von mir wegzurücken, kläglich gescheitert waren. Trotz Reisen, Orgien und sterbender Päpste: Entweder hatte ich ihn oder der Leidensgenosse mich eingeholt. Und nun, nach einem Jahr Berlin, standen wir unweigerlich an derselben Stelle.

Der Wind pfiff durch die Straßen, es war merklich kühler geworden. Erst tröpfelte es nur, doch schließlich, nach Tagen der leeren Drohungen, begann es zu regnen. Ich verfluchte die Tatsache, dass mein Leben wie ein mieser Hollywood-Film war, und rannte zur nächsten U-Bahn-Station.

Als ich vor dem Aufzug ankam, war ich klitschnass. Ich drückte den Knopf, er leuchtete rot auf. Neben mir wartete eine ältere Frau mit Schirm und Koffer. Ich fragte mich, was sie um diese Uhrzeit allein auf der Straße machte. Sie trug ein türkisfarbenes Kostüm und einen dazu passenden Hut und glich in dieser Aufmachung ein wenig der englischen Königin. Obwohl sie mich eben noch beim Drücken des

Liftknopfes beobachtet hatte, ging sie wie in Zeitlupe zum Aufzug, um den Knopf noch mal zu drücken.

Und diese kleine Szene brachte das Fass zum Überlaufen. Der Himmel hatte tagelang Zeit gehabt zu regnen, doch ausgerechnet in der Sekunde, in der ich allein in den Straßen der Hauptstadt über meine gescheiterte Existenz nachdachte, war es so weit? Was sollte ich jetzt überhaupt machen, ohne Studium, ohne Traum, ohne Geld? Und wieso musste diese alte Frau den schon rot leuchtenden Knopf noch einmal drücken? Was – ZUR HÖLLE – sollte das?!

»Die Queen ist hier!«, schrie ich und lachte irre. »Die scheiß Queen ist hier und kontrolliert für mich, ob der verfickte Aufzug kommt.«

Wie ein Verrückter hämmerte ich nun mit den Fäusten auf den Liftknopf ein. Die alte Frau in dem türkisfarbenen Kostüm sah mich entsetzt an, vor allem als ich auch noch begann, das Liftgebäude mit Fußtritten zu versehen.

»Ahhhhhhhhhhh!!!«, brüllte ich und schlug wie von Sinnen auf den Aufzug ein. Immer wieder drückte ich den Liftknopf, während sich die Wassermassen über mich ergossen. »Vielleicht kommt der Aufzug ja schneller, wenn man hundertmal draufdrückt, vielleicht kommt er dann ja schneller.«

Ein Fenster ging auf, dann noch eins. Ein Mann rief zu mir herunter. »Hey, halt deine Fresse, du Penner, es ist fünf Uhr früh.«

»Halt du doch deine Fresse!«, rief ich zu ihm hoch. Ich war berauscht von meiner Wut. Ich fluchte, sah weitere Lichter in der Straße angehen und hörte die alte Frau um

Hilfe schreien. Dennoch trommelte ich unaufhörlich gegen die Aufzugsscheibe, vielleicht Sekunden, vielleicht Minuten. Ich wollte, dass dieser verdammte Aufzug kaputtging. Wollte ihn zerstören, einfach nur zerstören und machte so lange weiter, bis meine linke Hand schmerzte. Ein Glassplitter. Ich sah, wie sich das Blut sofort mit dem Regen vermischte.

Dann entdeckte ich in der Ferne die Polizisten. Sie kamen langsam auf mich zu. Ich erschrak und ließ vom Aufzug ab. Die Polizisten wurden schneller. Ich zögerte kurz, dann rannte ich los.

»Stehen bleiben!«, riefen sie mir nach. Doch während der Regen noch immer auf mich niederprasselte, lief ich einfach weiter, nur noch weg von hier.

»Stehen bleiben!«

Ich begriff endlich. In dem Jahr in Berlin war ich keinen verdammten Meter vorwärtsgekommen. Wie Haller sagte: Alles stagnierte. Und so rannte ich jetzt, ganz egal, wohin. Bilder tauchten auf, Born stand plötzlich vor mir und gab mir einen Rat, doch schon war er wieder weg, war tot, Miri redete mit mir, doch ich wusste nicht mehr, ob sie echt war oder nur ein Traum, ich wusste nur: *Freedom is just another word for nothing left to lose,* und: *We all scream for ice cream,* und ich keuchte, alles schmerzte, doch ich lief weiter, und Geschäfte, Häuser, Bäume und Litfaßsäulen flogen nur so an mir vorbei. Während ich wie in Trance durch Berlin rannte, überkam mich ein Gefühl der Unbesiegbarkeit, ich lief durch Pfützen, fiel hin, egal, weiter, ich wollte an diesem Abend meinem alten Leben davonlaufen und alles nachholen, was ich das ganze letzte Jahr über verpasst hatte, ich wollte und wollte und ich rannte und rannte. Für einen Moment fühlte ich mich befreit.

Doch dann wurde ich langsamer, und kurz vor dem Wastelandpark blieb ich stehen. Ich konnte nicht mehr. Auf einen Schlag war ich müde und traurig, und vor Anstrengung war mir speiübel geworden. Ich sank zu Boden, spürte den Regen auf meinem Rücken und übergab mich auf der Straße. Immer wieder, bis ich husten musste. Auf meiner Zunge der Geschmack von Galle und Alkohol.

Dann war das Kotzen vorbei, mit dem Teil der Geschichte war ich durch. Benommen betrachtete ich mein Werk auf dem Bürgersteig. Das war endgültig der Tiefpunkt. Was nun auch kommen würde, vielleicht Obdachlosigkeit, mehrere abgelehnte Manuskripte oder die feierliche Hochzeit meines eitlen kleinen Bruders an meinem vierzigsten Geburtstag, an dem ich noch immer Single und inzwischen fett und kahlköpfig wäre, schlimmer konnte es nicht werden. Ich würde mich dann, in ferner Zukunft, zwar kurz fragen: »Jesper, mal ehrlich, ist es nun tatsächlich schlimmer als damals, nach Hallers Kritik, als dir klar wurde, dass der alte Born tatsächlich an deinem ersten scheiß Sexroman gestorben ist, du wohl nur ein One-Night-Stand für die Frau warst, in die du dich gerade verliebt hattest, und als du auf der Flucht vor der Polizei wie eine Ratte auf der Straße gekrochen bist, vor dir dein Erbrochenes … sag mal, ist es jetzt wirklich schlimmer?«

Und jedes Mal würde ich dann nur den Kopf schütteln.

»Nein, natürlich nicht.«

In der Ferne ein schwacher Saum von Morgenlicht. Ich erhob mich langsam, ging ein paar Schritte, und irgendwie fand ich doch noch meinen Weg nach Hause. Von der Straße aus sah ich, dass bei mir unten im Keller noch Licht brannte. Zitternd steckte ich den Schlüssel ins Haustürschloss. Ich benötigte mehrere Versuche, bis es sich endlich öffnen ließ. Ich taumelte die Treppen nach unten, hielt mich am Geländer fest, dann war ich in der Wohnung. Der betrunkene Frank murmelte noch etwas, aber ich verstand nicht, was er sagte, und warf mich aufs Bett. Dort lauschte ich dem Regen, der draußen auf das Kopfsteinpflaster prasselte, bis ich in einen kurzen Schlaf fiel.

Samstag

Alleinsamkeit

Ich wachte mit einem Gefühl von kalter Angst auf. Sah mich in einem Studienfach, das ich hasste, in einem Büro, das mich einengte, in einem Beruf, der mich auffraß und mir egal war. Sah, wie ich mir abends ein Fertiggericht zubereitete und mich und meine gescheiterte Existenz verurteilte. Mir standen keine Türen offen. Das Schreiben war mein Joker gewesen, nun würde ich mich dem wirklichen Leben stellen müssen, und das wirkliche Leben schien eine Nummer zu groß für mich. Und was jetzt? Doch das Angebot von Pauli annehmen? Ja, vielleicht war es das Beste, sich nicht erst lange abzuzappeln, sondern gleich aufzugeben. Ich stellte mir vor, wie es wäre, mit ihm zusammenzuarbeiten. Pauli würde mich protegieren, mich rumführen, auf Partys mitnehmen und mit seiner öligen Herzlichkeit irgendwelchen Leuten vorstellen …

Mir wurde schlecht, richtig schlecht. Dazu wieder der Alptraum mit den Wölfen. Seit dem Tod meines Vaters jagten sie mich, sie waren mir von München nach Berlin gefolgt, mittlerweile quälten sie mich jede verdammte Nacht. Ich war kein Traumdeuter, ich wusste nur: Das musste aufhören!

Ich griff mir eine halbwegs saubere Tasse, goss Wasser ein und ließ darin zwei Aspirin versinken. Ich trank das sprudelnde Gebräu in einem Zug. Dann warf ich mir ein paar Klamotten über, ließ das Rasieren, Duschen und Zähneputzen aus und ging in die Küche.

Zu meinem Erstaunen war sie leer, Frank offenbar weggegangen. Als ich die Pistole auf dem Küchentisch entdeckte, nahm ich sie in die Hand und zielte ein paarmal damit umher. Dann steckte ich sie ein. Ich spürte, dass ich sie noch brauchen würde.

Ein paar Minuten später klopfte es an der Tür. Zweimal lang, viermal kurz. Als ich aufmachte, stand ein kleiner weißhaariger Mann im Treppenhaus. Klassischer Junkie, ihm fehlten einige wichtige Zähne, sein Gesicht war zerfurcht, wahrscheinlich war er schon seit Jahren auf irgendeiner Scheiße hängengeblieben. Er schien überrascht, mich zu sehen.

»Wo ist Tubluk?«, fragte er.

Ich seufzte, das machte mich ganz fertig, wenn ich schon frühmorgens mit so komischen Irren konfrontiert wurde.

»Der ist schon lange ausgezogen«, sagte ich.

Der Typ tippte auf mein Türschild. »Da steht, er wohnt noch hier. Wieso ist das Schild noch da, wenn er hier nicht mehr wohnt?«

»Ja, wieso, wieso … Weil ich zu faul war, es abzumachen, okay? Das werde ich jetzt gleich tun.«

Der weißhaarige Typ betrachtete mich argwöhnisch, als ob ich ihm etwas verheimlichen würde. »Es gibt Probleme, große Probleme. Du musst mir helfen«, sagte er, aber ich merkte gleich, dass er mir nicht traute. »Ich hab Scheiße gebaut. Ich glaub, wegen mir steckt er jetzt in echten Schwierigkeiten. Weißt du, wo er ist?«

»Nee, keine Ahnung«, antwortete ich und ließ die Tür vor seiner Nase ins Schloss fallen.

Ich fragte mich, was ich tun sollte. Ich wollte unter Menschen. Also wartete ich einige Minuten, um nicht im Hausflur auf den Junkie-Kobold zu treffen, und machte mich auf den Weg. Als ich durch die Straßen lief, spürte ich die Waffe in der Manteltasche. Ich fühlte mich stark und mächtig, auch wenn sie nicht geladen war. Stellte mir vor, dass mich jemand blöd anrempelte oder anmachte und wie ich dann die Tokarew herausholte und auf ihn zielte. Sie sollten sich alle vor mir fürchten. Ich musste lächeln, dann stieß ich mit jemandem zusammen und entschuldigte mich.

Ich ging in ein mir unbekanntes Café. Es war schön, dort Zeitung zu lesen und was zu trinken. Keiner der anderen Gäste kannte mich, niemand von ihnen konnte ahnen, wie schlecht es mir ging. Das gefiel mir. Ich tat betont glücklich, als ich etwas bestellte, und schaute dabei immer wieder zu den anderen Gästen, hoffte, dass sie auf meine Show reinfielen und vielleicht sogar neidisch auf den jungen Mann wurden, der da so heiter wirkte. Diese verdammten Jugendlichen, dachten sie wahrscheinlich, ja, in dem Alter ist man noch unbeschwert … Ich stellte mir vor, abzuhauen und irgendwo ein neues Leben anzufangen, mit neuen Menschen, die mich und meine Fehler nicht kannten. Und denen würde ich dann bis zu meinem Tod was vorspielen. Die perfekte Lüge: Ich würde so tun, als wäre ich einfach nur glücklich.

Nach einer halben Stunde zahlte ich mit dem letzten Rest, den ich noch von Gustavs Zehner hatte, und ging nach

Hause. Schon im Flur hörte ich Stimmen. Gustav und Frank saßen am Küchentisch, sie unterhielten sich gerade über den gestrigen Abend und Rashed. Offenbar waren sie Klamotten kaufen gewesen, denn Frank trug ein blaues Secondhand-Jackett und eine neue Jeans und sah überhaupt anders und erwachsener aus. Sogar seine Haare waren gegelt.

Ich setzte mich zu ihnen. »Na?«, fragte ich wie ein misstrauischer Ehemann. »Habt ihr beide euch denn gut amüsiert ohne mich?«

»Ich hab ihn mit dem Roller in der Stadt rumgefahren, als du geschlafen hast … waren in ein paar Läden.« Gustav steckte sich eine Zigarette in den Mund. »Was hat denn dein Chef gestern zu deinem Buch gesagt?«

»Er hat es verrissen. Er hat gesagt, es ist Müll.«

Beide sahen mich ungläubig an. *Der Leidensgenosse* hatte die letzten beiden Jahre wie ein unantastbarer Riese neben mir gestanden. Nun war er nicht mehr als ein missratenes Manuskript.

Ich wollte gerade etwas dazu sagen, da hellte sich plötzlich der Raum vor meinen Augen auf. Miri! Ich hatte sie über der Sache mit meinem Roman ganz vergessen! Doch eigentlich war alles, was mir passiert war, völlig egal, wenn ich an sie dachte.

Ich rannte zum Anrufbeantworter. Bitte, bitte, bitte … Er zeigte nichts an.

»Hat sie angerufen, als ich weg war?«, fragte ich Frank. Er schüttelte nur den Kopf.

Ich fluchte laut. Die Enttäuschung von gestern Nacht kam zurück, die Machtlosigkeit, die Angst. Der ewige, gottverdammte Hunger.

Ich erzählte den anderen von Miris abweisendem Verhalten am Morgen danach.

»Na, und wenn schon«, hörte ich Gustav in meinem Rücken sagen. »Das hat nichts zu bedeuten. Dann musst du eben um sie kämpfen.«

»Und was soll das bringen?« Ich fuhr herum. »Soll ich mich lächerlich machen? Was, wenn sie mich abservieren *will*? Das würde mich umbringen … Nee, ich lass es jetzt sein und gut ist.«

Ich kannte diesen Jesper Lier nun seit zwanzig Jahren und wusste, dass es die Wahrheit war. Er konnte mit vielen Dingen umgehen, aber nicht mit Zurückweisung.

Gustav sah mich erstaunt an. »Bist du verrückt? Meinst du das ernst? Willst du jetzt auch da einfach aufgeben und nichts tun oder was?«

Ich antwortete nicht.

»Ich glaub's einfach nicht.« Gustav nahm einen tiefen Zug. »Du machst wirklich ständig den gleichen Mist, oder? Bei ihr und bei allen anderen.«

»Ach, du verstehst das nicht«, antwortete ich nur, und damit war das Thema für mich erledigt.

»Er hat aber recht«, sagte plötzlich Frank.

Ich blickte ihn an. »Was?«

»Na ja …« Frank druckste herum. »Ich sag's dir nur ungern, aber du warst schon am Ende der Schulzeit so verschlossen. Das mit deinem Vater muss echt grausam für dich gewesen sein, aber sicher weiß ich's nicht. Denn immer, wenn ich mit dir drüber reden wollte, hast du abgeblockt, und dann bist du einfach abgehauen. All meine Mails hast du unbeantwortet gelassen, wir hatten fast ein

Jahr keinen Kontakt. Du tust immer so, als hätten dich die anderen allein gelassen, dabei war es nur deine Schuld.«

Ich musste mich beherrschen, um mich nicht sofort auf ihn zu stürzen. Wie konnte er es nur wagen, mir so etwas vorzuwerfen? Was wusste Frank schon? War sein verdammter Vater tot? Wusste er, wie schlimm es war, die Scherben aufzukehren und sich nur um andere zu kümmern, alles allein zu ertragen?

»Was soll denn das jetzt, du Wichser?« Ich trat auf ihn zu. »Sag mal, Frank, seit wann traust du dich denn auch mal, deinen Mund aufzumachen? Wenn ich nicht wäre, würdest du immer noch bei deiner Oma auf dem Sofa sitzen und stricken. Ist das jetzt dein beschissener Dank oder was?«

Ich griff nach dem Hörer der Hausgegensprechanlage. »Los, sag's mir, Frank, seit wann kannst du dein Maul aufreißen?«

Ich warf den Hörer mit aller Kraft gegen die Wand. Es knallte laut, das Ding zerbrach in tausend Teile. Frank zuckte zusammen, Gustav blieb stumm. »Seit wann kannst du deine eigene Meinung vertreten? Sag schon. Ich hör dich nicht. Los, Frank, seit wann bist du kein kindischer Hosenscheißer mehr?«

Mit voller Wucht kickte ich nach irgendeinem Teil des Hörers, das auf dem Boden lag. Ich verfehlte es und rutschte heftig aus. Auf einmal sah ich das schmutzige Weiß der Decke. Einen Moment blieb ich so auf dem Rücken liegen.

»Okay, das war peinlich«, sagte ich zu mir selbst.

Ich stand auf, atmete ein paarmal durch und legte 'ne neue Kassette ein. »Sorry für das eben«, sagte ich jetzt versöhnlich, »aber ich bin im Moment nicht gut drauf. Am besten geht ihr in die Stadt und lasst mich eine Zeitlang allein, okay?«

Ich wollte mich davonstehlen und ging in mein Zimmer. Gustav und Frank würden mich dann schon in Ruhe lassen.

Nur schienen sie das leider nicht zu wissen, denn sie kamen mir nun nach und bildeten an der Zimmertür eine Mauer. »Was ist denn los mit dir?«, fragte Gustav.

Ich dachte daran, wie ich nach dem Tod meines Vaters versucht hatte, für meine Familie da zu sein. Ich hatte es nicht geschafft. Es hatte rein gar nichts gebracht, außer dass ich meine lächerlichen Grenzen erkannt hatte. Man wurde bloß verletzlich, wenn man die Dinge ernst nahm.

Gustav und Frank wollten sich zu mir ans Bett setzen. Ich stand wieder auf. »O Mann, ich hab doch gesagt, ihr sollt mich allein lassen. Ihr kapiert das wohl nicht. Ich schaff das schon, ich hab alles im Griff.«

Gustav lachte nur. »Du und alles im Griff, Jesp. Das glaubst du doch selber nicht. Dein blödes Getue, der einsame Rebell, der seinen schwierigen Weg geht. So ein Scheiß, werd endlich erwachsen.«

Ich antwortete erst mal nicht, sondern ging einfach nur auf ihn zu. »Jetzt hör mir mal gut zu, Gustav von Wertheim«, sagte ich ruhig. »Bist du mein scheiß Kritiker oder was? Ich hab dich so satt. Du kotzt mich an. Denn wenn ich jetzt eine Sache nicht brauchen kann, dann deine grenzenlose Arroganz. Mein ganzes Leben fällt gerade wie ein Kartenhaus in sich zusammen, und alles, was du tust, ist, es gelangweilt zu analysieren. Alles, aber auch wirklich alles weißt du besser, immer hast du recht, du bist einfach der Größte. Aber sieh dich doch mal selber an. Du läufst in den versifftesten Klamotten rum, weil du dich für deine Kohle schämst. So ist es doch, oder? Dieses ganze Getue mit deiner Firma … reine Fassade. Du lebst vom Geld deines Vaters, du bist nur ein verwöhnter, verhätschelter Schmarotzer, genau wie diese dummen Wichser, mit denen du deine Firma betreibst. Die laufen wenigstens alle in Anzügen rum, weil sie sich nicht zu verstellen brauchen. Aber du stehst da natürlich drüber, nicht? Du bist ja auch in Wirklichkeit Regisseur, hab ich ganz vergessen. Der Herr Regisseur! Nur Pech, dass dich auf der Filmhochschule niemand will. Und was du gestern im Club mit Frank abgezogen hast, als du ihn absichtlich eifersüchtig gemacht hast, war einfach das Letzte.«

Frank sah mich überrascht an.

»Ja, du brauchst gar nicht so zu schauen«, sagte ich zu ihm. »Was meinst du, wie lange Gustav sich noch mit dir abgibt? Ein oder vielleicht doch zwei Tage? Er hat seinen Spaß, dann schmeißt er dich auf den Müll. Verstehst du nicht? Gustav ist nur bei uns, weil es für ihn zurzeit noch ganz amüsant ist. Ich versage gerade total, und mit dir kann er ein bisschen spielen, aber irgendwann wird er sich langweilen und woanders hingehen.«

Ich blickte wieder zu Gustav. »Ist doch so, oder? In Wahrheit bist du nicht mehr als ein blöder Ficker. So, und jetzt verzieh dich aus meiner Wohnung.«

Lange war es still. Um ehrlich zu sein: Ich war selbst neugierig, was Gustav antworten würde. Ich hatte ihm endlich alles gesagt, was ich schon immer mal loswerden wollte.

»Was bist du bloß für ein kleines, trauriges Arschloch«, sagte er nur.

Wir standen uns noch immer gegenüber. Frank war hin- und hergerissen und versuchte zu schlichten. »Jesper, er hat dir doch gar nichts getan. Wieso regst du dich denn so auf? Er hat doch nur versucht, dir zu helfen.«

»Zu helfen? Ach ja? Das ist Hilfe? Zu sagen, ich wäre ein trauriges Arschloch? Wer braucht schon so eine Hilfe?«

Da standen wir nun zu dritt, Jesper, Frank und Gustav, und hörten diesem traurigen Arschloch beim Fluchen und Beleidigen zu, denn das konnte ja unmöglich ich sein, der da so seine Freunde angriff. »Und jetzt verpiss dich endlich aus meiner Wohnung«, sagte ich erneut.

Gustav blieb stehen. Dass er so cool blieb, brachte mich fast um den Verstand.

»Hau ab … WARUM HAUST DU NICHT ENDLICH AB?!«

Auf einmal waren meine Augen feucht. Ich zitterte vor Spannung, hatte Schiss, Gustav könnte mich schlagen, griff in die Manteltasche und umklammerte die Waffe.

Er blieb jedoch gelassen. »Genau, Jesp. Du brauchst ja schließlich niemanden«, sagte er. »Du harter Kerl. Aber innerlich bist du einsam und traurig. Ich meine, siehst du so deine Zukunft? Willst du für immer davonlaufen, dich in irgendwelchen kleinen Bruchbuden verkriechen und darauf hoffen, dass du irgendwann mit dem Schreiben Erfolg hast? Du musst aufpassen, dass du nicht verbitterst. Ich sag dir das als Freund: Lass dir helfen. Verdammt, jeder Mensch braucht Hilfe. Weißt du eigentlich, wie schwer es ist, dir zuzusehen, wie du immer wieder die gleichen Fehler machst? Und zwar so offensichtlich, dass man dich fast umbringen könnte, obwohl man dich mag? … Bloß weil dein Vater tot ist, kannst du doch nicht beschließen, auf alle Gefühle zu verzichten. Allein wie du immer von deiner Familie sprichst. Als ob die auch schon tot wären. Meinst du, deine Mutter hat damit gerechnet, dass ihr Mann so früh mit 'nem Herzinfarkt zusammenbricht? Glaubst du, sie freut sich, eure Wohnung aufgeben zu müssen? Denkst du vielleicht einmal an sie? Nein, es geht immer nur um *dich, dich, dich,* da ist nur dein scheiß Selbstmitleid. ›*Alles ist so schwierig, ich bin so verloren, niemand versteht mich, heul, heul …*‹ Weißt du, was dir fehlt? Die verdammten Eier im Sack. Aber du hast ja, wie sagst du, ›alles im Griff‹. Dass ich nicht lache. Ich habe noch nie einen Typen gesehen, der so sehr am Ende ist wie du. An dir ist alles Fassade, du scheißt dir doch in die Hosen vor Angst, dass deine kleine Jesper-Show bald vorbei sein könnte und die Leute checken, wer du wirklich bist. Nämlich nur ein armseliger, einsamer Lügner, der nichts auf die Reihe kriegt und sich verzweifelt als verkanntes Außenseiter-Genie hinstellt. Du bist auf dem Weg nach unten, und das weißt du auch. Und das Schlimmste daran? Du glaubst auch noch, die anderen urteilen alle über dich, doch in Wahrheit bist du der Einzige, der ständig andere verurteilt und sich über sie lustig macht. Aber nur weil du es vielleicht schwerer hattest als die, bist du noch lange nicht besser oder sympathischer. Die können nämlich auch nichts für ihr Leben, genauso wenig wie du bei deinem Vater. Aber du kannst was dafür, dass du so ein selbstgerechter Arsch bist.«

Alles Volltreffer, musste ich zugeben. Ich brauchte Zeit, um mich davon zu erholen.

Gustav hatte sich inzwischen seine Jacke genommen und war gegangen.

»Los, verpiss dich!«, warf ich ihm hinterher, aber es war zu spät, er war längst weg.

Ich betrachtete meine Hände. »Und Frank … Willst du jetzt auch gehen?«

»Was?«

»Nee, komm, geh schon, ich weiß, dass du auch abhauen willst. Los, mach schon.«

»Hey, Jesper, jetzt hör doch mal auf.«

Ohne ihn anzusehen, fuhr ich fort. »Ich versteh das wirklich gut, Frank, ehrlich. Hier in meiner Straße gibt's außerdem viele schwule Cafés, da setzt du dich am besten einfach rein und lässt dich mal richtig schön durchvögeln von irgendwelchen Typen, die …«

Nun schnappte auch er sich seine Jacke. »Also gut, ich gehe«, sagte er, so erwachsen und zornig, wie ich ihn noch nie erlebt hatte. Er baute sich vor mir auf, und wieder wurde mir bewusst, wie groß er war. »Das muss ich mir nicht antun. Aber ich sag dir eines, Jesper. Du gehst zu dieser Miriam und redest mit ihr, sonst hau ich dir wirklich mal eins aufs Maul.« Er knallte die Tür hinter sich zu.

Einen Moment blieb ich stehen, dann rannte ich ihm hinterher, er war schon im Treppenhaus. Ich empfand nun ein bitteres Vergnügen, auch auf ihn wütend sein zu dürfen. Danach hatte ich mich gesehnt, ich wollte, dass sie da draußen alle gegen mich waren. Ich gegen die ganze scheiß Welt.

»Ihr seid gut!«, rief ich. »Ihr seid verdammt gut!«

Krachend fiel die Tür abermals in ihr Schloss, und zurück blieb ich. Allein.

Keine Ahnung, wie viel Zeit vergangen war. Eine Weile hatte ich mich auf einen Stuhl gestellt und gezählt, wie viele Menschen oben auf der Straße an meinem Fenster vorbeigingen. Genau hundertvierundfünfzig. Na wartet, dachte ich, als ich wieder nach oben schaute. Euch zeig ich's noch.

Leere Drohungen. Mir war längst klar, dass mein Traumgebilde an der Realität zerbrochen war. Ich ging in die Küche, wo mein gepackter Koffer stand. Irland, dachte ich. Ich könnte nach Irland fahren und nie mehr wiederkommen. Fick dich, Deutschland, fick dich, Berlin, fick dich, Krankenkasse, Gesellschaft, Altersvorsorge, Immatrikulationsbescheinigung und Lohnsteuerkarte. Ich schloss die Augen und erinnerte mich, wie mir mein Vater von Irlands Küste, Dublins Kneipen und den hübschen rothaarigen irischen Frauen erzählt hatte …

Aber war das nicht wieder eine Flucht? Ich dachte an Miri, die ich inzwischen so unnatürlich stark liebte, als würden wir uns schon seit Jahren kennen. Auf einmal packte mich eine so heftige Sehnsucht nach ihr, dass ich kaum atmen konnte, gleichzeitig hatte ich wahnsinnige Angst davor, dass sie mich abweisen könnte. Bei der Vorstellung, sie zu verlieren, kamen mir kurz die Tränen, ärgerlich wischte ich sie weg. »Bist du jetzt total bescheuert«, sagte ich zu mir.

Ich überlegte, was mir der alte Born geraten hatte, wenn es beim Schachspielen eng geworden war und ich nicht gewusst hatte, ob ich das Risiko eingehen sollte, ihn anzugreifen – oder doch lieber auf Sicherheit setzen sollte.

»Natürlich machst du nicht viel falsch, wenn du mich nicht angreifst«, hatte er damals gesagt. *»Im Gegenteil, du stehst sicher und hast gute Chancen, nicht zu verlieren. Doch*

wenn du gewinnen willst, musst du auch mal was riskieren und deine Stellung aufgeben.« Er hatte gelächelt. *»Es ist immer besser, etwas zu bereuen, das man getan hat, als etwas, das man nicht getan hat … Also, du bist am Zug.«*

Ich griff nicht an.

Eine weitere Stunde verging. Ich lag auf dem Bett und beleidigte mich selbst, nannte mich einen scheußlichen Jammerlappen, beschimpfte mich höhnisch dafür, dass ich jetzt auf dem Bett lag, statt irgendetwas zu unternehmen und mein Leben endlich in den Griff zu kriegen. Ich kratzte mich am Bauch. Als ich den Pullover anhob, um zu sehen, wieso es mich so juckte, erkannte ich, dass sich die roten Punkte vermehrt hatten. Inzwischen stand eine richtige Armee von ihnen um meine Hüften herum. Schnell zog ich den Pullover wieder darüber und versuchte, nicht mehr daran zu denken. Ohnehin war ich sehr hungrig geworden. Ich musste deshalb den Vermittler spielen zwischen Jespers Magen, der essen wollte, und Jespers Hirn, das den Magen als Idioten beschimpfte, da bekanntlich kein Geld mehr vorhanden war.

Ich holte wieder Tubluks Pistole hervor und betrachtete sie. Was hatte dieser Typ nur für ein Geheimnis? Ich legte den Finger auf den Abzug der Tokarew, posierte ein wenig vor dem Spiegel und dachte dabei an die Jugendlichen, die mich in Kreuzberg ausgeraubt hatten. *Taxidriver*, ich als De Niro. »Redet ihr mit mir? Ihr kleinen Scheißer wollt mich ausrauben? Mich? Aber was sagt ihr jetzt? Was, wenn ich euch einfach umpuste!« Ich versuchte möglichst gefährlich auszusehen. Dann drückte ich ab. »Peng!«, hauchte ich.

Ich steckte die Waffe in die Manteltasche, als mir vor Hunger und Müdigkeit schlecht wurde. Ich taumelte, fiel auf den Boden, atmete ein paarmal durch, blinzelte. Plötzlich Geräusche an der Tür. Seltsamerweise war ich nicht verwundert, als die beiden Männer vor mir auftauchten. Es waren dieselben Männer, die mich schon vorgestern vor den Prostituierten angesprochen hatten. Kryger und Juri, meine eigenen Romanfiguren, die nun, lebendig geworden, in meiner Küche standen.

»Na, wen haben wir denn hier?«, fragte Kryger, der Ostdeutsche. »Das ist doch der nette junge Mann, der in seinem kleinen Drogenversteck lebt.«

Ich rappelte mich auf und sah in sein aufgeschwemmtes, grobes Gesicht. Ihr fragt euch sicher, wieso ich in diesem Moment an den Schreibtisch meines Vaters denken musste. Ganz einfach. Dieser Schreibtisch war ein tonnenschweres Teil aus massiver Eiche. Mein Vater hatte sich, als er ihn woanders hinstellen wollte, sogar verhoben. Ich selbst konnte das Ding keinen Millimeter von der Stelle bewegen. Aber dieser Kryger, der sah so aus, als könnte er diesen Schreibtisch mühelos durchs Zimmer werfen, und mich gleich hinterher. Der Typ war ungefähr in Hallers Alter; als ich ihn damals für mein Buch erfunden hatte, hatte ich etwas vage geschrieben: »Er war alt genug, um seinen Sohn zu verprügeln.«

Juri, der Russe, hingegen war größer und schlanker, er hatte ein feingeschnittenes Gesicht und trug einen dunklen Anzug. Neugierig sah er sich um und betrachtete das Küchenfenster, durch das kaum Tageslicht fiel. »Du wohnst echt am Arrsch derr Welt«, stellte er fest.

Kryger kam einen Schritt auf mich zu. »Hey, du, antworte endlich. Bist du jetzt Tubluk oder nicht? Und wenn nicht, was hast du hier unten zu suchen?«

Ich sah ihn stirnrunzelnd an. Offenbar war ich wieder mal in einem Tagtraum gefangen, schließlich hatte ich mir die beiden Typen doch nur ausgedacht. Dabei hatte ich schon genug Probleme, auch ohne Romanfiguren in meiner Küche.

»Also?«, hakte Kryger nach.

Ich zuckte mit den Schultern. Mir war alles egal. Ohne es wirklich zu wollen, sagte ich, dass ich Tubluk sei. Ich glaubte, dadurch die Dinge zu beschleunigen und endlich aus diesem Mist aufzuwachen.

»Sehr gut«, antwortete der Dicke. »Haben wir dich also erwischt.«

Ja, ja, dachte ich, red du nur. Gleich würde ich ihm nämlich auch noch sagen, wer er wirklich war. Mal sehen, wie sehr es ihn aus der Fassung bringen würde, wenn er erfuhr, dass ich ihn nur erfunden hatte.

Ich grinste überlegen. »Tja, du fragst dich jetzt sicher, woher ich weiß, dass du Kryger heißt, oder?«

Er sah mich irritiert an. »Ich heiß nicht Kryger, du Idiot, keine Ahnung, was du da redest.«

Und noch ehe ich mein Erstaunen zum Ausdruck bringen konnte, nickte er Juri zu. Aus den Augenwinkeln sah ich, wie dieser eine Pistole aus seiner Jacketttasche holte. Dann knallte es plötzlich an meinem Hinterkopf, und alles wurde rot, dann schwarz.

Das Leben, eine Randnotiz

Ein riesiger Raubvogel saß auf meinem Rücken. Sosehr ich mich wehrte, er ließ sich nicht abschütteln, krallte sich in meinen Nacken und hackte mit seinem Schnabel auf meinen blutenden Hinterkopf. Ich rannte davon, stürzte und fiel in eine Schlucht. Beim Fallen versuchte ich mich irgendwo festzuhalten, an einem Strauch vielleicht, vergeblich, mit dem Vogel auf dem Rücken sauste ich in die Tiefe. Im Flug dachte ich nur noch, wie wunderbar es war zu wissen, wie sich Sterben anfühlte. Ich genoss diesen Moment, während es immer dunkler und zugleich wärmer wurde und ich in die Unendlichkeit raste …

Ich öffnete die Augen. Erstaunt bemerkte ich, dass ich mich in einem Auto befand, es parkte vor einer geschlossenen Fabrik. Wir mussten am Rande Berlins sein. An meinem Hinterkopf ein schweres Pochen, offenbar war ich niedergeschlagen worden. Jemand klopfte an die Scheibe. Juri.

»Du, steig aus.«

Ich schälte mich aus dem silbergrauen Renault und schlurfte einige Meter über den Betonboden. Hinter der Fabrik konnte man die Dächer der Stadt sehen, in der Mitte ragte der Fernsehturm empor.

Der dicke Mann, der anscheinend nicht Kryger hieß, kam auf mich zu. »So, du glaubst also, du kannst Karel bescheißen und dich dann einfach so verpissen? Blöd gelaufen, Kleiner. Wir haben rausgekriegt, wo du wohnst.«

Ich sah ihn irritiert an.

Er ließ den Blick in die Ferne schweifen. »Weißt du, eigentlich keine schlechte Idee, dich in dem kleinen Kabuff zu verschanzen. Nicht mal Karel wusste davon. Aber Pech, dass einer deiner alten Kunden sich noch daran erinnert hat ...« Er baute sich vor mir auf. »Also, hast du noch irgendwas zu deiner Verteidigung zu sagen?«

Noch immer war ich wie betäubt. Ich wähnte mich in einem dunklen Traum, meiner ausgedachten Agentengeschichte, und konnte mit der Situation nicht umgehen.

»Wer ist Karel?«, fragte ich schließlich.

»Okay, das rreicht.« Juri griff in die Innentasche seines Jacketts und holte eine Pistole heraus. Er hielt sie mir wortlos an den Kopf.

Adrenalin schoss durch meinen Körper. Ich schwitzte fast auf Knopfdruck. Und erst jetzt wurde mir Idiot zum ersten Mal klar, dass meine Aktion, mich fälschlicherweise als Tubluk auszugeben, vielleicht gefährlich war. Lebensgefährlich. Was, wenn das hier doch real war? Wieder erinnerte ich mich daran, dass ja auch Gustav behauptet hatte, es hätten zwei Männer nach Tubluk gefragt.

»Wartet, ihr verwechselt mich!« Ich spürte, wie mein Herz sich verkrampfte. »Ich bin nicht Tubluk, ihr habt den Falschen!«

»Wir haben dich die ganzen letzten Tage über beobachtet, Radoslav Tubluk«, sagte der Dicke. »Und heute Morgen haben wir gesehen, dass immer noch Kunden bei dir vorbeikommen.«

»Herrgott, ihr müsst doch wissen, wie Tubluk aussieht, wenn ihr mich verfolgt. Hat euch euer Karel keine Anweisungen gegeben?«

»Jetzt pass mal auf, ich hab nur deinen Namen gekriegt und den von ein paar Kunden von dir, und mehr brauch ich nicht zu wissen. Du bist nur ein ganz kleiner Auftrag, du stehst ganz unten auf einer langen Liste, und ich habe keine Lust mehr, meine Zeit mit dir und deinen Spielchen zu verschwenden. Du hast Mist gebaut und dich verpisst, und jetzt wird abgerechnet.«

Die Pistole klickte an meiner Schläfe. Ich versuchte einen klaren Gedanken zu fassen. Unwillkürlich musste ich daran denken, wie ich vor Jahren mit meiner Familie während eines Winterabends Brettspiele gespielt und irgendeinen nichtssagenden Film geschaut hatte. Und wie sicher und behütet ich mich in dieser Langeweile gefühlt hatte, ohne es auch nur zu ahnen. Und jetzt kam ich nicht mehr raus aus diesem Alptraum. Schon seit Jahren kam ich einfach nicht mehr raus. Ich wollte dieses Leben hier doch gar nicht, ich wollte, dass alles wieder so fehlerlos und neu war wie damals.

Ich setzte mich auf den Boden und versuchte zu weinen, aber nicht mal das gelang mir. »Ich bin wirklich nicht Tubluk. Ich heiße Jesper Lier«, schniefte ich nur. »Ich hab doch bloß aus Spaß mein Türschild nie geändert, das ist noch von ihm. Tubluk war mein Vormieter. Ich schwöre es. Ich weiß nicht, was er für Sachen macht oder wen er bescheißt oder so, ich hab ein einziges Mal mit ihm gesprochen, vor einem Jahr. Ich bin nur total am Ende, ich bin irgendwie unglücklich verliebt und … und als ihr vorhin in meiner Wohnung gefragt habt, ob ich Tubluk bin, da habe ich einfach ja gesagt. Es sollte nur ein Witz sein, ich weiß auch nicht mehr, wieso ich das gesagt habe, ich weiß einfach gar nichts mehr. Bitte, ich will nicht sterben, ich …«

Mir fiel nichts mehr ein. Ohne auf die anderen zu achten, saß ich noch immer auf dem Boden und begann, meinen linken Schuh auszuziehen. Ich konnte nicht mehr, ich war fertig, ich wollte nur noch meinen linken Schuh ausziehen, fragt nicht, wieso.

Juri ließ die Waffe sinken. Niemand zielt auf solch ein Häufchen Elend. »Und was ist, wenn lügst uns an?«

»Nein, ich lüge nicht.« Ich nahm den linken Schuh und schleuderte ihn, so weit ich konnte, weg, als hinge mein Leben davon ab. »Ich lüge nie wieder … nie WIEDER!«

Die Miene des Dicken wirkte einen Tick versöhnlicher, vielleicht hatte ihn aber auch nur das mit dem Schuh beeindruckt. Er wechselte mit Juri einen kurzen Blick, kramte in seiner Hosentasche rum und warf mir etwas zu.

Mein Geldbeutel, der mir vor zwei Tagen in Kreuzberg gestohlen worden war!

Ehe ich mich fragen konnte, wie ausgerechnet *er* dazu gekommen war, schmiss er mir auch noch meinen Personalausweis hinterher. »Hier, du Armleuchter. Wir wussten die ganze Zeit, dass du nicht Tubluk bist. Als du auf deinem Küchenboden lagst, haben wir uns noch in deiner Wohnung umgesehen. Der Geldbeutel lag auf der Kommode im Gang. Da du nicht zu dir kamst, dachten wir, wir jagen dir einen kleinen Schreck ein. Immerhin hast du uns ordentlich aufgehalten und verarscht.«

Er schüttelte den Kopf und nickte Juri zu. »Komm, wir hauen ab.«

Beide gingen zum Wagen und machten keinerlei Anstalten, mich mitzunehmen.

Ich saß noch immer auf dem Boden. »Wollt ihr mich etwa hierlassen?«

Sie stiegen schweigend ein.

»Das sind mehrere Kilometer bis zur Stadt.«

»Nicht unser Problem.«

Der Deutsche knallte die Tür zu. Dann drückte er aufs Gas, und ohne ein weiteres Wort fuhren die beiden davon.

Wütend, aber auch erleichtert sah ich ihnen nach und fuhr über die schmerzende Beule an meinem Hinterkopf. Ich sammelte meinen linken Schuh ein und blickte mich um. Keine Menschenseele zu sehen, Berlin schien unendlich weit weg. Ich musste wohl oder übel trampen. Bei jedem der wenigen Autos, die vorbeifuhren, streckte ich den Daumen raus, doch keines hielt. Ich ging die verwaiste Straße entlang und verfluchte mich dafür, kein Handy zu haben.

Als ich schon damit rechnete, den ganzen Weg zu Fuß zurücklaufen zu müssen, sah ich, wie ein Wagen von der Gegenfahrbahn an mir vorbeiraste, wendete, zurückfuhr und dann neben mir hielt.

Der silbergraue Renault.

Der dicke Deutsche sah aus dem Fenster und seufzte.

»Heute ist dein Glückstag, Kleiner, Juri hat darauf bestanden, dich mitzunehmen.«

Ich starrte erst ihn, dann den Russen an, der mir zunickte. Mit einem mulmigen Gefühl setzte ich mich auf die Rückbank.

Auf der Fahrt würdigten die anderen mich keines Blickes und diskutierten auf Russisch miteinander. Juri deutete auf eine Nachricht auf seinem Handy, es schien offenbar ein Problem zu geben. Ich war längst nicht mehr sicher, ob es eine gute Idee gewesen war, mich wieder zu ihnen in den Wagen zu setzen, wer wusste schon, was die als Nächstes vorhatten.

Dann fiel mir auf, dass der Dicke mir durch den Rückspiegel einen langen Blick zuwarf. Ich fühlte mich unbehaglich, denn er hörte einfach nicht auf, mich anzustarren.

»Was zum Teufel ist eigentlich los mit dir?«, fragte er schließlich.

»Wie meinen Sie das?«

»Na, alles. Wie kommt so ein kleiner Scheißer wie du dazu, uns anzulügen?«

Ich zuckte mit den Schultern. Ohne es richtig zu wollen, erzählte ich den beiden von den letzten Tagen, doch sie schien etwas anderes zu interessieren.

»Ich will von dir eigentlich nur eins wissen«, der Dicke deutete auf Juri. »Woher wusstest du seinen Namen? Das haben wir uns ewig gefragt.«

»Geraten«, sagte ich. »Ehrlich, einfach nur geraten.«

»Du musst wissen, dass nurr err mich Juri nennt«, sagte Juri verschmitzt. »Ich heiß eigentlich Alexander, aber err kannte schon ein Alexander, also nennt err mich Juri.«

»Schwachsinn, ich nenn alle Russen Juri«, sagte der Dicke. »Is' einfacher.«

Er beschloss offenbar, mir zu glauben, und legte ein Musiktape ein.

»Sind das die Ramones?«, fragte ich. »Kryger hat auch immer die Ramones gehört.«

»Wer ist denn dieser verdammte Kryger schon wieder?«, fragte er.

»Ach, nicht so wichtig … Wie heißen Sie eigentlich?«

»Jan.«

»Jan«, wiederholte ich. Das war eigentlich ein viel besserer Name als Kryger.

Juri dagegen legte das Handy weg. »Du bist unglücklich verliebt?« Er drehte sich nach mir um. »Vorhin hast du gesagt. Ja?«

Ich war von seiner Frage so überrascht, dass ich nur nickte. Mich irritierte zunehmend, dass die beiden so nett zu mir waren. Irgendetwas kam mir da seltsam vor.

»Sieht aber nicht gut aus«, sagte ich schließlich.

»Ist egal. Musst immer versuchen.«

»Weiß nicht.«

»Wie, *weiß nicht*. Bist du tot?«

Ich sagte nichts. Es war, als hätten sich bei diesem Thema alle gegen mich verschworen.

Wir bremsten hart, weil vor uns jemand urplötzlich in unsere Spur eingebogen war. Die beiden fluchten.

»Kann ich euch was fragen? Was hättet ihr mit mir gemacht, wenn ich wirklich Tubluk gewesen wäre. Hättet ihr mich dann getötet?«

»Ach was«, sagte Jan. »Wir hätten dir vielleicht die Eier weggeschossen oder so. Eine kleine Abreibung hättest du bekommen, mehr nicht. Dieser Tubluk ist doch auch nur eine arme Sau, die versucht, über die Runden zu kommen. Allerdings schuldet er einem Typen noch Geld, und das geht einfach nicht.«

»Diesem Karel?«

»Genau. Wir hatten eigentlich gehofft, dass du ihn ein bisschen kennst oder wenigstens weißt, wo er steckt, aber egal, den kriegen wir auch so. Er ist nämlich nicht gerade der Hellste, dieser Tubluk. Früher oder später schnappen wir ihn.«

Wir hielten an einer Kreuzung. »So, hier schmeißen wir dich mal raus.«

Wortlos stieg ich aus und machte die Tür zu. Ich musste noch immer verängstigt gewirkt haben, denn Jan kurbelte noch mal die Scheibe runter. »Hey, und denk dran: Die Lage ist vielleicht hoffnungslos, aber nicht ernst, verstanden?«

Er nickte mir zu. Eine Sekunde später fuhren er und Juri schon weiter, und als sie an der nächsten Ecke abbogen, verlor ich sie aus den Augen.

Verdutzt atmete ich ein paarmal durch, versuchte zu fassen, was ich erlebt hatte. Als ich mich umsah, stellte ich fest, dass ich mich in der Greifswalderstraße befand. Anscheinend wurden irgendwelche Leitungen und Rohre neu verlegt. Der ganze Gehweg war aufgerissen worden, überall standen Bagger herum, Pressluftbohrer ratterten.

Ich holte meinen Geldbeutel heraus und betrachtete ihn, tatsächlich war noch alles drin, sogar Paulis Hunderter. Wie konnte das sein? Ich erinnerte mich doch deutlich, wie mir vor zwei Tagen alles von den Jugendlichen geklaut worden war, sie hatten mich verprügelt und ausgeraubt. Allerdings war mir zuvor schwindlig geworden, und ich war gestürzt. Irgendwie hing ein dichter Nebel über dieser Nacht. Und mit einem Mal erinnerte ich mich daran, wie ich den Geldbeutel am selben Abend tatsächlich auf die Kommode gelegt hatte, bevor ich Gustav und Frank in meinem Zimmer überraschte …

Aus meinen Überlegungen riss mich ein ungewohnt starkes Hungergefühl. Ohne zu zögern, ging ich in eine Dönerbude. Es duftete nach gebratenem Fleisch. Während ich auf meine Bestellung wartete, stritten die beiden Türken, denen der Laden gehörte. Aber wohl im Spaß, denn am Ende feixten beide herum. Ich ließ meinen Döner mit allem belegen, was sie zur Auswahl hatten. Der Geruch machte mich fast wahnsinnig. Gierig schlang ich ihn runter, jeder einzelne köstliche Bissen überflutete meine Synapsen.

»Ist das gut«, sagte ich immer wieder zu den Inhabern. »Der beste Döner, den ich je gegessen habe … Ein Jahrhundertdöner.«

Sie lachten. Ich verabschiedete mich und ging ein kurzes Stück, dann wurde mir auf einmal fürchterlich schlecht. Ich rannte zu einem orangefarbenen Mülleimer und übergab mich, bis alles wieder draußen war.

Ein paar Straßen weiter setzte ich mich auf eine Bank, um zu verschnaufen. Neben mir lag eine alte Zeitung. Wieder gab es eine Promi-Scheidung, die kein Schwein interessierte. Dann wurde über eine Kinderschändung berichtet. Ich blickte auf das Foto des elfjährigen Mädchens. Sie lächelte fröhlich in die Kamera. Als die Aufnahme gemacht wurde, hatte sie keine Ahnung gehabt, dass sie nur Tage später vergewaltigt und getötet werden würde. Sie hatte vielleicht an ihre Schulfreundin gedacht oder an den süßen Jungen aus ihrer Klasse oder dass sie ins Kino gehen wollte, sie hatte Hoffnungen und Träume, aber das Leben hatte was anderes mit ihr vorgehabt. Das Bild machte mich total fertig. Dem Nächsten, der sagt, dass jeder Tag ein schöner Tag ist, wenn man nur was daraus macht, dem hau ich eins in die Fresse, dachte ich.

Ich blätterte weiter und stieß auf eine kleine Randnotiz:

Kreuzberg. In einer Einzimmerwohnung in Kreuzberg wurde am vergangenen Freitag die Leiche des 73-jährigen Rentners Franz K. gefunden. Beunruhigte Nachbarn hatten die Polizei gerufen, weil es aus der Wohnung des Toten gerochen hatte. Franz K. war bereits vor zwölf Tagen gestorben, sein Fernseher lief noch.

Der arme Kerl, dachte ich. Stirbt einfach vor dem Fernseher, und keiner hat's gemerkt. Dann fragte ich mich, was eigentlich gewesen wäre, wenn ich selbst vor ein paar Wochen gestorben wäre, bevor Gustav wieder aus Barcelona zurückgekommen war. Ich hatte doch fast gar keine Freunde, kaum Verpflichtungen, und nicht einmal meine Mutter kannte meine Telefonnummer. Wäre von mir kein Lebenszeichen mehr gekommen, hätte das niemanden beunruhigt. Nirgendwo hatte ich Spuren hinterlassen, ich war ein Geist.

Ich fühlte Zuneigung zu dem fremden Rentner. Auch meinen Tod hätte niemand bemerkt. Ich hätte in dem Kellerloch verrecken können, und es hätte bestimmt Wochen gedauert, bis irgendwelche Nachbarn meinen Verwesungsgestank gerochen hätten. Das hätte sicher eine schöne Schlagzeile abgegeben. Vielleicht hätte ich es aufgrund meines geringen Alters sogar bis aufs Titelblatt geschafft. Und irgendein Polizist wäre dann langsam zu meinem Fernseher gegangen und hätte zu seinen Kollegen gesagt: »Notieren: Er lief noch.«

Ich riss den Artikel heraus und steckte ihn ein. Ich wusste, was ich zu tun hatte.

Entscheidungen

Da hast du dich in eine echte Zwickmühle gebracht, Jesper. Ich kann dir nicht sagen, ob du deine Dame schützen sollst. Das musst du schon selbst wissen. Schau, wo dein Springer steht, schau, wo mein Turm steht. Schwierig. Manchmal ist es besser, auf die Dame zu verzichten, um sich weiter auf sein Spiel zu konzentrieren. Und manchmal muss man um sie kämpfen.«

Als ich an ihrer Wohnung klingelte, geschah erst mal nichts. Kurz befürchtete ich, sie wäre nicht da, ehe sich endlich die Tür öffnete.

Miri sah mich an. »Du siehst ja schlimm aus.« Kurze Pause. »Was machst du hier überhaupt?«

»Ich muss mit dir reden … Hast du kurz Zeit für 'nen Kaffee?«

Sie nickte zögerlich, griff nach ihrem Mantel und setzte sich die Strickmütze auf.

Mit eisigem Schweigen gingen wir durch die Innenstadt. Ein einziges Mal streifte Miri mich mit einem zweifelnden Blick. Ich sah eher kläglich zurück. In der Zwischenzeit hatte mich jeder Mut verlassen.

Wir kamen an einem Plakat vorbei, auf dem dieser nervige Schauspieler zu sehen war, den man damals überall sah. Da ich nicht länger schweigen wollte, sagte ich, dass ich diesen Schauspieler hasse.

»Ja, alles hasst du«, sagte Miri, seltsam gereizt. »Egal über was wir bis jetzt geredet haben, immer hasst du alle.«

Mir fiel nichts ein, was ich antworten konnte.

Wir betraten ein Café und setzten uns auf zwei unbequeme Stühle, die auf dem Marmorboden ein schrilles Geräusch erzeugten.

»Hm, mal schauen, was ich nehme«, sagte Miri, nur um irgendwas zu sagen, und griff nach der Speisekarte.

Ich merkte, wie ich zusammenzuckte. Ich schaffte das alles nicht. Als Miri mich kurz ansah, fühlte ich ein Ziehen in der Magengegend. Warum fiel mir das Sprechen nur so schwer? Mein Mund war ausgetrocknet, und dennoch musste ich die ganze Zeit schlucken. Es tat weh, ich hatte keine Spucke mehr. Das Schlucken hörte sich so laut an, dass ich Angst hatte, dass sie es bemerkte. Das machte mich ganz fertig. Das Schlucken wurde nun noch lauter und brennender, in immer kürzeren Abständen. Sie musste es doch einfach hören, wieso sprach sie mich nicht darauf an?

»Was wolltest du mir eigentlich sagen?«, fragte Miri, die inzwischen völlig hinter der Speisekarte verschwunden war.

Vor Hunger konnte ich kaum noch denken, immer wieder sah ich zu den anderen Gästen, die gerade aßen.

»Ich wollte dir sagen …« Meine Stimme zitterte, ich schloss kurz die Augen, presste es raus. »Dass ich mich in dich verliebt habe.«

Eine Weile geschah nichts, dann kam ihr Kopf hinter der Speisekarte hervor.

»Was?«

»Ja, und ich weiß, was du jetzt denkst. Du denkst sicher, ich bin verrückt. Aber das bin ich nicht. Ich weiß, dass ich dich liebe, vielleicht sogar schon von dem Moment an, als wir zur Uni gefahren sind. Und mir ist natürlich klar, dass wir uns noch nicht so lange kennen, aber ich meine es ernst: wir wären ein gutes Paar. Wir könnten *richtig* zusammen sein. Was meinst du? … Ich weiß, das kommt jetzt alles sicher etwas plötzlich, aber ich halt diese Ungewissheit einfach nicht mehr aus. Ich muss wissen, was du denkst.«

Miri brauchte Zeit. Ich sah in ihren Augen, dass sie sich wirklich freute und trotzdem betrübt schien. Aber ich war mir, was sie anging, einfach so sicher, und als sie endlich zu sprechen begann, hätte ich vor Glück am liebsten geweint.

Nach dem, was sie zu mir sagte, hätte ich am liebsten nur noch geweint.

»Also, als Erstes möchte ich dir danken«, sagte sie. »Ich finde es toll von dir, dass du den Mut hast, mir das zu sagen. Aber Jesper, du … du hast mich gefragt, ob ich mit dir zusammen sein will, na ja, ich …«

»Ja?«

»*Nein,* will ich nicht. Es tut mir leid, aber zurzeit will ich einfach keinen Freund haben. Das hat nichts mit dir zu tun, meine letzte Trennung war sehr hart, und die muss ich erst verdauen. Mein Herz ist noch nicht frei, und wenn ich jetzt ja sagen würde, dann wäre das ungerecht dir gegenüber. Ich würde dich doch nur ausnutzen. Es geht nicht, verstehst du?«

»Nein, das verstehe ich nicht. Wieso wäre das mir gegenüber *ungerecht*? Das ist doch bescheuert. Eine Ausrede.

Weißt du was, von mir aus darfst du mich sogar gern ausnutzen.« Ich lachte. Sie wirkte irritiert.

»Und weißt du auch, wieso?« Ich beugte mich vor. »Willst du wissen, wieso? Weil das mit dir das Beste ist, was mir seit langem passiert ist. Die letzten Tage hab ich so viel Mist erlebt, so viel Mist gebaut, aber es war alles nicht so schlimm, wenn ich an dich gedacht habe. Du bist so anders als all die verlogenen und oberflächlichen Leute da draußen, die sind alle kalt. Weißt du noch, wie du dich als die ›ganz gewöhnliche Miriam‹ vorgestellt hast? Das hat nie gestimmt. Nie. Du bist außergewöhnlich. Und du musst doch zugeben, dass wir toll zusammenpassen, oder? Ich brauche dich, Miri, wirklich. Du bist das Licht in meinem gottverdammten scheiß Leben.«

»Nein, Jesper. Nein, nein, nein. Hör bitte auf damit, mich so zu glorifizieren. Ich bin doch nicht die Lösung all deiner Probleme.« Sie unterbrach sich kurz. »Und ich glaube langsam, du weißt gar nicht, was du da redest. Du bist vielleicht gerade ein wenig verzweifelt, und wahrscheinlich meinst du das alles gar nicht so.«

Ich versuchte ihre Hand zu ergreifen, aber sie entzog sie mir und legte sie unter den Tisch.

»Doch«, sagte ich unbeirrt. »Doch, ich meine es genau so, wie ich es sage. Nimm mir das nicht weg. Ich meine alles wirklich genau so. Ich liebe dich.« Plötzlich wurde ich ganz heiser, weil mir eine ungeheure Idee kam. »Pass auf, ich könnte doch das Geld für Irland abheben, die achthundert, und du kommst mit, was meinst du? Natürlich nicht für immer, ich bin ja nicht verrückt, du musst ja auch studieren und so, schon klar, aber wir könnten da doch ein bisschen vorbeischauen, einfach mal raus, weg von hier. Oder was meinst du?«

»Es geht nicht, kapier das doch endlich«, sagte sie, diesmal schroffer. »Du bist wirklich süß, aber ich habe dir gesagt, dass ein Freund für mich nicht in Frage kommt, da fahr ich doch jetzt nicht mit dir nach Irland.«

»Aber wir haben … wir haben miteinander geschlafen.«

»Was? Du musst schon lauter sprechen, ich versteh dich sonst nicht.« Sie lehnte sich zu mir vor.

»Ich habe gesagt, dass wir miteinander geschlafen haben«, rang ich mir ab.

»Na und? Willkommen in der Erwachsenenwelt. Das hatte nicht viel zu bedeuten. Ich hab dir doch gesagt, dass ich mich hier ein bisschen einsam fühle. Das war eben ein schöner Abend, wie du da so aus dem Nichts aufgetaucht bist, mehr nicht. Und wenn ich dir damit Hoffnungen gemacht habe, dann tut mir das sehr leid. Es war nur ein Ausrutscher.«

Ich blickte auf den Tisch und entdeckte, dass die Gabel lauter kleine Kratzer hatte, die im Licht glänzten.

»Nur ein Ausrutscher?« Ich versuchte ruhig zu bleiben, während ich spürte, wie meine Mundwinkel zu zucken anfingen. »Wow, super, dann kann ich jetzt ja gehen, dann habe ich meine Pflicht ja getan.«

»Tut mir leid, so war das nicht gemeint.« Sie seufzte. »Ich will dich doch auch nicht verlieren, ich hab hier ewig niemanden kennengelernt … Wieso können wir nicht einfach Freunde sein?«

Dieser Satz gab mir einen Stich, beinahe hätte ich gelacht. Ich konnte es nicht glauben, schon wieder war ich gescheitert. Mir fiel ein, wie ich zu ihr gesagt hatte, dass ich Frauen lieben würde, sie aber nicht mich.

Dann begriff ich endgültig. Mein Blick schweifte ab, alles verblasste. Immer wieder fuhr ich mit den Fingern über den Aufnäher der britischen Flagge, den ich auf dem Ärmel meines schwarzen Mantels angebracht hatte.

»Ich scheiß auf Freundschaft«, sagte ich leise. Dann stand ich überstürzt auf, mein Stuhl fiel auf den Boden. Die anderen Gäste sahen zu mir her. »Was glotzt ihr so?«, fuhr ich sie an und genoss es, wie sie sich schnell wieder ihrem Essen zuwandten. All diese miesen kleinen Kreaturen mit ihren sicheren Einkommen, ihren sauberen Wohnungen und ihrem vergeudeten, leeren Leben. Mir war heiß.

»Jesper, warte bitte«, sagte Miri, doch ich presste nur die Lippen zusammen. Dann rannte ich davon und rempelte dabei aus Versehen einen Kellner an. Ich sah nicht mehr zu ihr zurück.

In der U-Bahn wippte ich nervös mit dem Fuß. »Ein Ausrutscher!«, murmelte ich und lachte, als wäre es gar nicht mir, sondern jemand anderem passiert. »Ein verdammter Ausrutscher, hat sie gesagt!«

Ich schaute mich in der Bahn um. Überall saßen Menschen. Nur nicht direkt neben mir. Dort lag ein zerknülltes Taschentuch. Eine Frau blickte mich an. Dachte sie etwa, dieses dreckige Taschentuch wäre meins? Der Mann mir gegenüber schaute ebenfalls komisch. Glaubte er, ich wäre irgendein Asozialer, der hier einfach überall seine benutzten Taschentücher hinwarf? Ich spürte nun auch die Blicke der anderen Fahrgäste auf mir haften. Wieso lag dieses

Taschentuch auch genau neben mir? Die anderen Fahrgäste *mussten* doch denken, dass es meins war. Dieses verdammte Taschentuch, dachte ich immer wieder. Vielleicht sagte ich es auch laut. Beim nächsten Halt machte ich, dass ich wegkam.

Ich ging durch die Straßen und redete dabei vor mich hin. Führte ein imaginäres Streitgespräch mit Miri, in dem ich sie von mir überzeugen wollte. Währenddessen versuchte ich wieder, nicht auf die Pflasterfugen zu treten, was dazu führte, dass ich mehrmals Leute anrempelte. »Pass doch auf«, riefen sie, »Idiot!«, oder einfach nur: »Du Irrer!«

Ich lief weiter, ohne mich umzudrehen. Die rechte Hand in der Manteltasche umklammerte die ganze Zeit die Waffe.

Viele Frauen waren unterwegs. Ich sah in ihre zufriedenen oder oft auch verkniffenen Gesichter, sah auf helle und dunkle Haare, auf geschminkte oder ungeschminkte Lippen. Nach Miris Abfuhr ging die Suche also weiter. Immer weiter ging es, bis ans Ende … ans Ende von was? Ich wusste nicht, ob es jemals aufhören würde, ob es so etwas wie die echte Liebe überhaupt gab. Würde ich mich nicht wieder nur in irgendein Lächeln verlieben, wieder bloß für ein Gesicht dahinschmelzen, das ich zufällig hübsch fand? War das nicht alles falsch? Ich hatte keine Lust mehr, einer verlorenen Liebe hinterherzurennen, zu hoffen, zu weinen oder zu spielen. Ich wollte kein Verstecken, keine Hinweise und Andeutungen, kein Locken oder Zögern, kein Taktieren und vor allem keine Enttäuschungen mehr. Ich wollte gottverdammte Ehrlichkeit und Wahrheit. Allein dass mir das schon wieder lächerlich naiv vorkam, machte mich noch wütender.

Ach, Miri … Ihr Bild ging mir nicht aus dem Kopf. Es war jetzt oft längst Rot, wenn ich eine Straße überquerte. Anstatt zu rennen, ließ ich mir jedoch Zeit und ging betont langsam. Die ersten Autos kamen schon angefahren und hupten, während ich noch mitten auf der Straße war. Nicht, dass ich es darauf anlegte, dass ich überfahren wurde, aber ich ließ es ein bisschen mehr als sonst darauf ankommen.

Ich kam an einem Buchladen vorbei. Im Schaufenster ein Reiseband über Dublin, auf dem Cover leuchtete ein Pub im Abendlicht. Der Gedanke an Irland ließ ein zärtliches Gefühl für meinen Vater in mir aufsteigen, und für einen kurzen Augenblick spürte ich die verschüttete Zuneigung zu ihm wieder aufleben.

Als ich einige Schritte gegangen war, sah ich, wie ein Junge, vielleicht zehn Jahre alt, auf einer Bank saß und rauchte. Ich fand das nicht in Ordnung, dass so ein Kind schon so ungeniert rauchte. Wieso taten die Leute alle nichts? Ich zögerte, dann schnippte ich dem Jungen im Vorbeigehen die Zigarette aus der Hand.

»Hör auf mit dem Rauchen!«, mahnte ich nur, während er noch entgeistert auf die Kippe blickte, die auf dem Pflaster lag.

»Hast du sie noch alle, du Spast?«, rief er mir nach.

Ich ging in einen Park und ließ mich ins Gras fallen. Links von mir schon wieder eine Gruppe Punks, die mit einem Hund spielten, rechts von mir ein junger Mann, der auf seiner Gitarre einen Song von Simon & Garfunkel klimperte: *»Hello darkness, my old friend …«* Ich sah in die Mütze, die vor ihm lag. Er hatte noch nicht viel verdient.

Stundenlang lag ich auf dieser Wiese, ohne irgendwas zu denken. Ich lag einfach bloß da und hoffte, dass die Zeit verging. In den letzten Monaten hatte ich mich oft uralt gefühlt, nun wurde mir schmerzhaft klar, wie verdammt jung ich noch war. Ein blutiger Anfänger, in allen Dingen.

Als ich schließlich wieder aufstand und nach Hause ging, wurde es Nacht. In Erinnerungen versunken betrachtete ich den Schatten, den meine Gestalt im Licht der Laternen warf. Und in meinem Kopf echote es: *»Hello darkness, my old friend, I've come to talk with you again.«*

Wolfsjagd

Ich stand im Treppenhaus, in der Hand die Post. Als ich all die unbezahlten Rechnungen und Mahnungen lesen wollte, bemerkte ich, dass ich nur noch unscharf sehen konnte. Ich stieg die Stufen zu meiner Wohnung hinab, freute mich darauf, wenigstens meine Freunde wiederzusehen. Sie hatten mit allem recht gehabt, es gab so viel zu bereden.

Doch niemand war da.

Ich atmete tief ein. Mein Apartment hatte schon vor langer Zeit den sauren Geruch des Versagens angenommen, der sich nun bis in die kleinste Ritze des Holzbodens ausgebreitet hatte. Allein in diesem Kellerloch zu sein gab mir den Rest. Ich schaute mich um, sah auf den verbliebenen Karton mit dem *Leidensgenossen*, die Kleiderhaufen, die rumliegenden Bücher, die Spinnweben an der Decke, die Tasse, aus der ich am Morgen getrunken hatte. Ich sackte auf einen Stuhl. Ein Jahr hatte ich es hier in völliger Einsamkeit ausgehalten, es hatte mir nie etwas ausgemacht, aber nach den letzten Tagen ging das einfach nicht mehr. Ich konnte nicht mehr in das alte Leben zurück, ich wollte nicht mehr so kalt sein. Ich musste hier raus. Ich musste aus allem raus.

Ich legte Joy Division auf. Während die ersten Töne den

Raum erfüllten, betrachtete ich das Poster an der Wand, das die Band zeigte. Mein Blick blieb an dem Sänger Ian Curtis hängen. Angeblich hatte er mal auf den Rücken seiner Jacke in Neonorange das Wort HATE geschrieben, doch auf dieser Aufnahme blickte er eher unsicher und verzweifelt in die Kamera. Man konnte seine Angst vor dem Tod fühlen, sie war in jedem seiner Songs, sie klebte an ihm und war überall. Kurz darauf hatte er sich erhängt, mit dreiundzwanzig. Aber er hatte wenigstens etwas erreicht.

Ich lauschte der düsteren Musik und dachte wieder an Miri. Jedes Mal, wenn ich mich an ihr Lächeln erinnerte, war es wie ein Messerstich. *Nur ein Ausrutscher.* Nie wieder würde ich sie küssen, nie mehr mit ihr schlafen, sie nicht mehr umarmen, berühren, nicht mehr mit ihr lachen oder zusammen sein. Nein, nein, nein! Ich holte die Waffe aus der Tasche, hielt sie mir an die Schläfe und drückte ab, war enttäuscht, dass sie nicht geladen war, drückte immer wieder ab, schmiss mich aufs Bett, sah plötzlich den Sarg meines Vaters vor mir und die starren Mienen der anderen Trauergäste, *weg damit,* dachte ich ärgerlich, *endlich weg mit diesen Bildern,* und schon sah ich wieder Miri vor mir, dachte daran, wie sie ihre Hand weggezogen hatte, stand vom Bett auf, rastete aus, warf alles umher, zerschlug mit einem Stuhl den Spiegel im Gang, trampelte auf den Scherben rum, rannte mit Klamotten unter die Dusche, stellte gleich auf kalt und brüllte wirres Zeugs, während das eisige Wasser an mir herunterlief. Dann kam ich langsam zu mir.

Ich hatte mir frische Sachen angezogen. Inzwischen ging es mir besser, die Dusche hatte gutgetan. Doch noch immer trieb mich etwas um. Ich stellte mich auf den Stuhl und schaute durch das Gitter zum Fenster raus, beobachtete die Straße. Es war, als ob da draußen noch etwas auf mich wartete.

Ich griff nach dem Foto meines Vaters auf dem Schreibtisch. *Du musst es Gustav und Frank sagen,* dachte ich wieder. *Sie wissen es nicht. Niemand weiß es. Du musst es ihnen endlich sagen.*

Ich schüttelte den Kopf, aber ich konnte einfach nicht aufhören, das Foto mit meinem Vater anzusehen.

Ich bin achtzehn Jahre alt, mein letztes Schuljahr hat angefangen. Die Probleme sind immer die gleichen. Mathematik und Isabel. Und mein Vater. Die neue Kanzlei, mit der er sich selbständig gemacht hat, läuft nicht gut. Er ist nur noch im Büro, doch es gibt kaum Aufträge. Sein Partner hat sich längst aus dem Staub gemacht.

Mein Vater spielt uns weiter Zuversicht vor, aber wir sehen ihm an, dass ihn sein Misserfolg zermalmt. Und eigentlich ist es gar nicht die Arbeit, die ihn so runterzieht, es ist etwas anderes. Etwas, das wir von außen nicht sehen können, das ihn von innen zerstört. Er lacht nicht mehr, er erzählt mir nichts mehr, er wirkt leer und abgestumpft. Ein Mann ohne Träume.

Den unsinnigen Gedanken, mein Vater könne auch mein bester Freund sein, habe ich aufgegeben, dabei würde ich so gern mit ihm über alles reden. Über die Schwierigkeiten in der Liebe. Über das Gefühl, dass mein Bruder mir fremd ist. Dass ich mich Menschen gegenüber nicht öffnen kann und stattdessen hinter meiner ironischen Fassade verschwinde, jede ernste Situation mit einem Witz oder einem

Lächeln auflöse. Dass ich nur Nähe zulassen kann, wenn ich schreibe, und dass ich mich zugleich hinter meinen Worten verstecke.

Über all das möchte ich mit meinem Vater sprechen, aber ich komme nicht an ihn heran.

Einmal versuche ich es noch. Ich sollte eigentlich zur Schule gehen, doch ich bleibe zu Hause, da er allein am Küchentisch sitzt. Anders als zu Beginn seiner Selbständigkeit geht er nun stets etwas später ins Büro. Ich möchte ihm von meinen Ängsten erzählen.

Um mich und um ihn.

Mein Vater wirkt an diesem Morgen völlig leblos, wie eine Marionette, der man die Fäden durchgeschnitten hat. Er sieht alt und knittrig aus, selbst wenn ihm meine Erinnerung noch ein paar zusätzliche Falten ins Gesicht gegraben haben mag. Zu meinem Erstaunen sehe ich, dass er ein Puzzle legt.

Da er mich nicht zu bemerken scheint, traue ich mich nicht, ihn anzusprechen. Ich verlasse die Wohnung, doch als ich von der Schule zurückkomme, sitzt mein Vater noch immer an demselben verdammten Puzzle. Er fährt sich durchs Haar. Ich will ihn trösten, doch als ich seine Schultern berühre, zuckt er zusammen, und ich weiche zurück.

»Es tut mir leid«, sagt er, jedenfalls glaube ich es, denn ich verstehe nur die Hälfte, so leise spricht er.

»Willst du reden?«, frage ich.

Er schüttelt nur den Kopf. Ich gehe auf mein Zimmer. Statt für die Prüfung am nächsten Tag zu lernen, höre ich stundenlang dieselbe Musik. Irgendwann muss ich auf die Toilette, doch ich traue mich nicht raus, aus Angst, meinen

Vater noch immer am Tisch sitzen zu sehen. Erst gegen Abend stehle ich mich aus dem Zimmer. Zu meiner Erleichterung ist er nicht mehr da.

Ich legte das Foto auf den Schreibtisch zurück und ging in die Stadt. Die Luft draußen war abendlich frisch. In einer koreanischen Bar trank ich schwarzen Tee, danach streunte ich wieder durch mein Viertel. Der Himmel finster, dreckiges Wetter. Der Prenzlauer Berg lag im Nebel, in der Ferne blinkten rote und grüne Ampeln. Ansonsten kein Mensch weit und breit.

Dann hörte ich das Knurren.

Als ich mich umdrehte, sah ich sie. Ein Rudel von acht Wölfen. Sie standen einige Meter entfernt und starrten mich an. Ihre Augen leuchteten gelblich in der Dunkelheit.

Einige Momente geschah nichts, dann kamen sie näher, sie standen nun vor einer geschlossenen Lottoannahmestelle. Ich sah, wie der Anführer, ein grauer, schmutziger Leitwolf, die Zähne fletschte. Er war abgemagert, seine Rippen zeichneten sich ab. Der Hunger hatte ihn rasend gemacht, und ich war seine Beute. Ich bekam Angst, gleichzeitig war da so viel Hass. Diesmal rannte ich nicht mehr weg. Ich hatte genug vom Wegrennen und blieb einfach auf dem Gehweg stehen.

Der Wolf kam mit hochgezogenen Lefzen noch näher. Wir standen uns gegenüber. Es ist so weit, dachte ich. Ich wollte nur noch, dass das hier aufhörte. So oder so. Der Wolf knurrte wieder. Währenddessen schlug ich den Kragen des Mantels hoch und knackte mit den Fingern, zu allem bereit. Da sprang der Wolf schon auf mich zu. Blitzschnell holte ich Tubluks Waffe aus der Manteltasche, richtete sie auf ihn und drückte ab.

Es knallte laut in die Stille hinein, als sich der erste Schuss löste.

Der Wolf wurde im Sprung getroffen, zu Boden geworfen. Er richtete sich auf. Zäh war er, und noch immer wollte er mich töten. Ich schoss erneut. Die Kugel zerfetzte seinen Bauch, trotzdem kam er näher, vor Schmerzen jaulend. In diesem Moment wurde mir klar, dass der Wolf – einsam, hungrig und um sein Überleben kämpfend – nichts anderes war als mein Spiegelbild. Die dritte Kugel schoss ich ihm aus kürzester Entfernung in den Kopf. Blut rann aus seiner Stirn und aus den Ohren. Sein heißer Atem stieg dampfend empor, sein Maul war aufgerissen, die Zähne blitzten auf. Ich schoss noch ein viertes und ein fünftes Mal. Der Wolf taumelte, brach schließlich zusammen. Er zuckte noch kurz, dann rührte er sich nicht mehr. Es war vorbei. In der Straße war es wieder still.

Befreit atmete ich durch. Ich merkte, wie etwas von mir abfiel, was mich seit fast zwei Jahren umklammert hatte.

Völlig ruhig, ohne eine Spur von Angst oder Aufregung richtete ich die Waffe nun auf die anderen Wölfe. Sie starrten mich einen Moment schweigend an, aber ohne ihren Anführer waren sie kopflos. Sie traten den Rückzug an.

Ich wartete, bis sie hinter dem Supermarkt an der Kreuzung verschwunden waren. Niemals mehr werden sie mich verfolgen, dachte ich. Als ich noch mal auf den reglosen Wolf vor mir sah, kam es mir kurz so vor, als hätte ich mich selbst getötet. Ich steckte die Pistole ein und ging nach Hause.

Die letzte Reise des Leidensgenossen

Als ich die Wohnung aufschloss, brannte überall Licht. Gustav lag auf meinem Bett und sah fern, als Kopfkissen benutzte er seine Lederjacke.

»Hey«, sagte ich.

»Hey«, sagte er, aber es klang kühl.

Ich trat auf ihn zu und schaute verlegen zu Boden. »Ich wollte nur sagen … Es tut mir wirklich leid, ich hab mich euch gegenüber echt wie ein Arsch benommen. Ihr hattet recht, ich hatte unrecht. Ihr seid weise, ich bin ein Idiot gewesen … Ihr seid hübsch, ich bin hässlich.«

»War's das?«

»Ja, so ungefähr. Außer, dass ich's wirklich ernst meine.« Ich sah ihn an. »Alles wieder okay?«

Er ließ sich Zeit, aber an seinem Gesichtsausdruck erkannte ich, dass er mir bereits verziehen hatte. »Alles wieder okay.«

Wir gaben uns die Hand. Ich hatte ihn eigentlich umarmen wollen, mich aber nicht getraut. »Was hast du die letzten Stunden gemacht?«, fragte ich.

»Ach, hab versucht, die Zeit totzuschlagen.«

»Und?«

»Hat nicht geklappt, sie hat sich gewehrt.« Grinsend machte er den Fernseher aus. Dann betrachtete er das

Chaos im Zimmer und die Scherben auf dem Boden. »Sieht aus, als hättest du einen lustigen Nachmittag gehabt?«

Ich wollte gerade antworten, da fragte er: »Wo ist eigentlich Frank?«

»Keine Ahnung. Ich dachte, er wäre bei dir.«

»Was? Ich bin allein losgezogen, er ist doch bei dir geblieben … oder hast du ihn auch noch beleidigt?«

Ich antwortete nichts.

Wir hockten zu dritt in der Küche, inzwischen war auch Frank wieder zurück. Er hatte den ganzen Tag Sightseeing gemacht und schwärmte in einem fort von seinen mäßig unterhaltsamen, »phantastischen« Ereignissen in der Stadt. Deren Höhepunkt war offenbar der Besuch in einem Internetcafé, das von zwei Vietnamesen geführt wurde, mit denen er doch tatsächlich ins Gespräch gekommen wäre … und und und … Ich sag's ja nur ungern, aber Franks Erzählungen konnten manchmal so was von öde sein, nichts gegen ihn persönlich, aber das war echt nicht mehr feierlich.

»Jesp«, unterbrach ihn Gustav irgendwann genervt, »du wolltest doch erzählen, wie es mit Miriam lief.«

»Richtig.« Eine Sekunde lang saß ich wieder im Café, hörte mich lächerliche Dinge sagen, sah ihr abweisendes Gesicht. Ich sagte den anderen, was passiert war, und dachte die ganze Zeit nur eines: Was war ich bloß für ein Idiot gewesen.

»Tut mir leid«, sagte Gustav und stieß mich aufmunternd an. »Aber ich find's trotzdem gut, dass du es gemacht hast.«

Ich schwieg.

»Und so, wie du von ihr redest, war sie vielleicht auch einfach nicht die Richtige.«

Ich sagte noch immer nichts. Ritzte bloß mit dem Küchenmesser an einem Tischbein herum. Hier ein Strich, da ein Kreuz. Die anderen sahen mir dabei zu, als täte ich das Sinnvollste der Welt.

Eine halbe Stunde später lag ich auf dem Bett und warf einen Tennisball gegen die Wand. Gustav betrachtete sich im kaputten Spiegel im Gang und fummelte ständig an seinen Haaren rum, aber nie war es gut. Wir warteten auf Frank, der wie so oft in den letzten Tagen versuchte, seine Eltern anzurufen, und sich mit dem Telefon in der Küche eingesperrt hatte.

Als er wiederkam, setzte er sich wortlos neben mich aufs Bett.

»Und, wie war's? Hast du sie erreicht?«

»Meine Mutter hat sofort wieder aufgelegt.«

»Deine Eltern machen wohl gerade eine Menge falsch, hm?«

»Ja, schon.«

»Du musst wirklich sauer auf sie sein.«

»Nein«, sagte Frank. »Eigentlich nicht. Ich weiß, für euch hört sich das sicher blöd an, aber ich liebe sie trotzdem. Ich meine, ich bin auch enttäuscht, aber sie … sie wollen mir helfen. Sie können es zwar nicht, und jetzt sind sie traurig und verbittert, dass ich abgehauen bin, aber nur, weil sie mir wirklich helfen wollen.«

Für eine Sekunde hatte ich Angst, Frank könnte anfangen zu weinen oder er würde einfach ausrasten. Aber er blieb gelassen.

Dann seufzte er laut. »So ein Mist.«

»Was ist?«

»Ich weiß nicht«, sagte er. »Sie hassen mich jetzt schon, und …«

»Und *was*?«

»Na ja, mir ist nur gerade eingefallen, dass ich ihnen ja noch gar nicht gesagt hab, dass ich schwul bin …«

Es wurde still, er sah uns an. Und dann brach er vor Verzweiflung plötzlich in hysterisches Gelächter aus. Er lehnte sich sogar an mich, weil er nicht mehr konnte. Frank hatte so eine hohe Lache mit Schnappatmung und steckte uns damit an, erst Gustav, dann mich, und einige Zeit lachten wir einfach nur sinnlos vor uns hin.

Bierflaschen klirrten, der Fernseher lief leise, wir hockten verstreut auf dem Boden und unterhielten uns. Frank mit seiner hellen, schüchternen Stimme und Gustav mit seinem rauen Bariton, der aus den Tiefen seines Bauchs zu kommen schien. Er ließ einen Joint rumgehen und erzählte von einem befreundeten Singer/Songwriter, der für seine Livekonzerte noch jemanden suchte, der Geige spielte.

»Ich mach euch mal bekannt«, sagte er zu Frank. »Okay?«

Frank nickte und musste lächeln, und irgendwie gefiel es mir jetzt doch, dass die beiden sich so gut verstanden.

Im Fernsehen ging eine Doku der Frage nach, was die Enten im New Yorker Central Park den Winter über machten; wie die meisten dortblieben und sich gegenseitig wärmten, während andere in den Süden flogen ... Wir zappten weiter. Auf dem nächsten Kanal lief eine Karl-May-Verfilmung: Winnetou ritt erhaben durch eine Berglandschaft.

»Wusstet ihr eigentlich, dass May schwul war?«, fragte Gustav.

»O nein, bitte nicht wieder das mit den Ärschen.« Ich nahm einen Zug vom Joint und gab ihn weiter. »Erstens stimmt es nicht, dass der Typ schwul war, und zweitens hast du mir das schon tausendmal erzählt.«

»Franky kennt es aber noch nicht.«

Franky, dachte ich. Gustav gab nur Leuten Spitznamen, die er mochte.

»Was kenne ich nicht?«

»Pass auf.« Gustav zog am Joint. »Karl May war schwul, aber das durfte natürlich keiner wissen. Um das aber doch ein bisschen ausleben zu können, hat er sich einen Trick ausgedacht. Immer wenn er in seinen Büchern Gebirge oder Hügellandschaften beschrieben hat, haben die ein bisschen wie ein Hintern ausgesehen. Wenn Winnetou und Old Shatterhand an einen Gebirgspass gekommen sind, beschreibt er das ungefähr so: zwei mondförmige Hügel, dazwischen ein kleines Tal mit ein wenig Wald oder eine Schlucht. Wenn man sich das dann bildlich vorstellt, sieht das immer wie ein Arsch aus. So hat er sich ausleben können, das hat er in jedem Buch gemacht, die wimmeln nur so von Ärschen.«

Frank hing an seinen Lippen. »Woher weißt du das?«

»Ach, irgend so ein Typ hat das mal rausgefunden und wissenschaftlich bewiesen.«

»Und wie soll man so etwas bitte schön *wissenschaft-*

lich beweisen?«, fragte ich. »Misst das dann jemand geometrisch nach oder was?«

»Es gibt Arbeiten darüber.«

»Quatsch. Glaub ihm kein Wort«, sagte ich zu Frank. Dann stand ich auf und öffnete das Fenster. Kalte Nachtluft strömte durch das Gitter, und ich atmete sekundenlang einfach nur tief ein und aus. Mein Blick fiel auf den letzten Ausdruck des *Leidensgenossen*. Tausendzweihundertdreiundachtzig Seiten, alles für die Tonne. Immer wieder die Welt angerufen, und die Welt hob den Hörer einfach nicht ab.

Ich schloss die Augen. Ein Jahr ist vergangen, dachte ich. Ein verdammtes Jahr war ich nun schon hier, und ich hatte die Zeit nicht genutzt. Es war für mich nicht abzuschätzen, wie wertvoll so ein Jahr war. Vielleicht hatte ich neunzig davon, dann war ein verdorbenes nicht so schlimm. Aber wahrscheinlich waren es viel weniger, dann war ein ganzes Jahr etwas sehr Kostbares. Und ich hatte es einfach weggeworfen. Schon seit langem zogen die Dinge nur noch an mir vorbei. Ich fragte mich, wann ich das letzte Mal voll da gewesen war. Es musste Ewigkeiten her sein. Ich war so dösig, so gleichgültig, schlief nie richtig, war aber auch nie völlig wach. Höchstens halbwach. Ein gefährlicher Zustand. Du bist gefangen in einer Welt zwischen Träumen und Realität. Alles ist möglich und nichts wirklich, und am Ende stellst du fest, dass es verlorene Zeit ist.

Das Feuer im Mauerpark brannte hell in der Nacht. Gustav warf immer wieder Äste hinein, Frank hielt die Spiritusflasche in der Hand. Beide sahen mich an. Ich hielt den Karton mit meinem Manuskript umklammert. »Meine beste Lüge …«, sagte ich leise und warf noch einen letzten Blick darauf.

Auf Seite vierundneunzig erhaschte ich: »… denn ich lebte anscheinend in einseitiger Symbiose mit der Masse. Ich wollte allein sein, aber ich brauchte immer auch eine Menschenmasse oder Gruppe von Freunden, von denen ich mich absondern konnte.«

Ich schüttelte den Kopf und begann, diese und andere Seiten in die Glut zu schmeißen.

Das Feuer flackerte hell auf und verschlang jedes einzelne Blatt. Worte, Gedanken und Charaktere verbrannten. Es brach mir das Herz. Dennoch blickte ich unablässig in die Flammen, sah, wie sich die Seiten rollten und kringelten und zu Asche wurden.

Wie so viele vor mir hatte ich versucht, in meinem Leben das zu tun, was ich mir am meisten wünschte, und wie so viele vor mir war ich damit gescheitert. Gustav trat neben mich. »Es ist richtig«, sagte er nur.

Dann nahm er sich einfach eine brennende Seite, die auf dem Boden lag, und zündete sich damit eine Kippe an. Ich hingegen sah noch immer in das Feuer. Schließlich schmiss ich den ganzen restlichen Karton auf einmal hinein und wandte mich ab.

Wir lehnten zu dritt gegen das Geländer einer Brücke. Über uns der perlmuttfarbene Mond, unter uns die Spree, von Lichtern bunt erhellt. Ich wollte meinen Freunden erzählen, was es mit den zwei Männern, die bei mir geklingelt und nach Tubluk gefragt hatten, auf sich gehabt hatte. Und vor allem wollte ich ihnen endlich das andere erzählen. Doch ich schaffte es einfach nicht.

»Hier bleib ich«, sagte dagegen Frank und deutete auf die Stadt.

Ich sah ihn verwundert an.

»Ja«, sagte er ruhig. »Das hier ist der beste Platz für mich … zu Hause kann ich eh nicht mehr wohnen.«

Er wirkte auf mich auf einmal so erwachsen, so reif. Ich wusste nicht, warum, aber fast wünschte ich mir den hilflosen und kindlichen Frank vergangener Tage zurück.

»Ich weiß nicht …«, sagte ich. »Bist du echt sicher, dass du das machen willst?«

Er sah mich wieder mit dem gewohnt überraschten Gesichtsausdruck an. »Aber Jesper, *du* warst es doch, wegen dem ich hergekommen bin.« Er lächelte, in seinen Augen spiegelten sich die Lichter der Stadt. »Was wir hier zusammen alles machen können!«

Noch immer gelang es mir nicht, meine Zweifel zu verstecken. Ich schaute zu Gustav, doch der sagte nichts.

Eine Weile standen wir schweigend auf der Brücke. Plötzlich ein lauter Platscher. Ich hatte etwas ins Wasser geworfen.

»Du weißt, dass ich die Waffe immer haben wollte?«, fragte Gustav nur.

»Ich weiß«, sagte ich.

Wir betraten einen Irish Pub. Ich musste an meinen Vater und unsere Irlandpläne denken. Tut mir leid, Dad, dachte ich, weiter als bis hierher hab ich's leider nicht geschafft. Wir setzten uns an einen Holztisch, dessen Attraktion eine mit Wachs überzogene Whiskeyflasche war, in deren Hals eine Kerze brannte. Auf der Bühne saß eine zierliche Frau mit Gitarre, sie hatte dunkelgefärbte Lippen und sang traurige Folksongs. Sie wirkte irgendwie einsam, und etwas an ihrer weichen Stimme berührte mich sofort. Ich konnte kaum aufhören, sie anzustarren. Als sie fertiggespielt hatte, packte sie ihre Sachen und legte die mitgebrachten CDs in ihre Gitarrenhülle. Keiner kaufte etwas, niemand nahm mehr von ihr Notiz. Ich wollte zu ihr gehen und ihr sagen, dass ihre Musik so klang, wie ich mich im Innern oft fühlte. Doch dann fand ich es zu theatralisch und sah nur zu, wie sie allein die Bar verließ.

Gustav und Frank spielten Billard. Ich nippte an einem Pint Guinness und forderte den Gewinner. Gerade ahmte Gustav, den Queue in der Hand, in Perfektion Franks erstaunte Gesichtsausdrücke nach, und ich musste lachen. Dann fing Gustav auch noch an, sich zu drehen. Seltsam sah das aus. Frank drehte sich jetzt ebenfalls, und nicht nur er, auch die ganze Kneipe drehte sich, immer schneller, während mir unerklärlich heiß wurde. Wenn ich die Augen schloss, sah ich mich wie im Fieberwahn durch die Stadt laufen. Ich hörte noch zwei Billardkugeln aufeinanderprallen, es knallte, dann wurde alles schlagartig leise. Ich wischte mir das nasse Haar aus der Stirn und wollte die anderen auf mich aufmerksam machen, als ich die Besinnung verlor und mit meinem Stuhl auf den Boden krachte.

Weihnachten

Jesper, sind Sie wach?«

Ich hörte eine Stimme, aber woher? Meine Welt bekam plötzlich einen Riss. Die fremde Traumstadt um mich herum wurde von Licht geflutet und löste sich auf.

Ich öffnete die Augen: Alles weiß und steril. Direkt über mir das Gesicht eines Mannes, auch er in Weiß gekleidet.

»Wer ist 'n das?«, fragte ich den blonden Typen neben mir, der mir bekannt vorkam.

»Ein Arzt«, sagte Gustav. »Wir haben dich in eine Klinik gebracht.«

»Und das hier?«

In meinem Arm steckte eine Kanüle, an der ein Schlauch befestigt war.

Der Arzt blickte mich beschwichtigend an. »Sie brauchen keine Angst zu haben. Das ist nur eine Infusion.«

»Infusion? Wieso? Mir geht's doch gut. Mir war nur mal kurz schwindlig.«

»Jesper, du bist vorhin ohnmächtig geworden«, sagte Frank. »Wir sind mit dem Krankenwagen hergekommen. Du hast jetzt anderthalb Stunden geschlafen.«

Ich betrachtete den Arzt. Er war schon etwas älter, hatte graumeliertes Haar und ein sympathisches Gesicht, in dem jedoch auch etwas Strenges lag.

»Würden Sie uns bitte für einen Moment allein lassen?«, sagte er zu Gustav und Frank und schickte sie raus auf den Flur. Dann wandte er sich wieder mir zu. Er maß meinen Puls und stellte mir Fragen. Ob ich Drogen nahm, ob ich Alkohol trank, wie ich mich ernährte, in welchen Verhältnissen ich lebte, was ich arbeitete. Schließlich sollte ich meinen Pullover hochziehen. Er wollte mit dem Stethoskop meine Lungen abhören, doch er hielt inne und musterte meinen Bauch.

»Haben Sie das schon lange?«

»Was habe ich schon lange?«

Er deutete auf die roten Punkte an meiner Hüfte.

»Keine Ahnung«, sagte ich, »ich glaube nicht.«

»Haben Sie in letzter Zeit körperliche Probleme gehabt? Hatten Sie öfter Schwindelanfälle?«

»Ja«, gab ich nach einiger Bedenkzeit zu.

»Auch Schlafstörungen, Verfolgungswahn oder sogar Halluzinationen?«

Ich nickte und mied seinen Blick, als ich von meinem Schlaftablettenentzug sprach.

Ich wollte hier raus.

Er schrieb wieder mit. »Haben sich in den letzten Monaten irgendwelche größeren Veränderungen in Ihrem Leben ergeben, Sie wissen schon, haben Sie vielleicht die Schule oder Ihre Ausbildung fertiggemacht?«

»Ich bin vor über einem Jahr, nach dem Abitur, von München nach Berlin gezogen.«

Das schien ihn sehr zu interessieren und zugleich zu beruhigen.

»Und Ängste oder Kummer? Wie sieht es damit aus?«

Ich sagte nichts und zuckte mit den Schultern.

Er sah mich eindringlich an. »Also gar keine Sorgen. Wirklich nicht?«

Ich wusste nicht, ob ich darauf antworten sollte. Aber ich war zu müde, um noch zu schweigen. »Soll das alles gewesen sein.«

»Wie bitte?«

»Das hab ich mich in letzter Zeit manchmal gefragt. Soll das alles gewesen sein?«

»Was genau?«

»Na ja, weiß auch nicht, ich hab mir das alles hier eben ein bisschen besser und einfacher vorgestellt. Ich fühl mich ... ich fühl mich ein wenig leer. Ja, leer ist gut. Es läuft gerade nicht besonders gut, wenn ich ehrlich bin.«

»Was haben Sie denn so gemacht, in Berlin? Nur geschrieben, wie Ihre Freunde sagen?«

»Nein, ich war noch Zivi in einem Behindertenheim in Neukölln.«

»Können Sie mir mehr davon erzählen? Was war da, in diesem Heim?«

»Es war alles ...«, ich knetete die Finger und holte Luft. »Es war einfach alles so *sinnlos.*« Meine Stimme brach an dieser Stelle kurz, doch zu meiner Erleichterung war alles schnell wieder gut. »Das war nicht leicht für mich. Ich brauche einen Sinn. Aber die Menschen da waren so allein. Dieses sechzehnjährige Mädchen zum Beispiel, die war auf dem Stand einer Zweijährigen, die hat nicht mal gewusst, was ihre Monatsblutung bedeutet ... Es war einfach so viel.«

»Ich verstehe.«

»Wirklich?«, fragte ich.

»Was meinen Sie, wie es in der Notaufnahme zugeht, nach einem schweren Unfall, oder wenn jemand hier stirbt und jede Hilfe zu spät kommt.«

»Tut mir leid«, sagte ich.

Der Arzt fragte mich noch mal, was im letzten Jahr passiert war. Und diesmal erzählte ich es ihm. Das Manuskript, mein Vater, Borns Tod, Miri, der Zivi-Job, alles. Ich redete und redete über diese verworrene Zeit und merkte erst jetzt, dass ich über das schwerste Jahr meines Lebens sprach.

Der Arzt saß einfach nur da und notierte, ab und zu streute er ein kleines »Aha« oder »Interessant« ein. Aber eigentlich war mir das egal. Es tat einfach nur gut zu reden. Es hätte mir noch nicht einmal jemand zuhören müssen, in meiner Verfassung hätte ich mich wahrscheinlich auch stundenlang mit dem verdammten Kaugummiautomaten unterhalten.

»Sehen Sie …«, sagte der Arzt, als ich fertig war. »Viele junge Menschen fallen nach dem Ende der Schule in ein Loch. Kein Wunder, wenn sich auf einmal das ganze weitere Leben vor einem ausbreitet und man nicht weiß, wohin man zuerst gehen soll. Und was jetzt? Kriege ich einen guten Beruf? Bin ich glücklich, und wenn nicht, wie werde ich es? Sie kennen diese Fragen. Dieses Verlorenheitsgefühl ist ganz normal. Wenn man sein ganzes bisheriges Leben alles vorgeschrieben bekam und dann plötzlich auf eigenen Beinen stehen muss, dann ist das für einen jungen Menschen nicht immer leicht … Doch in Ihrem Fall ist alles noch etwas komplizierter, fürchte ich. Sie sind sowohl psychisch als auch physisch stark gefährdet.«

Er deutete auf meine roten Pünktchen. »Was Sie da haben, nennt sich Gürtelrose. Ein deutliches Zeichen dafür, dass Ihr Gefühlsleben nicht im Lot ist. Geradezu fahrlässig ist es da von Ihnen gewesen zu hungern. Sie müssen sofort wieder anfangen, mehr und richtig zu essen. Und die Wahnvorstellungen, die Sie hatten, die sind auch kein Spaß. Sie haben Glück, dass bei dem kalten Entzug der Schlafmittel und Ihrer schlechten Verfassung überhaupt alles so glimpflich ausgegangen ist, da habe ich schon ganz andere Sachen erlebt.«

Ich nickte, ohne ihn anzusehen.

»Nun, das ist das eine«, sagte der Arzt. »Das andere, worüber ich mit Ihnen reden wollte, ist ... Gibt es in Ihrer Familie einen Fall von Depression? Leidet irgendjemand darunter?«

Ich zögerte. »Wieso, worauf wollen Sie hinaus?«

»Nun, so etwas wird manchmal vererbt. Und ich glaube, dass Sie womöglich an einer kleineren bis mittelschweren Depression leiden könnten.«

Ich schnaubte. »Depression? Das ist doch Quatsch. Es geht mir ganz gut. Okay, nicht gerade im Moment, das weiß ich selbst, ich bin ja nicht total bescheuert. Das ist eben eine schlechte Phase, aber so etwas gibt's doch immer mal wieder.«

Ich sah ihn an und spürte, wie meine Wangen glühten.

»Nun, vielleicht haben Sie recht«, sagte er. »Und es ist wirklich nur eine Phase. Aber wir sollten das abklären. Deshalb würde ich das gerne von einem Kollegen untersuchen lassen, der ...«

Er redete auf mich ein. Ich hing in den Seilen, hörte

halb zu, halb weg, fuhr mir durch die Haare. Ich dachte an Miriam, wie ich mich zu ihr ins Bett gelegt und sie sich an mich gekuschelt hatte. Wieso hatte ich diesen Moment nicht ausgekostet, wieso fiel es mir bereits jetzt schwer, mich daran zu erinnern?

Dann war der Arzt endlich fertig. Ich deutete auf die Kanüle in meinem linken Arm. »Ähm, machen Sie mich bitte noch von dem Ding da los, damit ich gehen kann?«

»Gehen?« Er schien beinahe amüsiert. »Ich finde nicht, dass Sie gehen sollten.«

»Was? Aber ich muss. Ich kann nicht hierbleiben. Nicht jetzt.«

»Ist das Ihr Ernst? Nach allem, was passiert ist, wollen Sie jetzt wirklich gehen?«

Ich nickte.

Er runzelte die Stirn. »Jetzt hören Sie mal zu, junger Mann, so leid es mir auch tut: Das kann ich nicht verantworten.«

»Aber Sie müssen, es gibt noch ein paar Dinge, die … die wichtig sind und …«

»Nein, das geht wirklich nicht. Sie sollten hierbleiben. Das kann ich nicht mit mir vereinbaren, wenn ich Sie jetzt einfach entlasse.«

Das Bett war hart und unbequem. Das ganze Zimmer wirkte in seiner Sterilität einsam und traurig. Ich sah auf das grelle Deckenlicht. Hier wollte ich nicht bleiben.

»Aber es ist doch Weihnachten«, sagte ich, in einem letzten Versuch.

»Wieso Weihnachten? Da ist es doch noch lange hin.«

»Schon. Aber kennen Sie nicht diese blöden Filme, in

denen die Leute jemanden – sagen wir mal, einen strengen Schaffner, der sie kontrolliert – um etwas bitten und dann sagen ›Aber es ist doch Weihnachten‹, und am Ende ist sein Herz erweicht, und sie kommen doch noch mal davon? Okay, es ist gerade nicht Weihnachten, schon klar, aber ich kann einfach nicht hierbleiben. Ich muss nach München, auf diese Beerdigung, von der ich Ihnen erzählt habe. Und es gibt ein paar Sachen, die ich unbedingt noch erledigen muss. Danach mache ich auch alles, was Sie wollen, versprochen, aber ich muss wirklich gehen … Bitte!«

Er sah mich lange an. »Sie sehen zu viele Filme«, sagte er ernst.

Dann lächelte er kurz. »Aber es wirkt. In Ordnung, Sie können gehen, allerdings auf eigene Verantwortung. Es bringt schließlich nichts, wenn ich Sie gegen Ihren Willen hierbehalte, das würde Ihrer Heilung auch nicht guttun, wichtig ist, dass Sie vor allem Ihr seelisches Gleichgewicht wiederfinden. Zumal ich Ihnen ansehe, dass Sie mir hier am Ende noch abhauen würden …«

Ich zuckte mit den Schultern.

»Aber dafür versprechen Sie mir zwei Dinge«, fuhr er fort. »Erstens werden Sie sich ab jetzt richtig ernähren. Das ist für den Anfang das Wichtigste. Doch seien Sie vorsichtig, Sie dürfen nicht zu viel auf einmal zu sich nehmen, sonst vertragen Sie es nicht und spucken es gleich wieder aus. Zweitens werden Sie gleich nach dieser Beerdigung einen Arzt aufsuchen und sich mit ihm absprechen, welche Schritte einzuleiten sind und was im Falle Ihrer Schlafstörungen zu unternehmen ist.«

»Das mache ich, Sie haben mein Wort.«

Falls es jemanden interessiert: Ich meinte es ernst.

»Also gut …« Der Arzt drückte mir ein Rezept für Medikamente in die Hand. »Dann geb ich mal der Schwester Bescheid, die befreit Sie von der Infusion und bringt Ihnen die Entlassungspapiere. Jetzt drehen Sie sich bitte auf die Seite, Beine angewinkelt.« Er zog eine Spritze auf. »Vorsicht, gleich pikt's. Das sind Vitamine, damit Sie besser auf die Beine kommen.«

Die Spritze schmerzte, ich richtete mich wieder auf.

Der Arzt steckte den Kugelschreiber in seine Kitteltasche. »Ich würde sagen, das war's. Dann mal alles Gute.«

»Danke«, sagte ich. »Ihnen auch.«

Als er den Raum verlassen hatte, ging ich ihm nach. Durch den Türspalt sah ich, wie er auf dem Flur auf Gustav und Frank einredete:

»Wenn Sie seine Freunde sind, dann sorgen Sie dafür, dass er sich behandeln lässt, egal, was er Ihnen sagt. Ihr Freund ist momentan in einer sehr schwierigen Lage, er ist jetzt auf Sie angewiesen, also helfen Sie ihm.« Bei diesen Worten drehte er sich um und sah direkt in meine Richtung. Ich verschwand schnell von der Tür.

Als der Arzt weg war, packte ich meine Sachen und betrachtete mich in dem kleinen Spiegel über dem Waschbecken. Wann würde da endlich ein richtiger Mann zurückblicken und nicht dieser blasse Junge?

Mir fiel wieder mal auf, dass die Dublin-Mütze meines Vaters nicht richtig passte, ich versuchte sie zurechtzurücken. Dann traute ich mich raus.

»Jesper«, sagte Gustav. Er und Frank kamen auf mich zu. »Da bist du ja.«

»Ja«, sagte ich und schob den Ständer mit der Infusion neben mir her. »Da bin ich.«

Wir gingen zum ›Fellini‹ in der Gleimstraße, weil Frank und Gustav meinten, ich solle etwas essen. Sie wählten zwei riesige Pizzen, mir hingegen bestellten sie Nudeln. Während des Essens sprachen wir kaum. Die beiden beobachteten mich, als wäre ich ein Verbrecher, der bei der ersten Gelegenheit flüchten würde. Ich war ihnen zwar dankbar, dass sie in der Klinik auf mich gewartet hatten, andererseits schämte ich mich, dass sie meinen Zusammenbruch mitbekommen hatten.

Ich starrte auf den Teller, die Worte des Arztes hallten noch in mir nach. Ich erinnerte mich an meine Stimmungsschwankungen, das ständige Mich-Übergeben, die Schwindelanfälle und Halluzinationen. Das waren deutliche Zeichen gewesen, und sie waren mir noch nicht mal richtig aufgefallen. Ich hätte doch merken müssen, dass mit mir etwas nicht stimmte.

Die Wirtin bemerkte meine Laune und kam zu mir. »Was ist los, so ein trauriger Junge«, sagte sie aufmunternd mit ihrem italienischen Akzent. Ich wollte ihr ein Lächeln vorspielen, aber diesmal kriegte ich es einfach nicht hin.

Nach dem Essen standen wir zu dritt in meinem Innenhof, wo Gustav seinen Roller geparkt hatte. Er nahm seinen Helm. »Bis morgen«, sagte er und wollte schon aufsteigen.

»Als ich achtzehn war, ist mein Vater verschwunden«, sagte ich leise.

Beide drehten sich zu mir um. Ich saß auf der Treppe vor dem Hauseingang und blickte auf den heruntergekommenen Innenhof. Manche Wände hatten Einschusslöcher, andere waren mit Graffiti beschmiert.

»Wir haben uns erst nichts gedacht, aber er kam auch nicht zum Abendessen. Im Büro war er nicht, niemand wusste etwas. Irgendwann in der Nacht haben wir die Polizei angerufen. Nichts. Am Morgen bin ich dann, statt in die Schule zu gehen, zu Hause geblieben. Immer noch nichts. Dann hat es geklingelt. Ich Idiot bin sofort hingerannt, weil ich dachte, es wäre mein Vater. Dabei hätte der natürlich seinen Schlüssel benutzt. Es war jedenfalls nur ein Polizist. Er fragte, ob er kurz reinkommen dürfe, er müsse uns etwas zu unserem Vater sagen. In dem Moment hab ich's gewusst. Nicht, dass er tot ist. Sondern, dass er es *getan* hat.«

Gustav hatte seinen Helm wieder abgenommen und sah mich verwundert an.

Ich spürte, dass meine Augen feucht wurden, aber ich konnte jetzt nicht aufhören. »Der Polizist hat gesagt, dass mein Vater am Abend zuvor ins ›Vier Jahreszeiten‹ eingecheckt wäre. Das teuerste Hotel der Stadt, obwohl er eigentlich schon pleite war wegen seiner Kanzlei. Er hat dort noch zu Abend gegessen. Dann hat er Briefe an meine Mutter, an meinen Bruder und an mich geschrieben.« Meine Stimme zitterte, ich ignorierte es. »Als er fertig war, hat er warmes Wasser in die Badewanne einlaufen lassen. Er hat Musik angemacht. *Danny Boy* von Bing Crosby. Immer das gleiche Lied, Endlosschleife. Dann hat er sich in die Wanne gelegt und sich die Pulsadern aufgeschnitten. Das war am frühen Morgen.«

Eine Weile war es still im Innenhof, nur von draußen

hörten wir das endlose Mahlen der Stadt. Gustav setzte sich neben mich, schwieg aber.

»Ich dachte, er hatte einen Herzinfarkt«, sagte Frank schließlich. »Du hast es allen erzählt. Ein angeborener, nicht entdeckter Herzfehler.«

»Was hätte ich …« Ich musste schlucken. »Was hätte ich euch denn sagen sollen? *Mein Vater hat sich umgebracht, obwohl ich ihn gebraucht hätte? Ich schäme mich so?* Ich wollte …«

Auf einmal weinte ich. Es ärgerte mich und war mir peinlich, aber ich konnte es nicht verhindern. »Ich wollte …«, versuchte ich noch einmal zu sagen, aber ich schaffte es nicht, und schließlich musste ich schluchzen. Ich spürte, wie mir jemand die Hand auf die Schulter legte, und dann weinte ich richtig, ganz anders als damals bei seiner Beerdigung. Ganz anders als je zuvor in meinem Leben. »Er hat mich im Stich gelassen«, sagte ich immer wieder. »Ich dachte, er ist mein Freund, aber er hat mich im Stich gelassen. Er hat mich nie geliebt.«

Und ich presste die Augen zusammen und spürte wieder die Nähe der anderen, und ich sah meinen Vater vor mir, sah uns Tretboot fahren, hörte sein schönes Lachen, hörte, wie er von der Zukunft und unseren geplanten Reisen sprach, aber *wieso* hatte er es dann gemacht, wieso, wieso, wieso, und ich konnte einfach nicht glauben, dass er nicht mehr da war, dass er nie mehr da sein würde, und ich dachte an seinen Abschiedsbrief, den ich ungelesen in unseren Mülleimer geworfen hatte, und wieder spürte ich, wie mir jemand über den Kopf streichelte, und an mehr kann ich mich von diesem Abend nicht erinnern.

Sonntag

Nebel an der Küste Irlands

Als ich aufwachte, dämmerte es draußen gerade erst. Obwohl ich noch immer müde war, konnte ich nicht wieder einschlafen. Ich dachte an meinen Vater und wie er früher oft bei Filmen eingenickt war, es aber nie zugeben wollte, wenn man ihn darauf ansprach. »Ich war die ganze Zeit wach, ich hab nur kurz über etwas nachgedacht …«, hatte er gesagt und gelächelt.

Ich wusste nicht, wer mein Vater war, ich hatte es nie gewusst. Achtzehneinhalb Jahre lang hatte ich ihn gekannt und doch nicht gekannt. Was blieb, waren all die Bilder von ihm in meinem Kopf. Auf manchen saß er vor einem Puzzle und blickte stumpf aus dem Fenster, auf anderen trug er mich huckepack oder deckte mich liebevoll zu. Diese Bilder passten nicht zusammen, doch sie gehörten nur mir. Sie waren mein eigenes Puzzle, und ich hatte mein Leben lang Zeit, sie zu betrachten und mir zu überlegen, wer mein Vater für mich gewesen war. Der Gedanke tröstete mich, auch wenn ich nicht wusste, weshalb.

Heute war also der Tag, an dem ich nach Hause fuhr … Ich schaute zu Frank, der neben mir lag und schlief. Dann stand ich auf und setzte mich an den Schreibtisch. Ohne die beiden Kartons mit meinem Manuskript wirkte er leer. Ich dachte an die unzähligen Nächte, in denen ich durch mein Zimmer getigert war und um vier Uhr morgens halbstündige, fiktive Monologe vor Verlagen hielt, die mich abgelehnt hatten. Mal wütend: »Kein Problem. Geh ich eben woanders hin …«, mal flehend: »Ich kann auch alles umschreiben, wirklich. Ich brauch einfach nur eine Chance!«

Jetzt war das Einzige, was ich von all dem noch fand, ein vergilbter Zettel, auf dem ich mir vor Monaten für einzelne Kapitel ein paar Anmerkungen notiert hatte: »Bei dieser Szene ganz viel Humor, dann wird es genial«, stand dort zu lesen, ein andermal hatte ich mir »totale Spannung« verordnet … Ich hasste den kleinen Mistkerl, der das geschrieben hatte.

Draußen im Hof war die Luft frisch. Vogelgezwitscher war zu hören, es herrschte der spröde Charme des frühen Morgens. Als ich den Müllsack entsorgt hatte, kam mir der Hausmeister, Herr Topalian, entgegen. Ein kompakter Armenier, dem zudem noch das vermutlich schlechteste italienische Lokal der Welt gehörte; es befand sich um die Ecke. Er erzählte, dass sie demnächst den ramponierten Innenhof und überhaupt alle Wohnungen renovieren würden und dass bald nicht nur dieses Haus, sondern die ganze Straße anders aussehen würde.

»Das wird noch schöne Gegend für Familie, wirst sehen.« Ich glaubte ihm kein Wort und ging die Stufen zu meiner Wohnung runter.

Unten in der Küche beschloss ich, meine Mutter anzurufen und ihr die Wahrheit über mein Leben in Berlin zu sagen. Ich fand es einfacher, das jetzt am Telefon zu tun als heute Nacht in München, wenn wir uns gegenübersitzen würden.

Es läutete und läutete, und dann hatte ich wieder meinen Bruder am Apparat.

»Was ist? ... Ach, du schon wieder, Jesper.«

»Was für eine wunderbare Begrüßung.«

»Willst du die Mama sprechen? Soll ich sie holen?«

»Wart mal ...« Ich atmete verlegen aus. »Wie geht's denn so zu Hause. Alles in Ordnung bei euch?«

»Ja, ja, alles cool. Du, hör mal, ich hab's echt eilig, ich muss gleich weg.«

»Ach komm, was gibt es denn um diese Uhrzeit schon so Wichtiges zu tun?«

»Meine Freundin und ich wollen zum Ammersee fahren und schwimmen gehen, reicht dir das?«

Mist, hatte ganz vergessen, dass Jonas tatsächlich schon seit Jahren mit ständig wechselnden Freundinnen zusammen war, die seine komplette Zeit in Anspruch nahmen.

»Okay, schon klar«, sagte ich. »Das ist natürlich wichtig. Aber wenn ich komme, dann müssen wir mal was zusammen machen. Okay?«

Doch Jonas hatte den Hörer bereits weggelegt.

Es war zwecklos. Mein Bruder blieb mir fremd, und ich wusste nicht, was ich dagegen tun konnte. Ich erinnerte mich, wie ich ihn früher auf dem Schulhof verteidigt hatte, wie wir Pläne schmiedeten, zusammen nach Amerika zu fahren, oder wie wir beide uns mal mit unserem Vater gestritten und ihn zur Strafe in den Keller gelockt und dort unten eingesperrt hatten. Während mein Vater gegen die Tür klopfte und schrie, dass wir ihn rauslassen sollten, lachten Jonas und ich einfach nur wie verrückt, ich glaube, so heftig gelacht habe ich danach nie mehr.

Unfassbar, wie nah wir uns als Kinder gewesen waren. Doch dann hatte ich ihn Stück für Stück verloren. Jonas war so anders geworden, so kalt. Wie seine bescheuerten Freunde, mit denen er Tag und Nacht rumhing. Man sah jetzt schon, dass auch er irgendwann so ein geschniegelter, oberflächlicher Typ werden würde. Das ist hart, ich weiß. Aber kennt ihr das? Ihr macht den Abwasch, und der Abfluss ist verstopft, mit Nudelresten und diesem Kram, und ihr denkt euch, dass ihr jetzt aber so was von überhaupt keine Lust habt, das Zeug da mit den Fingern rauszupulen, und ihr macht es trotzdem? Es gibt aber auch Leute, die sehen sich das nur an und machen gar nichts, die warten lieber darauf, dass jemand anders den Dreck für sie da rausholt. Und so einer war Jonas. Ich meine, er hatte seine guten Seiten, da sag ich ja gar nichts, er konnte zum Beispiel wirklich lustig sein, aber er gehörte eben zu den Leuten, die niemals selbst einen verstopften Ausguss saubermachen würden.

Obwohl wir dieselben Eltern hatten, waren mein Bruder und ich Einzelkinder.

Meine Mutter kam ans Telefon. Da ich nicht mit der Tür ins Haus fallen wollte, sprachen wir zunächst über Borns Tod. Sie erzählte, dass seine Frau sie öfter besuchen würde. Ich dachte daran, dass diese zwei Frauen vor nicht allzu langer Zeit noch beide verheiratet gewesen waren. Nun waren sie Witwen. Alles ging so schnell vorbei, nie wusste man sein Glück zu schätzen, immer erst hinterher. Altbekanntes Zeug. Das Leben war nicht besonders einfallsreich. Es brachte immer den gleichen Trick, und trotzdem fiel jeder drauf rein.

»Was ist eigentlich mit Sandra, geht es ihr gut, bringst du sie mit?«, fragte meine Mutter mich irgendwann.

Kurze Leere ... Ach ja, die Freundin, die ich mir ausgedacht hatte. Es gab wohl einiges, was ich noch klarstellen musste.

»Mama, es gibt keine Sandra.«

»Wie meinst du das, habt ihr euch getrennt?«

»Nicht ganz. Es gab nie eine Sandra, ich hab sie nur erfunden, damit du dir keine Sorgen machst. Und – wo wir schon dabei sind – auch, um zu Hause als cool und erfolgreich dazustehen.«

»Jesper, das ist ja krank.«

»Ja, so was hab ich mir schon gedacht.«

Ich klärte meine Mutter über alles auf, was ich ihr vorgelogen hatte, und erzählte ihr sogar von meinem Zusammenbruch.

»Aber wieso?«, fragte sie nur, als sie das Ausmaß meiner Lügen begriffen hatte. »Wieso diese ganzen Schwindeleien, das hast du doch gar nicht nötig.«

»Wenn man einmal anfängt, dann kommt man nicht mehr davon los, es war wie eine Sucht. Es tut mir leid ... Weißt du, Mama, nach all diesem Mist dachte ich einfach, dass du einen tollen Sohn verdient hast.«

»Ach, Jesper, ich hab doch schon einen tollen Sohn.«

»Danke, aber das stimmt nicht. Doch ich bemühe mich ab jetzt und werde ...«

»Ich meinte gar nicht dich, ich meinte deinen Bruder.«

Der war gut, wir lachten kurz, ehe sie mitten in dieser gelösten Stimmung aufseufzte.

»Was ist?«

»Ach, es ist momentan alles so anstrengend. Und dann der Umzug. Bei dem Gedanken, die schöne Wohnung aufzugeben, werd ich …«

»Ich weiß«, sagte ich. »Es ist gerade 'ne scheiß Zeit. Aber es wird besser werden, das verspreche ich dir. Es wird wieder besser werden, weil es muss.«

Sie antwortete darauf nichts. Und wieder stand es zwischen uns.

»Wenn ich in München bin, besuche ich sein Grab«, sagte ich schließlich.

Noch immer sagte sie nichts.

»Hast du gehört?«

»Ja …« Sie seufzte. »Jesper, ich kann mir nicht mal vorstellen, wie sehr dich getroffen hat, was er gemacht hat. Wie schwer die letzten Jahre für dich waren. Ich weiß es, weil ich mich auch von ihm betrogen fühle. Er hat uns im Stich gelassen, glaub nicht, dass ich das anders sehe als du.«

»Aber du verteidigst ihn immer, du …«

»Ich verteidige ihn nicht. Ich versuche dir nur zu sagen, dass man nie ganz in einen Menschen hineinblicken kann. Ja, er hat sich das Leben genommen und uns zurückgelassen. Aber er war auch ein wunderbarer Mann, der uns alle sehr, sehr geliebt hat. Und wenn nicht mal das ihn aufhalten konnte, wenn er wirklich keinen anderen Ausweg mehr gesehen hat, dann können wir nur erahnen, wie schrecklich seine Depressionen und Ängste gewesen sein müssen. Am Ende war er nicht stark genug, das alles auszuhalten, aber vielleicht wäre es niemand von uns gewesen. Ich weiß es nicht. Ich weiß nur, was er in diesem Hotel als Letztes gemacht hat: Er hat an uns gedacht und uns Briefe geschrieben, wie lieb er uns hat.«

Tief in mir zog sich wie so oft, wenn ich daran dachte, etwas zusammen.

»Ich hab meinen Brief nicht mehr, ich hab ihn …«

»Weggeworfen. Ich weiß.«

»Was? Woher?«

»Ich hab ihn damals aus dem Müll geholt und ihn für dich aufbewahrt. Bis du bereit bist, ihn zu lesen.«

»Echt?!« Ich brüllte es fast in den Hörer und stand auf. »Was steht drin, hast du ihn gelesen? Was steht drin?«, fragte ich noch mal.

»Ich hab ihn nie aufgemacht. Du kriegst ihn, wenn du da bist.«

Als sie das sagte, setzte ich mich wieder hin und musste lächeln, und sosehr ich auch wollte, ich konnte es nicht abstellen. Es war ein tiefer und schöner Moment, wie wenn man mit seiner Hand durch eiskaltes, klares Wasser fährt. Und ich wusste nun endgültig etwas, das ich gern schon viel, viel früher gewusst hätte: Das Dunkle in einem verschwand nicht, wenn man es ignorierte. Es verschwand, wenn man es ins Licht zerrte und mit anderen darüber sprach.

»Ich hab mir erst vorhin Fotos von ihm angesehen«, sagte meine Mutter. »Hab sie gestern beim Ausmisten gefunden. Auf manchen raucht er Pfeife, das hatte ich ganz vergessen. Ich weiß aber noch, wie wir deshalb gestritten haben. Und dann immer diese alberne Schiebermütze, ich habe Jahre gebraucht, bis ich sie ihm endlich ausgeredet hatte.«

»Ach, komm«, sagte ich. »Immerhin war sie sein einziges Andenken an Irland.«

Für Sekunden blieb die Leitung still.

»Was meinst du?«, fragte meine Mutter.

»Na ja, er hat sie doch in Dublin gekauft.«

Meine Mutter lachte. »Er hat sie in Hamburg gekauft, als wir da mal bei einer Freundin zu Besuch waren. Das kann ich dir versichern. Dein Vater war nie in Irland, vielleicht höchstens mal ein paar Tage als Kind im Urlaub.«

»Was? Aber er hat mir dauernd von Irland erzählt.«

»Er hat schon immer gern ausgeschmückt, und es war ja auch sein Traum, mal richtig dort zu leben. Als wir uns kennengelernt haben, hat er nur davon geredet. Noch heute sehe ich ihn vor mir, wie er mir den Nebel an der Küste beschreibt … Wir hatten sogar geplant, für ein paar Monate hinzuziehen, aber dann bin ich mit dir schwanger geworden, und danach hat es sich einfach nicht mehr ergeben. Das Meiste, das er dir von Irland erzählt hat, waren Gutenachtgeschichten, die er sich für dich ausgedacht hat.«

Ich sagte nichts. Es war mir unmöglich, darauf zu antworten, und so ließ ich erst mal meine Mutter reden, die mir erzählte, wie viel sie zu Hause noch aussortieren müsse und welche Möbel sie in die neue, kleinere Wohnung mitnehmen wolle. »Es sieht hier leider aus wie im Saustall, wenn du kommst.«

»Ach, ist doch egal.«

»Es ist alles so unordentlich.«

»Es muss nicht ordentlich sein.«

Wir verabschiedeten uns. Als ich aufgelegt hatte, musste ich an meinen Vater denken, wie er so in seinem Büro sitzt und an all seine alten Träume denkt und einfach nicht rauskann. Wie er uns liebt, aber machtlos ist gegen die Schwere, die ihn hinabzieht. Wie er sich nach dem Nebel an der Küste Irlands sehnt, immer wieder, bis zu seinem Ende …

Ich griff mir die Dublin-Mütze, die neben dem Bett lag, und setzte sie auf. Irgendwie schien sie mir jetzt ein bisschen besser zu passen. Ich weiß nicht, ob mich jemand versteht.

Aufgewacht

So, hab ich dich«, rief Frank.

Wir bekämpften uns auf dem Schachbrett, das mir Born geschenkt hatte, bevor ich nach Berlin gezogen war. Leider war ich nicht besonders gut, so dass mir Frank ziemlich rasch ebenbürtig wurde. Gerade schlug er vergnügt meinen Turm, als das Telefon klingelte.

»Bei Lier, was gibt's?«

»Jesper, bist du's?«

Ich stand auf und ging in die Küche … Miri!

Eine Zeitlang antwortete ich nicht und spielte mit dem Gedanken aufzulegen. »Woher hast du meine Nummer?«

»Du hast sie mir doch auf meinen AB gesprochen. Gleich zweimal.«

»Hm.«

»Hör mal. Ich wollte mich bei dir entschuldigen. Und dich einladen.«

»Wohin denn? In eine Seelenstriptease-Bar?«

»Sei nicht so sarkastisch. Wir müssen reden, es ist etwas passiert. Was ist, kommst du?«

Sollte ich kommen? Ich war noch immer wütend, nur ein Ausrutscher für eine einsame Philosophiestudentin gewesen zu sein.

»Was ist denn los? Ist es schlimm?«

»Es geht, aber ich brauche jetzt einfach jemanden, mit dem ich drüber reden kann. Um zwölf vor dem ›Igby's‹? Weißt du, wo das ist?«

»Ja, weiß ich … Also gut, einverstanden. Um zwölf.«

Ich legte auf. Während ich Frank von dem Telefonat berichtete, ging ich im Kreis. Es entstand eine hektische Stimmung, als würde ich gleich eine mehrwöchige Reise in ein fernes Land antreten. Hastig machte ich die Wohnungstür auf und ließ Gustav rein.

»Morgen«, sagte er. »Du, ich muss mal mit dir reden, da ist noch etwas …«

Aber ich hörte ihm schon nicht mehr zu und dachte wieder an Miri. Was sollte ich tun, was war ihr Schlimmes widerfahren, hatte ich doch eine Chance?

Als Gustav erfuhr, was los war, zog er sein typisches schiefes Gesicht. »Sieh mal an. Soll ich dich zum Café fahren?«

»Ach, und bei der Gelegenheit endlich die geheimnisvolle Miriam sehen?«, fragte ich, denn ich kannte ihn schließlich.

Kurz bevor wir aufbrachen, wurde ich immer nervöser. Ich verabschiedete mich von Frank. Dreimal. Als ich danach auf Gustavs Roller stieg, fragte ich mich, ob es eine gute Idee gewesen war, mich von ihm fahren zu lassen. War er es doch, der mir davon abgeraten hatte, mich gleich in die erste Frau zu verlieben, die ich brauchen würde. Und doch musste er einfach dabei sein. Ich wusste zwar nicht, was aus mir werden würde, aber ich wusste, dass ich in Berlin immer Gustav an meiner Seite haben würde.

Mit einem aufheulenden Geräusch kam sein Roller vor dem Café zum Stehen. Miri war noch nicht da. Wir nahmen unsere Helme ab und warteten. Es war bereits Viertel nach zwölf, als sie endlich um die Ecke bog. Ihre Haare wehten im Wind, und sie trug einen engen roten Pullover, der mich dahinschmelzen ließ. »Hallo«, sagte sie leise und sah mir in die Augen.

Ach, verdammt, ich war verloren.

Immerhin brachte ich noch ein halbwegs stabiles »Schön, dich zu sehen« zustande. Wir plauderten kurz, ich stellte ihr Gustav vor.

»Na dann«, sagte er schließlich und verabschiedete sich. Er sah erst Miri an, dann warf er mir einen kurzen vielsagenden Blick zu, ehe er auf den Roller stieg und sich davonmachte.

Miri und ich betraten das warme, behagliche Café. Auch sie kam also hin und wieder hierher. Erstaunlich, dass wir uns nicht schon früher hier getroffen hatten, sondern immer nur auf der Straße. Als wäre eine weitere zufällige Begegnung im ›Igby's‹ eine Art Trumpf gewesen, den das Schicksal nur nicht ausgespielt hatte.

»Hierhin«, sagte Miri mit einer sanften Beharrlichkeit und führte mich zur Couch.

Wir tranken Kaffee und teilten uns einen Käsekuchen. Es war nicht viel los, eine Kellnerin wischte die Tische ab. Wir hatten Zeit. Dennoch war ich angespannt. Die Nachricht, die ja eigentlich der Grund für unser Treffen war, erwies sich als unwichtig und banal, Miri hatte sich mit ihrer Schwester gestritten oder so. Ich fühlte mich verarscht, sie hatte mich nur hierherlocken wollen.

»Wieso hast du mich wirklich herbestellt?«, fragte ich sie.

»Wieso bist du gekommen?«

»Ich war zuerst.«

Sie hörte auf zu lächeln. »Weil ich dich wirklich nicht verlieren will … Als Freund«, fügte sie hinzu.

»Nur als Freund?«

»Gerade als Freund.«

Sie blinzelte mich über ihren Kaffee hinweg an. Ich wusste nicht, was ich antworten sollte. Sie war mir immer so perfekt erschienen, aber plötzlich erkannte ich auch Macken an ihr. Sie rauchte ununterbrochen, ihre Eckzähne waren schon gelblich verfärbt. Zudem schien sie ziemlich eingebildet zu sein. Ich meine, sie tat zwar, als wäre sie bescheiden, aber sie *gab damit an*, bescheiden zu sein. Wirklich jedes Mal, wenn sie über ihre Kommilitonen herzog, lachte sie affektiert und bleckte die Zähne. Doch insgeheim faszinierte mich auch das schon wieder.

»Und ich habe dir ja gesagt, dass es nur im Moment so ist«, sagte sie so unerwartet, dass ich die Gabel mit dem Kuchenstück wieder hinlegte.

»Wie meinst du das?«

»Ich will zurzeit keinen festen Freund haben, aber … das wird sich natürlich auch wieder ändern.«

Das klang so berauschend und zugleich arrogant, dass ich einige Sekunden brauchte, um zu antworten. »Ach, und dann werd ich natürlich gleich herhecheln oder was?« Ich schüttelte den Kopf. »Ich werde hier nicht wie irgendein Hund auf dich warten, verstehst du? Das kann ich nicht.«

»Weiß ich. Das kannst du nicht«, sagte Miri.

Ich sah ihr an, dass sie es mir nicht glaubte.

Kurz darauf verabschiedeten wir uns vor dem Café voneinander. Wir standen uns gegenüber. Sie sagte, sie fände es sehr schade, dass ich jetzt erst mal nach München fahren müsste. Und dass ich mich melden solle, wenn ich wieder da wäre.

Ich fragte mich, was ich ihr als Letztes sagen sollte. Schließlich strich ich ihr einfach kurz durchs Haar. Sie nickte mir noch mal zu und schwebte davon. Denn Frauen wie Miri, die gehen nicht einfach fort, die stolpern auch nie, die schweben immer nur.

In Erinnerung blieb mir einzig und allein, wie sie einige Meter entfernt noch mal stehen blieb, mir zuwinkte und mit einem Lächeln rief: »Ich werd auf dich warten!«

Ich winkte zurück.

»Ich werd aber nicht kommen«, sagte ich leise.

Hunger

Ich wollte bereits nach Hause gehen, als ich es mir anders überlegte und die Redaktion des *Merkur* aufsuchte. Ich wusste, dass auch heute ein paar Redakteure da waren, um an der Montagsausgabe zu arbeiten. Auch Haller würde da sein, er war sowieso immer da. Vielleicht, weil er die Leere in seinem Leben mit immer mehr Arbeit zu füllen versuchte. Vielleicht auch wegen etwas ganz anderem. Ich klopfte an seine Tür und trat ein.

»Lier, na so was.« Ein paar Sekunden sahen wir uns an, dachten beide an unser schwieriges letztes Gespräch. Dann lächelte er. »Kaffee?«

Haller reichte mir die Kanne. Ich schenkte mir ein und entschuldigte mich für meine beleidigte Reaktion vorletzte Nacht. Er winkte ab. Auch heute trug er wieder ein jugendlich wirkendes Polohemd, aber mir fiel auf, dass sich in seinen Haaren seit kurzem deutlichere Spuren von Grau fanden.

»Was haben Sie eigentlich mit dem Manuskript gemacht?«, fragte ich. »Weggeworfen?«

»Nein, das hat sich die Hannah geschnappt. Sie hat gleich reingelesen.«

O nein … Ich verdrehte die Augen und setzte mich. Zunächst sprachen wir nur über Bands und die neuen

Solo-Songs von Morrissey, und irgendwann sagte Haller, die Musik wäre früher besser gewesen. Aber nichts war früher besser, dachte ich, gar nichts. Er war damals nur jünger.

Als wir über mein auslaufendes Praktikum und die Reise nach München redeten, sagte ich, dass ich vielleicht dortbleiben und nicht mehr wiederkommen würde. Und dass ich sein Angebot einer festeren Stelle deshalb erst mal nicht annehmen könne.

Haller wirkte nicht überrascht und nickte nur. »Und, was haben Sie jetzt vor?«

»Ich weiß es nicht.« Ich stand auf und ging ans Fenster. »Ich hab keine Ahnung, wie's jetzt weitergeht. Momentan interessiert's mich aber auch nicht. Das Einzige, was ich weiß, ist, dass ich das alles irgendwann mal hinkriegen werde. Okay, da sind vielleicht ein paar verdammte Mauern um mich rum, aber ich werd sie einreißen. Ich werd mal glücklich sein, ich such nur noch den Weg dahin.« Ich trank einen Schluck Kaffee und drehte mich zu Haller um. »Ich hab keine Angst vor der Zukunft, verstehen Sie? Ich hab nur 'n kleines bisschen Angst vor der Gegenwart.«

»Sie wären auch dumm, wenn es nicht so wäre. Ich sage Ihnen aber was, Lier: Sie können immer zu mir kommen, wenn Sie mal wieder Arbeit brauchen.« Er sah mich auf eine fast väterliche Weise an. »Und geben Sie nicht auf. Sie können es, das habe ich Ihnen oft gesagt. Aber das reicht auf Dauer einfach nicht, denn wenn Sie Ihr Talent nicht nutzen, kommt immer der Augenblick, wo andere, die weniger begabt sind als Sie, an Ihnen vorbeiziehen …«

Haller machte eine Pause und schien kurz tief in eigenen

Gedanken versunken. Schließlich sah er wieder auf. »Werden Sie nicht wie all die anderen. Versprechen Sie mir das. Und machen Sie was aus sich, verdammt noch mal.«

Ich nickte zaghaft. Wir schenkten uns Kaffee nach und sprachen über Borns Beerdigung, stellten fest, dass wir uns dort wiedersehen würden. Dann klingelte das Telefon. Haller redete kurz auf den Anrufer ein. Als er aufgelegt hatte, sagte er, er müsse mich jetzt rauswerfen, er habe zu tun. Wir verabschiedeten uns.

»Hey, Lier«, sagte er, als ich gerade zur Tür hinausgehen wollte.

Ich blieb stehen.

»Also … ich wollte nur sagen … jetzt, wo Anton nicht mehr da ist … Sie können immer zu mir kommen, wenn Sie mal Sorgen haben und über das alles reden wollen und …« Er atmete aus. Die Worte waren ihm sichtlich schwergefallen. »Na ja, Sie wissen schon.«

»Danke.« Ich musterte ihn. »Im Ernst: Sie sind ja doch ziemlich nett.«

Er machte eine wegwerfende Handbewegung. »Erzählen Sie das aber bloß keinem weiter.« Er wedelte mit einer Ausgabe des *Berliner Merkurs*. »Ich will das morgen nicht in der Zeitung lesen, verstanden?«

Ich grinste und ging wieder ein paar Schritte ins Zimmer hinein. »Wissen Sie, das alles bedeutet mir wirklich sehr viel, ich …«

»Ja, sehr interessant. Und jetzt raus hier, Lier, hauen Sie ab, bevor ich's mir anders überlege. Kleiner Tipp für Sie: Es gibt hier noch eine andere Person, mit der Sie mal reden sollten.«

Als ich an der Tür war, sah ich noch mal zu ihm zurück. Doch er hatte sich schon über eine Notiz gebeugt und beachtete mich nicht mehr.

Ich stand vor Hannahs Schreibtisch und deutete auf den Videospiel-Sticker auf ihrem Monitor. »*Zelda* … das hab ich früher auch geliebt.«

»Was willst du?« Sie schien noch sauer auf mich zu sein und tat so, als wäre sie beschäftigt.

»Mich entschuldigen«, sagte ich. »Ich bin ein Idiot, frag meine Freunde, die können es dir alle bestätigen.«

»Und wofür willst du dich entschuldigen?«

»Ich … ich weiß es ehrlich gesagt nicht.«

Hannah schüttelte nur den Kopf. Doch dann musste sie lächeln und musterte mich von oben bis unten. »Du siehst irgendwie hungrig aus.«

Ich konnte nichts antworten. Ausgerechnet *ihr* fiel mein Hunger auf. Nicht nach Nahrung, sondern nach dem Leben, nach Nähe. Nach dem ganzen Rest.

»Komm«, sagte Hannah. »Ich hab Mittagspause. Ich geb dir was von mir ab.«

Wir liefen ein gutes Stück, bis wir uns auf eine Bank im Tiergarten setzten. Sie öffnete eine Plastikdose und reichte mir ein Salamibrot.

»Hier, iss was«, sagte sie.

Ich nahm einen Bissen, dann noch einen. Hannah ermahnte mich jedoch immer wieder, nicht so sehr zu schlingen. Es gefiel mir, wie sie sich so um mich sorgte und mir zum Nachtisch sogar noch einen Apfel in die Hand drückte.

»Verdammt, du fütterst mich ja richtig«, sagte ich.

Sie lachte und sagte, ich müsse mich wirklich besser ernähren.

Wir saßen ziemlich eng beieinander, unsere Knie berührten sich. Es klingt vielleicht komisch, aber manchmal gibt es nichts Schöneres, als so eine kleine Berührung, über die keiner von beiden redet.

»Jesper, kann ich dich was fragen?«

»Klar.«

»Dein Vater lebt nicht mehr, oder?« Sie sah meinen Blick. »Ich hab in dein Buch reingelesen und …«

Ich nickte nur. Und so erzählte ich ihr, wie es zu meinem großen Hunger gekommen war. Dabei verriet ich mehr, als mir eigentlich lieb war. Ich bekam Angst, dass ich mich als zu schwach dargestellt hätte, doch Hannah sah mich aufmerksam an. »Weißt du«, sagte sie schließlich. »Ich glaube, du brauchst einfach jemanden, der sich mal um *dich* kümmert.«

Ich wollte etwas darauf antworten, aber ich war für einen Augenblick sprachlos.

Sicher, ich wusste nicht, was ich für Hannah empfand, aber das kam mir immer unwichtiger vor. Im Vergleich zu Miri war sie so real, so wunderbar echt. Miri dagegen kannte ich gar nicht richtig, wie mir jetzt klar wurde. Sie war bloß ein weiterer schöner, aber ungreifbarer Traum. Und davon hatte ich genug.

»Wie viel hast du eigentlich gelesen?«, fragte ich.

»Ach, nur so die ersten hundertzwanzig Seiten.«

Ich war erleichtert; Haller hatte gesagt, der Anfang wäre noch gut gewesen. Sofort nahm ich ihr das Versprechen ab, auf keinen Fall weiterzulesen.

»Weißt du, ich fand das gar nicht schlecht«, sagte sie. »Traurig und vielleicht etwas wirr und durcheinander, aber wirklich nicht schlecht.«

»Ich geb ja zu, der ganze Anfang ist ziemlich seltsam, aber diese Seiten gehören zu den besten Sachen, die ich je geschrieben habe.«

Hannah lachte. »Wie viel davon ist eigentlich wahr?«

»Hm …« Ich überlegte. »Auf dem Papier gar nicht so viel, ich hab ja vieles übertrieben und erfunden, auch viel Quatsch. Aber das Gefühl beim Lesen … das bin ich, und das ist noch viel wahrer. Verstehst du?«

Sie nickte, und ich wusste, dass das stimmte. Bei Hannah wusste man immer, dass sie so was verstand.

Danach sahen wir noch eine Weile den Fußgängern zu, die an uns vorbeigingen. Und ich weiß auch nicht, ich fühlte mich in diesem Moment so wach wie schon lange nicht mehr.

Als Hannahs Pause vorbei war, begleitete ich sie zur Redaktion zurück. Vor der Eingangstür blieb ich stehen. Wir hatten gerade darüber geredet, dass ich nach München fuhr und nicht wusste, was danach sein würde. Ob wir uns überhaupt wiedersehen würden oder nicht. Und so blickten wir uns einfach nur lange an, und mir fiel auf, dass sie grüngraue Augen hatte.

Schließlich legte sie mir die Hand auf die Wange. Ich nahm ihre Hand und nickte.

Hannah fixierte mich mit einem langen Blick. »Du bist schon ein komischer Typ, Jesper Lier«, sagte sie, nicht unfreundlich.

»Das klingt irgendwie gut, wenn du das sagst.«

Dann lösten wir uns voneinander, und ich sah zu, wie sie im Gebäude verschwand.

Wichtige Post

Ich lief die Stufen zu meiner Wohnung runter. Frank und Gustav, der inzwischen ebenfalls bei mir zu wohnen schien, warteten bereits auf mich. Mein Zug ging erst in ein paar Stunden. Wir überlegten gerade, was wir bis dahin noch machen könnten, da klingelte Gustavs Handy.

»Von Wertheim?« Er verschwand für ein paar Minuten auf den Flur. Ich dachte, es wäre ein geschäftlicher Anruf, doch als er wiederkam, nickte er uns zu: »Wir werden gleich abgeholt.«

Kurz darauf hielt oben auf der Straße ein Freund von ihm, der uns mit seinem Wagen in den Westen mitnahm. Nach endloser Fahrerei waren wir am anderen Ende der Stadt, in Zehlendorf. Alles war mit einem Mal satt grün und warm. Im Garten von Gustavs Freund standen bereits einige Menschen, die grillten und schwatzten.

»Hey, da bist du ja endlich«, rief eine junge Frau. Ihr dunkelbraunes Haar war modisch geschnitten und fiel ihr ins Gesicht.

Gustav küsste sie auf die Wange. »Hi, Nia«, sagte er. »Das sind meine Freunde Jesper und Franky. Von Jesper hab ich dir ja schon erzählt. Er hat gerade einen phantastischen Roman geschrieben. Er heißt *Endstation Feuer*.«

»Echt?« Nia sah mich an. »Worum geht es da genau?«

»Schwierig …«, sagte ich und sah mit finsteren Blicken zu Gustav.

Doch noch ehe ich Nia weiter antworten konnte, hatte sie sich schon von mir abgewandt und gab Frank die Hand. »Und du bist also der Neue, der jetzt auch nach Berlin zieht?«, fragte sie ihn.

Er gab einen fast miauenden Laut von sich und strahlte sie an.

»Na, dann führ ich dich mal rum«, sagte sie und packte ihn sanft am Arm.

In dem Moment rief jemand unsere Namen. Niko Papadopoulos kam auf uns zu und reichte uns zwei Flaschen Bier, die dritte behielt er für sich selbst. Wir stießen an.

Nach und nach kamen weitere Leute zu uns. Während wir uns unterhielten, wurden unsere Pappteller mit Bratwürsten und Kartoffelsalat gefüllt.

Als ich die Szene schilderte, wie ich Frank und Gustav beim Sex erwischt und das Licht immer an- und ausgeknipst hatte, mussten alle lachen. Nur Frank sah aus, als wäre er am liebsten weggerannt.

Schließlich warfen wir eine große rote Decke aufs Gras und legten uns hin. Der würzige Duft von gegrilltem Fleisch wehte zu uns herüber, und lange Zeit taten wir nichts anderes, als die Nachmittagssonne auf uns herabscheinen zu lassen. Gustav stand hin und wieder auf, unterhielt sich mit verschiedenen Leuten, begrüßte Neuankömmlinge und stellte sie auch Frank vor, der dabei ziemlich aufgeregt wirkte.

Irgendwann aber lagen nur noch Gustav und ich auf der Decke und starrten in den wolkenlosen, blauen Himmel.

»Schön hier, oder?«, fragte er, einen Tick zu lässig. Ich merkte, dass ihn etwas bedrückte.

»Sag mal, was ist eigentlich los mit dir?«, fragte ich ihn und spielte mit einem Grashalm.

»Na ja, ich wollt's dir schon gestern und heute Morgen sagen, aber da kam jedes Mal das mit Miriam dazwischen. Wie lief's eigentlich mit ihr?«

»Egal. Jetzt sag schon, was ist?«

Er antwortete nicht, sondern griff nach seiner Umhängetasche, suchte darin herum und drückte mir einen Brief in die Hand.

»Ist das diese wichtige Post, von der du ständig geredet hast?«

Er nickte. Ich las den Brief durch.

»Nimmst du an?«, fragte ich ihn.

»Natürlich … ich *muss.*«

Ich knickte den Grashalm um. Er würde also gehen. Eine Filmhochschule bei Stuttgart hatte ihn tatsächlich im zweiten Anlauf genommen.

Eine Weile wusste ich nicht, was ich sagen sollte. Dann dachte ich daran, wie er damals in seiner Wohnung lag und aufgeben wollte.

»Verdammt, das hast du dir immer gewünscht«, sagte ich und versuchte zu grinsen.

Ich freute mich für ihn, aber ihn zu verlieren machte mich auch fertig. Schließlich schien es immer unser Schicksal zu sein, hier gemeinsam alt zu werden. Und nun war mein Traum geplatzt, während seiner sich doch noch erfüllt hatte … Das Problem daran war nur, dass Berlin ohne Gustav nicht vorstellbar war.

»Du wirst hier nicht allein sein«, sagte er, als habe er in meinen Gedanken gelesen. »Franky will doch auch herkommen … Jetzt bist du der Chef, Jesp. Du musst auf ihn aufpassen.«

Wir blickten beide zu Frank, der sich mit einem Mädchen unterhielt und ihr gestenreich etwas erklärte. Als er meine Blicke sah, winkte er mir fröhlich zu. Ich hatte ihn noch nie so gelöst gesehen.

Gustav stieß mich an. »Weißt du, ich hab oft über Berlin geschimpft, schon klar. Aber in den letzten Tagen hab ich mir gedacht: vielleicht ist es gar nicht die Stadt, vielleicht ist man's ja auch immer nur selbst …«

Er sah zu mir. »Ich hab mir jedenfalls überlegt, dass ich zwar hier wegziehe, aber meine alte Wohnung nicht aufgeben will. Falls ich mal ab und zu herkomme. Wie wär's also, wenn du mit Frank dort einziehst? Besser als dein kleines Loch ist sie auf jeden Fall, und ich könnte es mit meinem Vater vielleicht so regeln, dass ihr dort umsonst wohnt und nur die Nebenkosten zahlt. Was denkst du?«

»Versuchst du mich jetzt zu bestechen, damit ich mich besser fühle?«

»Ja. Fühlst du dich denn besser?«

»Schon. Das hört sich nicht schlecht an.«

Dann blickte ich auf seinen Brief von der Filmhochschule, und wir schwiegen aufs Neue.

Es war noch immer so heiß, dass ein paar Leute auf die Idee gekommen waren, mit einem Wasserschlauch herumzuspritzen. Gustav war aufgestanden, um mitzumachen. Ich blieb liegen und dachte über seine Worte nach. Und auch über das andere, was er mir gesagt hatte. Etwa, dass niemals zwei finstere Männer bei mir geklingelt und nach Tubluk gefragt hätten. Ich hatte ihm nämlich gerade von Tubluks Jägern und meinen Erlebnissen erzählen wollen, als er mich sofort unterbrach. Er habe mir nur ein bisschen Angst einjagen wollen, als Strafe dafür, dass ich das Türschild nie geändert hätte. Und deshalb habe er sich die Story mit den beiden Männern ausgedacht.

Während ich überlegte, was das für mich, Jan und Juri bedeutete, und erneut an der Aufgabe scheiterte, Wahrheit und Fiktion voneinander zu trennen, wurde ich von zwei Mädchen mit dem Schlauch nass gespritzt. »Hey, spinnt ihr?!«, rief ich, musste dabei aber lachen, die Mädchen lachten auch.

Als sich die Aufregung gelegt hatte, kam Gustav zurück, und wir lagen wieder zu zweit auf der Decke im Gras. Nach einer Weile stieß ich ihn an. »Aber sag mal, da ist noch etwas anderes, was ich dich schon immer mal fragen wollte. Ich meine, jetzt, wo du einfach abhaust, da ist es auch egal.«

»Lass mich raten.« Sein Gustav-Grinsen blitzte auf. »Du willst wissen, ob ich schon mal was von dir wollte, oder? Vielleicht mal an irgendeinem Abend. Oder damals in der Bar, als wir uns kennenlernten.«

Ich nickte.

»Ich *wusste* es«, rief er triumphierend.

»Also?«

»Also, erstens: Was für eine absurd dumme und egozentrische Frage. Und zweitens: Die Antwort ist natürlich nein. Was denkst du denn von mir?«

»Und was ist mit Frank? Den wolltest du schon, ja?«

»Ach, Frank … der brauchte, auch wenn's blöd klingt, einfach mal einen guten Fick, um locker zu werden.«

»Danke, so genau wollte ich's gar nicht wissen«, sagte ich. »Aber was ist denn jetzt mit ihm? Seid ihr zusammen oder so?«

»Machst du Witze?«

»Ich dachte nur, weil …«

»Nein, nein. Er ist ganz nett, aber er ist nicht meine Kragenweite«, sagte Gustav schlicht. Erst wollte ich widersprechen, aber dann wurde mir klar, dass er nicht arrogant war, sondern dass er einfach recht hatte. »Ich meine, stell dir vor, da ist ein hübsches junges Mädchen vom Land, das ganz unbedarft zu dir kommt und was erleben will, so etwas kann schon seinen Reiz haben, oder? Aber mehr ist da nicht. Außerdem will ich keinen Freund, das weißt du doch. Beziehungen sind nichts für mich.«

Ich nickte. »Aber wo bleibt bei dir eigentlich die Liebe?«

»Weißt du …«, fing Gustav an, während er sich eine Zigarette anzündete. »Mir ist schon klar, dass ich in zwanzig, dreißig Jahren vielleicht mal einsam und todunglücklich sein werde. Darauf steuere ich zu, ganz klar. Aber dann soll mein fünfzigjähriges Ich halt meinem jetzigen Ich die Rechnung stellen, denn ich kann und will's nicht ändern. Ich will jetzt meinen Spaß haben, und die große Liebe hat mir nie viel bedeutet. Mal für jemanden schwärmen oder verknallt sein, das ist schon drin, aber mehr war da nie und wird wohl auch nie sein … So bin ich eben, das ist alles.«

Er blies den Rauch aus und lächelte mir zu, aber es wirkte ein bisschen falsch und traurig.

Draußen, hinter der Stadt

Wir waren wieder zurück in meine Wohnung gefahren, um meinen Koffer zu holen. In einem Anflug von Pflichtgefühl beschloss ich, endlich Borns Frau anzurufen, um mich nach dem genauen Termin der Beerdigung zu erkundigen. Doch als sie sich meldete, fiel mir aus Verlegenheit nichts mehr ein, was ich mit ihr reden konnte. Und so sagte ich ihr nur, wie leid es mir täte.

»Das muss es nicht, Jesper. Und du brauchst dich auch nicht zu ärgern, dass du dich nicht bedankt hast. Ihr habt eben beide nie groß über eure Gefühle geredet. Anton hat dir ja auch nie gesagt, wie froh er war, wenn du ihn besucht hast … Du weißt nicht, was es ihm bedeutet hat, dass er in seinem Alter noch so viel mit einem jungen Menschen zu tun hatte.«

»Ehrlich?«

»Na und wie. Lange bevor du kamst, hat er schon das Schachbrett rausgeholt und war ganz aufgeregt. Er hat mir dauernd davon erzählt, was für Bücher er dir empfehlen will oder was du gemacht oder gesagt hast. Er hat wirklich sehr oft von dir gesprochen, Jesper.«

Als ich das hörte, musste ich grinsen. »Er hat auch mir wirklich viel bedeutet. Ich war so froh, ihn zu haben.«

»Das hat er immer gespürt.«

Wir redeten noch eine Weile über ihren Mann, erinnerten uns an Anekdoten und Eigenheiten von ihm. Zum Schluss verabredeten wir uns für Dienstag früh, um gemeinsam zur Trauerfeier zu fahren.

Als ich auflegte, überkam mich ein merkwürdiges, starkes Gefühl. Es kam mir so vor, als hätte ich den Sturm überstanden. Mein Schiff war zwar kaputtgegangen, aber ich hatte irgendwo zerzaust am Strand überlebt. Dann musste ich an einen Spruch von Born denken, als ich endlich mal gegen ihn gewonnen hatte.

»Jesper, ich würde sagen, ich bin überrascht. Keine schlechte Leistung, aber du musst einem alten Mann immer die Chance zur Revanche lassen. Das bist du mir schuldig. Denn, unter uns, dieses Mal hattest du ja mehr Glück als Verstand, oder? … Ich schlage also vor, wir spielen gleich noch mal.«

Mein Zug ging in fünfzig Minuten. Während Gustav schon draußen auf uns wartete, stand ich noch mit Frank in der Küche.

»Und wie geht's jetzt mit dir weiter?«, fragte ich ihn. »Ziehst du wirklich hierher?«

»Ja, sicher.«

»Und wenn deine Eltern dich dann nicht mehr sehen wollen? Was dann?«

Er schwieg nur, und ich starrte auf den noch immer gepackten schwarzen Koffer. »Was willst du eigentlich in Berlin machen?«

Frank dachte nach. »Vielleicht Jura studieren, ich weiß nicht. Spaß haben?«

»Du und Jura?«

»Das hat der Wolfgang auch gesagt.«

»Welcher Wolfgang?«

»Na, mein Onkel Wolfgang. Ich hab ihn gestern angerufen.«

Ich schüttelte den Kopf. »Verdammt, Frank. Du kannst doch nicht einfach ›der Wolfgang‹ sagen, wenn ich den gar nicht kenne.«

Frank blieb mir die Antwort schuldig. Stattdessen kaute er auf einmal nachdenklich auf seiner Unterlippe.

»Ich würd mich gern trauen, was anderes zu machen«, sagte er leise. »Aber ich weiß, dass ich es nicht tun werde. Ich wär gern frei, aber ich würde es einfach nicht aushalten.«

»Woher willst du es wissen, wenn du es nicht versucht hast?«

»Weiß ich eben.« Er sah zu mir rüber. »Wieso studierst du eigentlich nicht?«

»Keine Ahnung. Ich schätze, ich hab das Studium ausgelassen, um mich ganz auf meinen Untergang als Schriftsteller zu konzentrieren.«

Wir grinsten beide.

»Hey, Frank, du wirst das hier bestimmt super machen, da bin ich mir sicher.« Ich griff nach dem Koffer. »Also, ich hoffe, wir sehen uns.«

»Wieso hoffst du? Ich dachte, du kommst in ein paar Wochen wieder.«

»Ich muss noch drüber nachdenken. Vielleicht geh ich erst mal nach Irland oder ganz woanders hin. Und vielleicht komme ich zurück nach Berlin und schreib weiter.

Aber manchmal hab ich auch Angst davor. Ich mein, schau mich an. Ich bin krank, vielleicht depressiv, am Ende. Und jetzt, wo auch noch Gustav wegzieht …«

»Aber wir können in seiner Wohnung wohnen. Das würde sicher lustig werden.«

Ich lächelte und sah zu Boden. »Ja, stimmt … Aber manchmal reicht lustig vielleicht nicht.«

Frank nickte. Er sah traurig aus und wirkte für einen Moment wieder wie ein mutloser Junge. Und da begriff ich, wie es für ihn sein musste, allein nach Berlin zu ziehen, ohne dort Gustav und mich an seiner Seite zu haben, und ich stieß ihn an. »Hey, ich weiß einfach noch nicht, was ich mache. Aber wenn ich's noch mal hier versuche, dann auch wegen dir. Dann bist du der Erste, der's erfährt. Versprochen!«

Wir gaben uns die Hand. Kurz hatte ich wieder die Bilder vor Augen, wie wir uns damals im Baumhaus versteckt und die ganze Nacht geredet hatten. Wir würden nie wieder diese zwei Jungen sein. Und wir würden sie genauso unser ganzes Leben sein.

»Ich hab dir das nie richtig gesagt, aber du bist echt ein guter Freund, Frank. Ich wünschte, ich hätte das schon früher kapiert.«

Ich hoffte, dass er etwas darauf sagen würde, aber er schwieg. Ein kleiner Stich. Ich nahm meinen Koffer und verließ die Wohnung.

Als ich vor der Haustür stand, sah ich mich ein letztes Mal um. In der Ferne bretterte die U-Bahn über die Straße, ein paar Mädchen radelten mit wippenden Haaren an mir vorbei. Die Gebäude waren von der frühen Abendsonne rot erleuchtet, und für einen Moment wusste ich wieder, wie schön Berlin sein konnte und weshalb ich eigentlich hergezogen war. Ein Hauch der damaligen Aufbruchsstimmung wehte ins Jetzt und gab mir ein gutes Gefühl.

Dann sah ich Gustav, der, an eine Litfaßsäule gelehnt, auf mich wartete. Ich ging auf ihn zu. Eine halbe Ewigkeit standen wir uns stumm gegenüber.

»Danke«, sagte ich schließlich, doch er winkte ab.

»Jetzt komm schon her.« Er umarmte mich fest. Über sein Gesicht huschte ein eigenartiger Ausdruck, den ich nicht recht deuten konnte.

»Also dann«, sagte er, als wir voneinander loskamen und ich noch immer vor ihm stand. »Mach's gut. Du hast ja wirklich 'ne Menge zu erledigen.«

Ich nickte. In diesem Moment rief jemand laut meinen Namen.

Frank war noch mal aus der Wohnung zu uns auf die Straße gerannt, um sich richtig von mir zu verabschieden. Also umarmte ich auch ihn, ziemlich lange sogar. Dann drehte ich mich weg, damit die beiden nicht mein Gesicht sahen.

Ich setzte mir die Dublin-Mütze auf den Kopf, zog den Koffer hinter mir her und ging zur nächsten U-Bahn-Station. Es war mein Wunsch gewesen, allein zu gehen und nicht von meinen Freunden begleitet zu werden. Ich wollte das selbst schaffen.

Als ich mich nach einigen Metern noch mal umdrehte, waren Gustav und Frank weg.

Die Strecke zum Bahnhof hatte ich inzwischen ziemlich gut drauf, doch dieses Mal war ich mir sicher, dass ich nicht wieder umkehren würde. Als ich in der U-Bahn saß, betrachtete ich die ganze Zeit meinen Koffer. Ich fragte mich, wie es weitergehen würde, und war beängstigt, aber auch fasziniert von der Antwort, dass ich es einfach nicht wusste. Ich wusste nur, dass ich das ganze letzte Jahr ziemlich nah am Abgrund gewesen war. Doch es gibt Fehler, die notwendig sind. Manchmal muss man ein kleines bisschen sterben, um wieder ein wenig mehr zu leben.

Am Ostbahnhof kaufte ich von Paulis Hunderter mein Ticket. Auf dem Weg zum Gleis bemühte ich mich um die richtige Geschwindigkeit. Nicht zu schnell, so dass es wie eine Flucht gewirkt hätte. Aber auch nicht zu langsam, als wollte ich gar nicht weg.

Kurz darauf stand ich am Bahnsteig, vor mir der Zug. Inzwischen waren fast alle Passagiere eingestiegen, nur ich stand noch immer vor der Tür. Ich schaute mich um, draußen war es noch einigermaßen hell. Wenn ich Stunden später in München ankäme, würde es bereits Nacht sein. Als ob ich in die Dunkelheit fuhr.

Ich zögerte, doch es gab ohnehin keine Heimat mehr für mich. In Berlin nicht mehr, und auch zu Hause war jetzt alles anders. Ich griff nach dem Koffer und war bereit, diesen Schritt zu tun. Schließlich war es nicht meine Vergangenheit, die nun auf mich wartete, sondern meine Zukunft. Alles schien möglich, am Ende eines Tunnels, und zum ersten Mal seit langem fühlte ich mich frei.

Ich hob den Koffer in den Waggon und stieg ein. Und ich weiß noch genau, dass es mir in dem Moment so vorkam, als hätte ich in dieser Woche Abschied genommen, nur wusste ich damals noch nicht, wovon. Heute ist es mir klar: von den überschwänglichen, großen Gefühlen, dem im einen Moment Verzweifelt- und im nächsten schon wieder Zuversichtlichsein und von dem Wissen, dass alles noch so unendlich weit vor einem liegt. Es ist der Fluch der Jugend, dass man glaubt, ständig zu leiden. Doch wenn diese Zeit vorbei ist, stellt man verwundert fest, dass man sie geliebt hat. Und dass sie nie mehr zurückkommt.

Im Waggon herrschte dichtes Gedränge. Während ich allein zwischen diesen fremden Menschen stand, dachte ich noch einmal an Gustav und Frank, und mir wurde klar, wie sehr ich sie schon jetzt vermisste.

Als ich Minuten später endlich einen Platz gefunden und mich gesetzt hatte, rollte der Zug los. Ich sah aus dem Fenster. Berlin zog schnell an mir vorbei, so dass mir fast keine Zeit blieb, mich zu verabschieden. Geschäfte, Brücken, Fabrikgelände, Häuser, Bäume, Menschen, Lichter, dann Leere. Es lag jetzt alles hinter mir. Ich hatte mich immer gefragt, ob mein Glück irgendwo da draußen, hinter den Toren dieser Stadt auf mich warten würde. Nun fuhr ich entweder darauf zu, oder ich ließ es hier zurück.

Aber das war unwichtig. Wichtig war nur, dass ich nicht mehr stillstand, dass ich mich den Dingen wieder stellte, egal, was aus mir werden würde. Denn alles andere wäre falsch, denke ich, unecht, irgendwie so, wie wenn man verrauchte Luft einatmet. Man kann damit leben, aber es ist nicht das Wahre, man atmet nicht so tief ein, wie man könnte.

Danksagung

Ohne Thomas Hölzl gäbe es dieses Buch aus verschiedenen Gründen nicht, ihm danke ich sehr. Ein großes Dankeschön geht an meine Lektorin Ursula Baumhauer für die wieder sehr angenehme Zusammenarbeit. Und natürlich auch an: Georg Grimm, Ingo Schuenemann, meine Eltern und meine Schwester. Was für ein Glück, diese Menschen als aufmerksame Leser zu haben.

Des Weiteren zu Dank verpflichtet bin ich: Viola Schaiers, Eberhard Büser, Peter Kohnert, Robert Entzian, Veronika Vilgis, Tobias Grimm, Julia Klavins, Walter Eschenbacher, gleich mehrfach Arian Tan, allen vier Bewohnern eines von mir innig geliebten Hauses in Planegg und natürlich auch Philipp Keel, der mir die Möglichkeit gab, mich noch ein letztes Mal an diesen Roman zu setzen.

Christian Schwinger und David Schulz durfte ich vor Ewigkeiten eine ganze Nacht lang aus dem *Spinner* vorlesen, der damals noch *Der Traumjäger* hieß. Diese erste Lesung meines Lebens hatte für mich etwas Magisches und half mir durch dunkle Zeiten. Erwähnt seien deshalb auch all die anderen, die mir in den vergangenen Jahren beistanden und Mut zusprachen.

Und dann kam Diogenes. Ich möchte mich wieder bei allen im Verlag bedanken, diesmal besonders bei Catherine

Schlumberger, Bernhard Tinner, Kerstin Beaujean, Sonja Herrmann, Gesine Lübben und Daniel Kampa. Und natürlich bei allen Vertretern, meinen Heldinnen und Helden.

Zu guter Letzt: Ich war achtzehn und saß mit Franka Müller im Zug nach München, als mir die Idee kam, es als Schriftsteller zu versuchen. Sie ermutigte mich sofort, und ich versprach ihr damals, dass ich sie dafür bei meinem ersten Roman an dieser Stelle erwähnen würde.

Mischief managed.

*Bitte beachten Sie
auch die folgenden Seiten*

Benedict Wells im Diogenes Verlag

Becks letzter Sommer

Roman

Beck ist nicht zu beneiden. Mit der Musikerkarriere wurde es nichts, sein sicherer Job als Lehrer ödet ihn an, und sein Liebesleben ist ein Desaster. Da entdeckt er in seiner Klasse ein unglaubliches Musiktalent: Rauli Kantas aus Litauen. Als Manager des rätselhaften Jungen will er es noch mal wissen, doch er ahnt nicht, worauf er sich da einlässt… Ein tragikomischer Roman über verpasste Chancen und alte Träume, über die Liebe, Bob Dylan und einen Road Trip nach Istanbul. Ein magischer Sommer, in dem noch einmal alles möglich scheint.

»Witzig, melancholisch und tiefgründig.«
Sabine Radloff / Süddeutsche Zeitung, München

»Jede Figur bezaubert in dieser erstklassigen Tragikomödie.« *Elle, München*

»Das interessanteste Debüt des Jahres. Einer, der sein Handwerk versteht und der eine Geschichte zu erzählen hat.« *Florian Illies / Die Zeit, Hamburg*

Auch als Diogenes Hörbuch erschienen,
gelesen von Christian Ulmen

Spinner

Roman

Ich habe keine Angst vor der Zukunft, verstehen Sie? Ich hab nur ein kleines bisschen Angst vor der Gegenwart.

Jesper Lier, zwanzig, weiß nur noch eines: Er muss sein Leben ändern, und zwar radikal. Er erlebt eine turbulente Woche und eine wilde Odyssee durch Berlin. Ein tragikomischer Roman über Freundschaft, das Ringen um seine Träume und über die Angst, wirklich die richtigen Entscheidungen zu treffen.

»Wie Benedict Wells versteht, sein Alter Ego in seiner ganzen Unbefangenheit dem Leben gegenüber darzustellen, geht weit über ein auf ein jugendliches Lesepublikum zugeschnittenes Generationenbuch hinaus. Wells' Sprache ist roh und unfrisiert, und seine Geschichte grundiert von bisweilen bitter-poetischem Humor.« *Peter Henning / Rolling Stone, München*

»Benedict Wells findet starke Worte für die Orientierungslosigkeit seiner Generation. Ein wunderbares Buch über die Angst vor dem Erwachsenwerden, teilweise brüllend komisch.«
Lilo Solcher / Augsburger Allgemeine

»Jesper Lier ist ein chaotischer Held in einer chaotischen Geschichte, die einfach nur toll ist.«
Jan Drees / WDR, *Köln*

Auch als Diogenes Hörbuch erschienen,
gelesen von Benedict Wells

Fast genial

Roman

Ich hab das Gefühl, ich muss meinen Vater nur einmal anschauen, nur einmal kurz mit ihm sprechen, und schon wird sich mein ganzes Leben verändern.
Die unglaubliche, aber wahre Geschichte über einen mittellosen Jungen aus dem Trailerpark, der eines Tages erfährt, dass sein ihm unbekannter Vater ein Genie ist. Gemeinsam mit seinen Freunden macht er sich in einem alten Chevy auf die Suche nach ihm. Eine Reise quer durch die USA – das Abenteuer seines Lebens.

»Spannend wie ein Krimi. Benedict Wells ist mit *Fast genial* ein ziemlich geniales Buch gelungen.«
Claudio Armbruster / ZDF-*Heute Journal, Mainz*

»Die Idee ist großartig. Mit dieser Geschichte kriegt man auch junge Leute ans Lesen.«
Elke Heidenreich / Westdeutscher Rundfunk, Köln

»Ein faszinierender Roman. Eine universelle Geschichte über das Erwachsenwerden, berührend und spannend.« *Der Spiegel, Hamburg*

Vom Ende der Einsamkeit

Roman

Eine schwierige Kindheit ist wie ein unsichtbarer Feind: Man weiß nie, wann er zuschlagen wird.
Jules und seine beiden Geschwister wachsen behütet auf, bis ihre Eltern bei einem Unfall ums Leben kommen. Als Erwachsene glauben sie, diesen Schicksalsschlag überwunden zu haben. Doch dann holt sie die Vergangenheit wieder ein. Ein berührender Roman über das Überwinden von Verlust und Einsamkeit und die Frage, was in einem Menschen unveränderlich ist. Und vor allem: eine große Liebesgeschichte.

»Unser Schicksal ist das, was aus uns geworden ist. Und was unter der Feder von Benedict Wells aus Jules und Alva wurde, ist große Erzählkunst. Das Ende des Romans ist vollkommen, berührend – und unvergesslich.« *John Irving über ›Vom Ende der Einsamkeit‹*

»Ein großes Buch, eine Tragödie, ein berührendes Epos. It's magic.«
Sabine Zaplin / Süddeutsche Zeitung, München

Auch als Diogenes Hörbuch erschienen,
gelesen von Robert Stadlober

Die Wahrheit über das Lügen

Zehn Geschichten

Es geht um alles oder nichts in diesen Geschichten. Sie handeln vom Unglück, frei zu sein, und von einer Frau, die vor eine existentielle Entscheidung gestellt wird.

Von einem Ort, an dem keiner freiwillig ist und der dennoch zur Heimat wird. Von einem erfolglosen Drehbuchautor der Gegenwart, der in das New Hollywood des Jahres 1973 katapultiert wird und nun vier Jahre Zeit hat, die berühmteste Filmidee des 20. Jahrhunderts zu stehlen. Und nicht zuletzt eine Erzählung aus dem Universum von *Vom Ende der Einsamkeit*, die Licht auf ein dunkles Familiengeheimnis wirft. Zehn höchst unterschiedliche Geschichten aus einer Welt, in der Lügen, Träume und Wahrheit ineinanderfließen. Mal berührend, mal komisch, überraschend und oft unvergesslich.

»Mann, kann der Mann schreiben! Eines der größten Talente, die unser Land in den vergangenen Jahren hervorgebracht hat.« *Kester Schlenz / Stern, Hamburg*

Auch als Diogenes Hörbuch erschienen,
gelesen von Robert Stadlober

Hard Land

Roman

Missouri, 1985: Um vor den Problemen zu Hause zu fliehen, nimmt der fünfzehnjährige Sam einen Ferienjob in einem alten Kino an. Und einen magischen Sommer lang ist alles auf den Kopf gestellt. Er findet Freunde, verliebt sich und entdeckt die Geheimnisse seiner Heimatstadt. Zum ersten Mal ist er kein unscheinbarer Außenseiter mehr. Bis etwas passiert, das ihn zwingt, erwachsen zu werden. Eine Hommage an 80's Coming-of-Age-Filme wie ›The Breakfast Club‹ und ›Stand By Me‹ – die Geschichte eines Sommers, den man nie mehr vergisst.

»Benedict Wells hat einen wunderbar eigenen Ton gefunden, weder zu hart noch zu gefühlig, um unsere Zerbrechlichkeit, unser Scheitern, unsere Vergänglichkeit zu beschreiben.«
Nicolas Weill / Le Monde, Paris

Joey Goebel im Diogenes Verlag

Joey Goebel ist 1980 in Henderson, Kentucky, geboren, wo er auch heute lebt und Schreiben lehrt. Als Leadsänger tourte er mit seiner Punkrockband ›The Mullets‹ durch den Mittleren Westen.

»Joey Goebel wird als literarische Entdeckung vom Schlag eines John Irving oder T.C. Boyle gehandelt.«
Stefan Maelck / NDR, *Hamburg*

»Solange sich junge Erzähler finden wie Joey Goebel, ist uns um die Zukunft nicht bange.«
Elmar Krekeler / Die Welt, Berlin

Vincent
Roman
Aus dem Amerikanischen von
Hans M. Herzog und Matthias Jendis

Freaks
Roman
Deutsch von Hans M. Herzog
Auch als Diogenes Hörbuch erschienen,
gelesen von Cosma Shiva Hagen, Jan Josef Liefers,
Charlotte Roche, Cordula Trantow
und Feridun Zaimoglu

Heartland
Roman
Deutsch von Hans M. Herzog

Ich gegen Osborne
Roman
Deutsch von Hans M. Herzog

Irgendwann wird es gut
Deutsch von Hans M. Herzog